語言文字叢書

珠三角水上族群的語言承傳和文化變遷

馮國強　著

目次

甘序

　　轉眼國慶黃金周已到了尾聲，馮國強先生《珠三角水上族群的語言承傳和文化變遷》還擺在案上，應允寫的序尚未完成，再拖延下去，真的有點內疚了。

　　水上族群，珠三角一帶多稱為「疍家」或類似的說法。說起來，暨南大學漢語方言研究中心與水上話還有點淵源，早期的《珠江三角洲調查報告》裏邊除了有斗門上橫水上話以外，尚有三水西南話一點，這個點當時是由我前去調查的，記得發音人是一位和藹可敬的女退休教師。那個時候是上世紀八〇年代中期，自己對於什麼是水上話，也渾然不覺。直到後來，方陸續有所接觸。2002年澳門在職研究生郭淑華女士提交了碩士論文《澳門水上居民話調查報告》，當時我是答辯委員，因此對水上話有了進一步的瞭解。2009年，方言研究中心出版刊物《南方語言學》，得到方言學界同道的大力支持，我有一個理念，便是盡量提供篇幅，讓「水上話」這一類的瀕危方言有更多的資訊可以留存下來。第四輯《南方語言學》同時發表兩篇相關論文，一篇是陳永豐先生的《香港大澳水上方言說略》，另一篇便是馮先生的《廣州黃埔大沙鎮九沙村疍語音系特點》，後來還發表了劉倩女士的《浙江九姓漁民方言辭彙》，這些都引起了學界的關注。

　　但是，發表單篇論文，體量畢竟有限。我認為，要系統地保留與研究水上族群的方方面面，最好以專書的形式，從多個角度剖析水上居民的生活。此外，我還認為，要引起社會的關切與重視，必須將語

言與文化加以聯繫，不能走純學術的道路。我曾在近著《漢語南方方言探論》的後記中提到方言傳承和研究「是一場長期的戰役」，要引導更多熱心的人士投入其中。雖然現在的條件較之以往，不知好了多少倍！可是，方言的危急態勢，卻有增無減！

　　馮國強先生的《珠三角水上族群的語言承傳和文化變遷》便是在這樣一種情勢下問世，可謂恰逢其時，因應了國家對傳統文化的重視，也因應了社會對母語文化式微的擔憂，反映了有識之士對於保存傳統文化菁華的責任感。全書分為六章，涉及水上族群的源流、語音特點、語言歸屬、行業用語、文化瀕危現象等諸多內容，全書脈絡清晰，資料翔實可靠，分析理據充足，尤其是語言資料異常豐富，描寫準確到位，加上相關的文化現象論述，實屬難得的有關水上族群語言與文化的專書。

　　馮君孜孜于學術，治學嚴謹，勤奮多產。相信假以時日，他一定可以為世人奉獻更多精彩的論著。

　　是為序。

甘於恩

2015年10月6日深夜

于華南師範大學教師村

第一章
緒言

第一節　前人研究

關於珠三角水上族群方言的研究，現在所知，最早的是John McCoy: The Dialects of Hong Kong Boat People：Kau Sai，這一篇是John McCoy於1965年發表的一篇論文，描寫香港新界離島滘西的水上話。第二篇是K. L. Kiu: On some phonetic characteristics of the Cantonese sub-dialect spoken by the boat people from Pu Tai island，這一篇是K. L. Kiu於1984年發表的一篇論文，是描寫香港離島蒲台島的水上話。第三、四篇是詹伯慧、張日昇《珠江三角洲方言字音對照》，當年便調查了珠海斗門上橫、佛山三水西南水上話。[1]第五篇是張雙慶、莊初升《香港新界方言》，此書其中一個方言點是介紹了新界大埔舡語[2]。

---

1 報告只提到斗門上橫調查了水上話。筆者於2002年曾帶領20多名學生前往過三水調查水上白話和漁家風俗，也曾調查過西南，筆者當時曾遇上幾個漁家，其口音跟報告所寫的相近，可惜不願配合，所以知道《珠江三角洲方言字音對照》報告所描述的西南口音是水上話。最後筆者學生找到願意合作的漁家，但口音已經接近廣州話了。筆者本書所調查的是西南區河口口音。

2 廖迪生、張兆和、黃永豪、蕭麗娟編：《大埔傳統與文物》（香港：大埔區議會，2008年），頁102談到大埔白話漁民：「一些講廣東話的漁民住在索罟船上，視塔門為家鄉。他們在塔門的涌尾灘燂船，島上設有曬魚場，漁民把尚未出售的魚曬乾，或製成鹹魚，然後賣到大埔的魚欄。」從香港科技大學幾位學者的調查，知道大埔白話漁民是來自塔門，大埔土著漁民只是操鶴佬話的。筆者也在塔門調查過，也得知數十年前的塔門水上人是有不少遷到大埔去。經過數十年在外，筆者認為這位大埔老人家的口音已不是塔門口音，也不算是大埔口音。由於大埔白話水上人不是當

第六篇是莊初升把《香港新界方言》的大埔白話水上話獨立出來而發表，該論文是〈嶺南地區水上居民（疍家）的方言〉。第七、八篇同時發表於〈南方語言學〉（第四期），一篇是馮國強〈廣州黃埔大沙鎮九沙村疍語音系特點〉，另一篇是陳永豐〈香港大澳水上方言語音說略〉。第九篇是馮國強〈香港石排灣疍民來源及其方言特點〉。

學位論文方面，有郭淑華《澳門水上居民話調查報告》（暨南大學碩士論文，2002年）、周佩敏《大澳話語音調查及其與香港粵方言比較》（香港樹仁大學學位論文，2003年）、吳穎欣《綜論大澳水上方言的地域性特徵》（香港樹仁大學學位論文，2007年），兩篇論文的指導老師為陳永豐。駱嘉禧《長洲蜑民粵方言的聲韻調探討》（香港樹仁大學學位論文，2010年）、羅佩珊《香港筲箕灣與周邊水上話差異的比較研究》（香港樹仁大學學位論文，2015年），筆者為這兩位學生論文指導導師。

誌書方面，有珠海市地方誌編纂委員會編《珠海市志》（珠海出版社，2001年）有兩頁談及水上話，但其音系沒有例字。至於中山市《坦洲鎮誌》也是有水上話的介紹。[3]

由此觀之，研究珠三角水上話的人還是不多的，又比較集中在香港調查。

地土著，也沒有三代或以上在大埔打魚的白話水上人，筆者也不去那邊調查。否則筆者於八〇年代初在大埔大元邨教學時，便已經在那邊調查了當地的白話舡語。

3　中山市坦洲鎮地方誌編纂委員會編：《中山市坦洲鎮誌》（廣州市：廣東人民出版社，2014年12月），頁919-927。撰寫該章的是何惠玲老師（碩士，方言調查者。替中山市不少鎮寫方誌的方言部分）。

第二節　珠三角地理概況

　　珠江本來是指流經廣州的一段河道，但現在已作為西江、北江、東江等組成的水系的總稱。珠江水系中以西江為最長，它發源於烏蒙山地，從雲南、貴州經廣西奔騰而下，至廣東中部注入南海，全長2,100多公里。北江和東江都源出五嶺（南嶺）山地，分別從湘、贛南部流入廣東。三江之水挾帶著大量的泥沙，到了古海灣頭，擺脫了山丘的約束，自由漫溢，勢分流緩，又受海潮的頂托，遂淤落沙沉。當它們沉積的力量大過水流沖刷力量的時候，則海灘漸廣，陸地日伸，滄海桑田，由此出現。這片三江和南海合力造成的平原，就是著名的珠江三角洲。[4]仔細來說，珠江三角洲是由北江從上游帶了大量沉積物在舊三水縣以下沉積下來，構成了黃埔、虎門以西的三角洲部分；東江從上游帶了大量沉積物在石龍以下沉積下來，形成了黃埔、虎門以東的三角洲部分。如是東、西、北三江的沉積物天天的增加，黃埔、虎門以西和以東兩個三角洲不斷擴大，兩者逐漸相連起來，形成了今天的複合三角洲。[5]中部平原四周的丘陵山地和海島，則以經濟作物（如木薯、花生、煙草）和漁業為主。全區重要港灣、漁港都在三角洲南部。中山縣的唐家灣、香洲，寶安縣的鹽田、蛇口和東莞縣的太平等皆為重要漁港和避風塘，而萬山群島、淇澳島、三灶島、大小橫琴島等都是重要的漁場。[6]

　　珠三角土地總面積26,820km，其中網河區9,750km^2，諸河佔

4　徐俊鳴（1910-1989）：《珠江三角洲》（廣州市：廣東人民出版社，1973年）。
5　鍾功甫（1917-？）、李次民：《珠江三角洲》（北京市：商務印書館，1960年），頁3。
6　鍾功甫、李次民：《珠江三角洲》，頁5。

17,070km²。[7]此三角洲可以分為西北江三角洲和東江三角洲兩個部分，河網縱橫發達，汊道特多。西北江三角洲有水道上百條，總長1,600多公里；東江三角洲主要水道5條，總長138公里。[8]由於西北江汊道特多，水上族群的分布也多集中於此，而廣州市更是整個廣東水上人最集中之地，因此筆者集中力量調查這一帶舡語[9]。

珠三角的城市，包括廣東省廣州、深圳、珠海、佛山、東莞、中山、惠州、江門、肇慶九個城市（從大珠三角角度去看，西江肇慶也宜包括在內），還有香港和澳門兩個特特行政區。以上城市是中國人口密度最高的地區之一，也是中國南部的經濟和金融中心。

香港地理概況。香港位於中國的南部，北面為廣東省深圳市，西面是珠江口，而南面則是南海及珠海市的萬山群島。香港介乎北緯22°08' 至 22°35' 及東經 113°49' 至 114°31' 之間。截至2010年2月，香港境內陸地面積為1104.43 km²，連同水域總面積為2755.03km²。[10]香港一般會細分為香港島、九龍及新界（包括離島）三大區域。

1915年，香港漁船共有2萬艘以上。[11]1969年，香港經濟還是落

---

7 陸永軍：《珠江三角洲網河低水位變化》（北京市：中國水利出版社，2008年），頁1-2。

8 詹伯慧（1931-）、張日昇（1938-）：《珠江三角洲方言字音綜述》（廣州市：廣東人民出版社，1990年），頁1。

9 「舡」，不是漢字，是古壯方塊字，壯語是小船之意，壯音是teng⁴²，從舟，丁聲。所以[teŋ²² ka⁵⁵]或[teŋ²² ka⁵⁵]實在是古越族水上人對自己族群一種自稱，就是艇家之意，不含侮辱和貶義。可看張元生（1931-1999）：〈壯族人民的文化遺產──方塊壯字〉，《中國民族古文字研究》（北京市：中國社會科學出版社，1980年），頁509、頁513；張壽祺：《蛋家人》（香港：中華書局，1991年）之〈蛋家命名的原意〉，頁60-64持此說。筆者十分認同，還認為宜把蛋字改成「舡」，因此在此書裡便把水上話稱作舡語，就是小艇話、船話；水上人稱作舡民，就是艇民之意。

10 http://www.landsd.gov.hk/mapping/tc/publications/map.htm 取自香港地政總署測繪處。取於25-6-2013。

11 李史翼、陳湜：《香港：東方的馬爾太》（上海市：華通書局，1930年），頁214。

後，漁業為香港原始經濟活動之一，當時有漁船13,000餘艘，漁民達
102,500人，其中以香港仔最多漁船，有漁船3,500艘；其次為維多利
亞港內的油麻地、銅鑼灣、鯉魚門和筲箕灣區，各有漁船1,700餘
艘，漁民也佔13,000人；長洲是最大漁業島，漁船900餘艘，漁民近
7,000人；西貢所佔的數字與長洲相近；而其餘的漁船及漁民分別散
布於吐露港區，青山灣、大嶼山及南丫島等地。[12]1962年，深水捕魚
漁民有8萬人，漁船10,000艘。[13]1986年，香港漁民有2.4萬人，漁船
4,773艘。[14]到了現在，香港的水上人少了很多，跟漁民上岸，香港政
府收回牛頭角、油麻地、銅鑼灣漁村進行發展有關。2013年，全港漁
船的數目約有4,000艘，漁民只有8,800多人。[15]

　　香港漁業發達的原因很多，重要原因是港灣甚多。彎曲的海岸線
是香港地貌的特徵之一，屬沉降式的海岸線，曲折而水深，宜於漁船
的停泊，這是促成漁業的興盛。另一個原因是漁場廣闊。香港位於華
南大陸棚的邊緣，水深不超過100噚（即200公尺），故魚類和魚量均
多。[16]

第三節　珠三角漁村的地理分布

　　珠三角方面，由於接近海口，交通便利，河流溪澗，星羅棋布。
因此漁村聚集於珠三角的河網區，尤以廣州市河面的漁艇最為密集，

---

12 潘桂成：《香港地理圖集》（香港：地人社，1969年），頁18。
13 香港經濟年鑑社：《香港經濟年鑑1963第一篇香港經濟趨勢》（香港：香港經濟學報
　　出版，1963年），頁274。
14 深圳農業科學研究中心農牧漁業部深圳辦事組編：《香港漁農處和香港漁農業》（深
　　圳農業科學研究中心農牧漁業部深圳辦事組，1987年），頁9。
15 漁農自然護理署：《漁農自然護理署年報》（香港：漁農自然護理署，2014年）。
16 潘桂成：《香港地理圖集》，頁18。

這個與廣州經濟最發達，也是省與市行政中心有關。一艘漁艇就是一個經濟單位，是一個經營的小組織，為了易於經營小生意，為了好的生計，所以許多漁艇首選聚於廣州。1932年，那時的廣州共1,040,000餘人，而廣州市河面上則有水上居民10至15萬人左右，已經佔廣州全市的人口十分之一，[17]因此，漁家所住的地方是差不多是通都大邑，他們喜歡在特別發達的人煙稠密的河口居住。

解放初期，廣州的老四區荔灣、東山（大沙頭）、海珠（新滘、瀝滘、黃埔村石基村、海南尾、滘洲等）、越秀（二沙島）有許多漁家分布於此。筆者在統戰部協助下，1982年在這些地方還找到已上岸居住的水上人進行過調查。

廣州方面，除了老四區外，漁村分布於天河（東圃、獵德、科甲涌、沙河）、黃埔（長洲島、南崗、九沙等）、芳村（涌口、茶滘）、番禺（大石洛溪、蓮花山、新墾、欖核、化龍沙亭村、沙基村）、南沙（南沙街鹿頸、萬頃沙鎮之紅海村[18]、紅港村、紅江村、紅洋村、紅湖村）、增城（新塘）、花都（炭步）。

佛山方面，漁村主要分布在南海（平州、金沙、九江、官瑤、黃岐）、順德（陳村、容桂）、三水（蘆苞、西南河口、大塘、樂平鎮黃塘等）、禪城（汾江鎮安、石灣鎮十隊村）、高明（三洲橋、涌口、沙寮、海口）。

中山市方面，漁村主要分布在石岐區（大墩村）[19]、南朗（涌口門、橫門）、坦洲（新合）、民眾、神灣（定溪）。至於沙田話，也是

---

17 伍銳麟（1904-1971）：〈沙南蛋民調查報告〉，《嶺南學報》（廣州市：嶺南大學，1934年）第三卷第一期，頁2。

18 番禺前新造鎮練溪村書記霍煥然於2014年8月跟筆者稱他們的村約200個陳姓水上人於新中國後遷到現在南沙區萬頃鎮的紅海村落戶。

19 在清代叫蛋家墩。

舡語，主要分布在南頭鎮、黃圃鎮、東鳳鎮、小欖鎮、阜沙鎮、東升
鎮、橫欄鎮、港口鎮、三角、民眾鎮、沙朗鎮（今稱西區）、板芙
鎮、坦洲鎮，人口約127萬，沙舡佔全市總人口的49%。[20]

江門市方面，漁村分布在江海區、新會（會城崗州、大鰲、荷
塘、崖南、崖西、官涌）、恩平（東門、洪滘、君堂、橫陂、恩城）、
開平（三埠、水口、三江橋、古鎮）、台山（廣海、下川島、公益、
沙堤、橫山、赤溪、汶村）等。[21]

珠海市方面，漁村分布在南水、灣仔、桂山、擔杆、斗門（上
橫、中橫）、唐家灣（後環漁村）、萬山、廟灣、荷包、南水等。

深圳市方面，漁村分布朗壚、南澳（西涌、南漁村為白話水上漁
村，東漁村為鶴佬話漁村）、蛇口、大亞灣、福田、羅湖、西鄉、福
永、沙井、大鵬等。

惠州市方面，沒有白話漁村。[22]惠州市來港漁民，主要集中在新

---

20 蔡燕華：《中山粵方言的地理語言學研究》（廣州市：暨南大學碩士論文，2006年），
   頁10。
21 江門水上人有不少來自陽江和陽春的，這個是要知道的，否則便會找到陽江、陽春
   代表成了白話水上人便有問題了。台山市廣海鎮鯤鵬漁業村委會和海鷹漁業村委會
   的漁民來自陽江的；汶村鎮漁業村水上人遷自陽春的。白話水上人漁村有赤溪鎮涌
   口村，筆者調查過此漁村的方言。
22 惠州那邊的市級官員於2014年8月跟筆者表示，惠州的漁村以前是有許多白話漁民，
   但後來偷渡來香港，現在惠州只有閩語漁村。閩語漁村分布在惠東（港口）、惠陽
   （東升村、前進村、飛帆村、金門塘村、三門鄉（媽灣村、北扣村。三門鄉是位於
   離島，軍事要地）、霞新鄉包括有蝦新村和新村等，因此很難找白話漁村給我調查。
   香港的大埔有許多來自惠州澳頭的飛帆大隊水上人，一位當年偷渡來大埔的飛帆大
   隊水上人鄭先生（1932年）稱五〇年代初，飛帆大隊約3,000多人，有一半人口是操
   白話的水上人，另一半是操鶴佬話。在五〇到七〇年代，近九成以上的人逃到香
   港，部分散居大埔，部分聚於吉澳。所以今天飛帆村的水上人全部是操鶴佬話。這
   位鄭老先生的口音已變了，不竟來港已接近40年，因此沒有與他進行調查。惠州市
   的漁村漁港，主要集中在惠陽區。惠陽海洋漁業有200多年，漁民原居住於汕頭潮
   陽，清初遷來惠陽范和，在范和居住了100多年，再遷往澳頭定居、霞涌定居。參

界大埔、吉澳、西貢三地。

東莞方面，漁村主要分布於虎門（新灣、沙葛、望威九門寨）、萬江（大汾、蓮花）、麻涌（漳澎村五坊）、道滘（後德坊、閘口）、望牛墩（蜆塘尾）、中堂、沙田先鋒[23]等。

肇慶市方面，漁村主要分布在端州區（廠排、二塔、沙浦桃溪）、德慶縣（德城、悅城）、四會（馬房、江邊坦圍）、高要（新橋、南岸、小湘）、鼎湖等。

至於香港，香港島方面，香港的的漁村的分布很廣，舉凡有海的地方就有漁村。香港島方面，有石排灣、赤柱、柴灣、筲箕灣、雞籠灣。港島的銅鑼灣曾是漁村，因為要進行地區發展，改變了土地用途。

香港新界方面，有大尾篤、荃灣、青衣島、長洲、南丫島、塔門、大澳、（屯門）青山灣、將軍澳、汲水門、大埔墟（鶴佬漁民漁村）、元洲仔（鶴佬漁民漁村）、三門仔（鶴佬漁民漁村）、馬屎灣、西流灣（在吉澳印洲堂附近）、馬灣、高流灣、蛋家灣、蒲台島、坪洲、深井、青龍頭、沙頭角、錦田山貝村涌口、元朗下十八鄉大旗嶺大樹下[24]、新田下灣村、流浮山、（大嶼山南區）拾塱、（大嶼山南區）大鴉洲等。至於大嶼山的梅窩，已不再是漁村了。西貢一地，地域很廣，有不少漁村分布，如西貢墟、糧船灣洲、布袋澳、涌尾篤、魷魚灣村、白沙灣、海下村、東龍洲、滘西。

香港九龍方面，昔日九龍的牛頭角、油麻地是漁村，現在已不存

看盧國秋、藍青主編：《惠陽縣誌》（廣州市：廣東人民出版社，2003年），頁412。由此可知惠州地區的早年漁民不是操閩語的。又游運明、吉澳村公所值理會、旅歐吉澳同鄉會編《大鵬明珠吉澳　滄海遺珠三百年》（香港：吉澳村公所值理會、旅歐吉澳同鄉會，2001年），頁54便提到吉澳水上人張氏一族，七代來自惠陽，便說明惠州早年是有白話漁民。

23 先鋒建村於1968年。漁民來自各處，以道滘、萬江為主。

24 大樹下天后廟四周本是一片澤國，西面是蜑家灣，東面是蜑家埔。

在了，跟港府先後進行地區發展，改變了土地用途有關。現在九龍只餘下鯉魚門還有點漁民在捕魚。

上世紀四、五〇年代，香港四大漁港是香港仔石排灣、筲箕灣、大澳、及屯門。今天，大澳的漁船只有十數艘。

澳門方面，澳門半島西岸與灣仔之間，深入成灣，可以避風，早已成為漁船停泊之所。至於內港一帶，更是漁船聚集，桅檣參天。

以上談及的是漁村主要分布之地，實際上漁村也有不少分布在鄉落間的河面，這種現象，以清遠、英德最多，筆者也曾在此地調查，此書不收入該處舡語。

關於本文，筆者的調查是集中在廣州、佛山、中山、珠海和香港，這點與當地水上人是否願意合作有關，東莞、深圳、肇慶、江門是比較難進行調查。

第四節　香港水上族群的來源略說

銘文方面，在香港島石排灣旁的鴨脷洲，有一座洪聖古廟，廟內有一個古鐘，鐘文顯示此廟建於乾隆38年（1773年），鐘銘寫著是由「順德陳村罟棚」的水上族群所籌建。筆者於2002年曾前後兩次帶領20多名學生到陳村考察，個人獨自來此考察過一次。現在珠三角的河涌的捕魚方式是「流刺作業」的，並不是「罟棚作業」，昔日與今天的順德陳村河涌也是「流刺作業」，[25]與其他內河河涌作業方式一致。因此這個乾隆年間建的洪聖爺廟所稱順德陳村人，是這群已落戶石排灣的順德陳村人指稱其原來祖籍，不是指順德陳村漁民千里迢迢到此

---

25 調查時，順德陳村水上人稱他們過去到現在都是流刺作業。
　流刺作業是指船將很長的長條狀刺網放置海中，等待魚群自行刺入網目或纏在漁網。參見台灣漁業資源現況。

捐錢建廟。[26]又這群人來了石排灣後，把流刺作業捕魚的操作方式轉成罟棚進行作業，[27]所以他們捐錢建廟時便稱「順德陳村罟棚眾信弟子」。這個鐘銘明顯交代今天石排灣水上族群當中一個歷史源流。[28]

口述方面，石排灣黎金喜稱其祖先在張保仔年代因東莞太平鎮治安差而轉到香港仔石排灣。黎氏又補充說他所知的漁民朋友，有不少自東莞遷來，東莞中又以太平最多。此外，黎氏也表示從番禺遷來的也不少，他說全港和全國著名人物霍英東先生也是香港仔漁民，在香港仔出生，他的祖先從番禺新造鎮練溪村[29]遷來香港仔。沙頭角陳志

---

26 梁炳華：《南區風物志》（香港：南區區議會出版，1996年），頁94。

27 筆者在石排灣進行調查時，當地漁民都說在上世紀八〇年代以前，石排灣以拖網、罟網為主，兩者又以罟網（罟棚是罟網當中的一種捕魚法）為主。又可參看1851年6月之《漢會眾兄弟宣道行為》頁62便提到石排灣有大拖船數十號。大拖船就是拖網漁船，不是以流刺操作。《漢會眾兄弟宣道行為》是來華報導的中國傳教牧師記帳帳簿。

28 蕭鳳霞、劉志偉（1955-）：〈宗族、市場、盜寇與蛋民——明以後珠江三角洲的族群與社會〉，《中國社會經濟史研究》（廈門市：廈門大學，2004年）第三期，頁7：「據當地一些年老蛋民的回憶，他們多來自江門市和順德縣的陳村、四邑的三埠。」由此可知香港島的石排灣陳村漁民也是移民來港，不是來此拜神和作出一些捐獻。
試看中山，操沙田話的原是漁民，來自南番順，主要是來自順德為主。如橫欄鎮的四沙貼邊，從順德陳村遷來為主。

29 練溪村被稱為前國家領導人之一霍英東的家鄉。筆者希望探討練溪村水上話與香港仔石排灣水上話之間的方言的傳承。霍英東先生稱自己是香港仔石排灣水上人，也生於石排灣，坊間稱霍英東是番禺練溪村人（現在還存在許多爭議），原因是廣東省一些語言學者（不知道是誰）通過語音決定霍英東是練溪村人，這是我前往調查原因。經過調查，發現霍英東的口音與練溪村完全不同；第二，練溪村霍氏的人七成務農，三成人從事工商行業，從來沒有人從事打魚和水上運輸工作。練溪村確實有水上人，他們還有打魚的，他們卻是姓陳的，不是姓霍的，前村書記霍煥然稱1973年這些陳姓水上人全部遷調到新墾鎮紅海村（現在已劃歸南沙區萬頃沙鎮），我猜那所謂專家是找到了練溪村姓陳的水上人對口音而已。雖然對上，但不是霍氏村民口音。第三點，霍英東說祖家附近有條鐵路，但霍書記稱練溪村遷村行動之前（因建大學城），是在一個孤島上建村，沒有鐵路經過。我的調查合作人是練溪村前村書記霍煥然（1941-），他的口音根本與霍英東不同。霍英東先生先前在香港

明稱其先世自深圳葵涌鎮鯊魚涌遷來沙頭角。吉澳石氏兩族，一族九代來自番禺；一族七代，來自惠州（足見惠州是有白話水上人）。陳氏兩族，一族八代，來自廣州；一族五代，來自東莞太平。何氏兩族，一族十代，來自番禺沙灣；一族七代，亦來自番禺沙灣。張氏一族，七代來自惠陽（足見惠州是有白話水上人）。[30]塔門方譚生稱其先祖從東莞厚街遷來塔門200多年，而黎連壽則稱其先輩是從東莞黃涌遷來塔門。布袋澳張廣坤稱其先祖自廣西遷來到他已歷十四代。糧船灣洲鄭帶有村長稱其祖先從深圳南頭遷來。大埔三門仔白話水上人除了部分來自塔門，前文已述。大埔白話水上人也有部分在文革期間從深圳龍崗區南澳南漁村遷來，這是2001年調查時，南漁村村委會陳文輝主任和第一任書記李容根跟筆者表示。又大埔白話水上人部分是於解放後從惠州飛帆漁村偷渡來大埔。因此，新界大埔的白話水上人是從別處遷來，歷史很短暫，那裡是沒有土著的白話水上人。

　　誌書方面。「近年來捕魚之船悉集於香港、澳門，各欄營業日形

無線電視一次訪問中強調自己是水上人，更以水上話說了幾句，當中說了洗腳上床四字。霍英東把「洗腳上床」講成了「洗角爽床」。練溪村前書記在和我們一起吃午飯時便說起曾跑到香港的漁村，發現漁村的人說話跟他們不同，練溪村把「香港」二字，是說成「鄉講」（hœŋ⁵⁵kɔŋ³⁵），就跟香港陸上人說的一樣，沒有特點，但他說到香港水上人把「香港」說成是「糠港」（hɔŋ⁵⁵kɔŋ³⁵），竟成了他們口中的趣事，很新鮮。這一笑，便表明練溪村村話不是霍英東的家鄉母語了。

霍英東生前稱其父說老家附近是有鐵路的，練溪村卻是沒有鐵路經過，那麼只有佛山三水西南董營村可能是霍氏家鄉。筆者稱可能，這個與筆者於2014年8月底前往董營村進行過方言調查，得到區、鎮政府協助，陪同一起調查。調查時，發現當地上霍村和下霍村霍氏村民，操的是流利廣州話，不是水上話。有火車經過此村，確是實事。董營村的村民很強調祖先是從珠璣巷而來，不是水上人，筆者猜霍英東的父輩是三水董營霍家的人，來了香港，為了生計，只能跑到石排灣跟水上人一起過水上生活，方習得水上話，霍英東也因此錯判自己的家族是水上人。

30 游運明、吉澳村公所值理會、旅歐吉澳同鄉會編：《大鵬明珠吉澳　滄海遺珠三百年》（香港：吉澳村公所值理會、旅歐吉澳同鄉會，2001年），頁54。

衰落，惟鮮魚欄以淡水魚之關係，尚捕至為其所奪耳。」[31]這裡記錄了鴉片戰爭之後番禺漁民去了香港、澳門發展。

語音方面。2002年7月，筆者與學生一起前往珠江三角洲的廣州市、佛山市、中山市、珠海市、肇慶市、江門市考察，同年12月底再前往清遠市、韶關市考察。重點在考察香港白話水上族群的民俗跟廣東有何異同，通過承傳而歸納出香港漁民的原遷地。考察內容涉及信仰、習俗、禁忌、飲食、衣飾、傳統節日、婚禮、方言、棚屋、鹹水歌、捕撈方式等。香港仔漁港漁民跟珠江三角洲的廣州市、佛山市、深圳市、東莞市、中山市、珠海市、澳門等漁民關係最密切，語音很相近。跟肇慶市，清遠市比較，語音也不會相差太遠。至於陽江（沙扒、閘波）、江門（開平、台山）與香港舡語的方言相差很大。香港舡語又跟韶關市北江一帶的水上族群無關。韶關市一帶的水上族群是操一種粵北土話，當地人多自稱其方言為虱婆聲或本城話。[32]因此，香港水上族群的來源，通過鐘銘、口述歷史、文獻、語音方面分析，香港漁家是來源於珠三角。

第五節　石排灣漁港的發展概略

1841年6月7日，大英欽奉全權公使義律（Captain Charles Elliot）發布曉示，宣布香港為自由港，「所以運進運出貨物，一概免其稅餉……為此告粵東及沿海各省商民知悉。汝等若來香港貿易，本官必定保護身家貲貨，俾得安心辦事無虞。」於是國內沿海貧苦窮民、蜑

---

31 民國20年梁鼎芬等修、丁仁長等纂：《番禺縣續誌》卷十二〈實業志·漁業〉（臺北市：成文出版社公司，1967年），頁26下-頁27。

32 馮國強：〈韶關市及曲江縣虱婆聲的來源與贛語的關係〉，《新亞論叢》（臺北市：天工書局，2001年）第三期，頁122-137。

民、苦力、勞工、採石、僕役，以及小販，無不願意前來香港。1844
年4月，〈義律曉示〉已經見效，中國沿海一帶的華人相繼赴港尋找工
作。1845年6月，港島人口總數共23,817人，內地華人22,860人，其中
水泥工匠7,460人，勞工10,000人，僕役1,500人，艇家3,600人。到
1850年，港島華民逐年增加到31,987人。[33]

1843年，香港總督砵甸乍將港島分成海域區、城市區、郊區三個
區域。城市區是指今天中環沿海地區、跑馬地、赤柱和石排灣，[34]漁
民就是因此遷移到石排灣這個新城區來發展他們的事業。

香港仔石排灣在香港開埠初期，已發展成重工業的地方。這裡有
兩個旱塢，兩個浮塢。[35] 1891年，設立了大成機器造紙有限公司，機
械由英國輸入。工業的發展，便吸引了無數國內漁民遷移過來發展其
打漁事業。[36]

石排灣地名有多久歷史，這是無人知道的，但在嘉慶《新安縣
誌》卷八〈經政略·田賦〉記載：「葉貴長、吳亞晚、吳二福、徐集
和領耕土名石排灣，一百一十垃，稅二十五畝七分四釐，每畝歲納租
銀八錢，其銀二十兩零五錢九分二釐。」[37]這一段之前，還提及乾隆
二十六年，筆者猜石排灣一名可能已見於乾隆年間（1711年至1799
年）或以前，最晚也於嘉慶年間（1760年至1820年）出現。香港開埠

33 蔡榮芳（1936-）：《香港人之香港史》（香港：Oxford University Press (China) Ltd.,
　　2001），頁19-21。
　　〈義律曉示〉及開埠初華人在港島增加情況，轉錄《香港人之香港史》，頁20-21。
34 高岱、馮仲平：《從砵甸乍到彭定康——歷屆港督傳略》（香港：新天出版社，1994
　　年），頁4。
35 《南區風物志》，頁40。
36 Sergio Ticozzi, Pime. *Historical documents of the Hong Kong Catholic Church,* (Hong
　　Kong: Hong Kong Catholic Diocesan Archives, 1997). p.29.
37 清嘉慶25年舒懋官修、王崇熙等纂：《新安縣誌》卷八〈經政略·田賦〉（臺北市：
　　成文出版社公司，1974年），頁286。

時，仍沿用石排灣地名，中文報紙《遐邇貫珍·鳥巢論》1855年5月第5號頁8記載當年：「艇船……石排灣3艘；渡船……石排灣8艘；鹽船……石排灣1艘；漁船……石排灣132艘；賣飯船……石排灣1艘；三板……石排灣469艘。」[38]以嘉慶《新安縣誌》和《遐邇貫珍·鳥巢論》來看，足見石排灣在當時是專指港灣之外，還是一個地方名，並且附近有人在此耕作。又此段材料反映出當時石排灣漁船及其他船隻的活動，也反映當時船隻的種類和水上族群的工種。

表一　香港仔石排灣漁民人口發展[39]

年	漁民人口	漁船數量
1841	200	
1855	(1,452)	132
1934	15,000	
1949	9,150	688
1952	10,456	1,012
1959年3月底止	19,000	2,247
1960年3月底止	19,728	2,329
1961年3月底止	21,060	2,499
1962	20,591	2,255

---

38 英國傳教士麥都思（Walter Henry Medhurst, 1796~1857）、奚禮爾（Charles Batten Hillier, ?-1856）、馬禮遜教育會秘書理雅（James Legge）各先後主編《遐邇貫珍·鳥巢論》（香港：英華書院，1855年5月）第5號，頁8。

《遐邇貫珍》（Chinese Serial）是香港第一分中文報紙，創刊於1853年9月3日，由倫敦佈道會對華文教機關的英華書院和馬禮遜教育會出版，而曾留學美國、諳熟中英文的華人基督教傳教士黃勝為編輯，協助他們。

39 徐川：《石排灣的漁業》（2001年，未刊報告），頁12-13。此報告每一個數字也有詳細交代數據出處。請直接參看該報告，這裡不轉引了。筆者為徐川報告指導老師。

年	漁民人口	漁船數量
1963	20,350	2,260
1964	20,375	2,252
1965	17,850	2,232
1966	19,950	2,292
1967	18,940	2,290
1969		1,808
1971		1,600
1979		1,440
1983		1,180
1985	7,200	1,180
1987		1,100
1988		1,100
1989	6,500	1,100
1991	3,000	888
1994		719
1997		612
1998年 1月25日上午		601左右
2000年春節		550左右
2001年春節		500左右

　　表一顯示石排灣漁民人口從開埠時便迅速上升，從1841年的200人，到1855年的1,452人，1934年的漁民有15,000人，明顯表示是為了生計或者政局等原因，國內漁民便遷來石排灣城區打魚謀生。1932年的廣州，廣州共1,040,000餘人，廣州河面上的漁家達10至15萬左右，

佔廣州全市的人口十分之一，嶺南社會研究所因此把廣州分為「陸上的廣州」和「水上的廣州」。[40]研究所還發現漁家所住的地方差不多都是通都大邑，喜歡在特別發達的人煙稠密的河口居住。這是解釋了為甚麼在香港開埠初期，便有內地漁家到石排灣從事打魚工作，是他們看到石排灣的未來是一片美景。

1855年，石排灣有140多艘漁船，人數約1,452人。在開埠10幾年間，漁民增加了7倍多，很明顯是移民的緣故。由此足見在英國人的統治下，石排灣的漁民是充滿生機。其後，石排灣的漁船、漁民不斷增加與國內政局有關。清末、民國初、國共內戰、動亂、政治等有密切關係，讓中國內地漁民流動到香港。1936年，香港漁民的人口，佔全港人口的十分之一，有7萬多人。而石排灣漁民已佔有15,000人，這兒的漁業在香港具有舉足輕重的地位。[41]

從表一可以看到六〇年代石排灣漁船和漁民越來越少，水上人遷上岸和在陸上找生計，石排灣漁業正趨向沒落。船主每一次出海都要補貼漁工、家人，所以很多人已放棄打漁生活。[42]

第六節　舡語研究意義和價值

本文研究目的，是讓珠三角舡語的語言面貌有比較全面深入的呈現。迄今為止，人們對於舡語語言面貌的認識還是相當模糊的，其主要原因在於研究舡語的論文不多，更不要說專書。本書將對珠三角舡

---

40 伍銳麟：〈沙南蛋民調查報告〉，頁2-4。

41 徐川：《石排灣的漁業》，頁13；李兆鈞、徐川：《香港白話蜑民與香港歷史發展》（2003年，未刊報告），頁17-18。筆者是這兩篇報告指導老師。

42 徐川：《石排灣的漁業》，頁51-54。這一節參考了徐川：《石排灣的漁業》，頁10-15；李兆鈞、徐川：《香港白話蜑民與香港歷史發展》，頁16-18、33-34。

語進行多個方言點調查，進行系統的描述分析，以期彌補這方面的不
足。通過這一研究，我們可以知道，珠三角舡語究竟是一種甚麼樣的
方言。

　　語言是思維的工具，是幫助人們認識世界的工具，每一種語言都
與每一特定的人群的思維模式及認識世界的方式有關。從這一意義上
說，一種語言的消失，意味著人類一種認識世界的模式的喪失，也是
人類賴以發展的「思想基因庫」的缺失。所以在眾多的瀕危語言消亡
之前盡可能作詳細的記錄，將有助於科學家更深入地認識人類的思想
世界。[43]李錦芳教授說得很真實，這正是筆者撰寫此書的原因，也是
此書的微量價值。

<hr />

43　李錦芳（1963-）：《西南地區瀕危語言調查研究》（北京市：中央民族大學出版社，
　　2006年），頁11。

第二章
珠三角水上人族群族屬概況

第一節　蜑名解釋

　　「蜑」字不見錄於東漢許慎《說文解字》，後之《說文解字》有「蜑」字，是宋初徐鉉於宋太宗雍熙三年（986年）奉敕校定，始將「蜑」字收入卷十三新附中，註曰：「南方夷也，從虫，延聲，徒旱切。」[1]「蜑」字的收錄於字書新附中並不是最早一本字書。「蜑」字最早收錄的字書是南朝梁孝緒的《文字集略》，可惜此書已早軼了，但可從唐時何超《晉書音義》知道該書所言之蜑的解釋，其文說：「天門蜑，徒旱切。蠻屬，見《文字集略》。或作蜒。」[2]

　　《文字集略》稱「蜑」為蠻屬，《說文解字》新附字又稱「蜑」為南方夷也，兩者都不是蜑字的原意。「蜑」字實際上是對這些民族語的一種語譯而已。這股北蜑其族群於魏晉南北朝時，長江流域蜑人勢力非常強大，「蜑族廣為人知，蜑便成了通用字，最後列入字書」。[3] 蜑字還有不少異寫，如亶、蜒、蛋、賧、蜑、但、疍等，[4] 都是同音

1　（東漢）許慎（約58-約147）著、（宋）徐鉉（916-991）等奉敕校定：《說文解字》（北京市：中華書局據平津館叢書本影印，1985年）卷十三上，頁446。

2　（唐）何超（八世紀中葉）：《晉書音義》（擒藻堂四庫全書薈要‧史部）晉書卷九帝紀第九。頁7b。

3　詹堅固（1972-）：〈試說蜑名變遷與蜑民族屬〉，《民族研究》（北京市：中國社會科學院民族學與人類學研究所，2012年）第一期，頁83。

4　（清）鈕樹玉（1760-1827）：《說文新附考》（北京市：中華書局，1985年）卷六蜑字條云：「蜑，疑亶之俗寫……」，頁284。

異譯，是一種同音或近音異形而已，羅香林稱這是蜑人對自己的民族
一種稱呼。[5]關於這個解釋，筆者十分認同的，但筆者認為只能限於
指北蜑的自稱，不能用於南蜑（舠）的解釋，可惜古漢人視蜑為蠻，
蜑字就是蠻。當說到這些北蜑也善於水性，因此，也把嶺南的水上人
也稱作蜑，這便是強加上去，是一些學者主觀想像而已。

蜑字於粵語是讀作「但」[tan²²]。蜑字在珠三角許多人口裡經常
說成「鄧」[teŋ²²]，實在不是「蜑」這個字。teŋ²² 的原字是「舠」，
也有不少人讀作「定」[teŋ²²]，筆者也曾在香港聽過有人稱舠家人為
「定家人」（teŋ²² ka⁵⁵ jɐn²¹）。[6]肇慶廠排舠民合作人彭慧卿稱肇慶西
江流域、高要、肇慶羚羊峽一段水路，那邊的人說起「蜑」就是說成
「定」[teŋ²²]。

「舠」，不是漢字，是古壯（壯族人，源流是古越的後裔）方塊
字，壯語是小船之意，壯音是teng⁴²，從舟，丁聲。[7]所以[teŋ²² ka⁵⁵]
或[teŋ²² ka⁵⁵]實在是古越水上人對自己的水上族屬一種稱呼，就是
艇家之意，不含侮辱和貶義。可惜五代十國之後的古文獻全稱嶺南水
上人為蜑，實含有偏見和歧視。[8]那麼，舠（蜑）字讀成「鄧」[teŋ²²]

---

5 羅香林（1905-1978）：〈唐代蜑族考上篇〉，《國立中山大學文史研究所月刊》（廣州
市：國立中山大學文史學研究所、中山大學文史學研究所月刊社，1934）第二卷第
三四期合刊，頁41云：「蜑一名詞，初為越裔自稱，中土習其語，循其音聲，繫以
漢字，雖字形紛紜雜沓，而音義則未嘗因是盡變也。」
羅香林：〈蜑民源流考〉，《百越源流考與文化》（臺北市：國立編譯館中華叢書編審
委員會印行，中華民國67年2月增補再版），頁230。

6 張壽祺《蛋家人》，頁57：「廣東東莞市、中山市、珠海市以及粵北武江流域呼『蛋
家』的『蛋』為ding⁶。」張教授寫得太闊，應寫上該地的某市某鎮較好，方便後人
進行跟進。

7 張元生（1931-1999）：〈壯族人民的文化遺產——方塊壯字〉，頁509、513。
「蜑」字，肇慶鼎湖一帶就是說成teng⁵²，與壯語幾乎一致。

8 范成大《桂海虞衡志》云：「蜑，海上水居蠻也，以舟楫為家，採海物為生，且生
食之。入水能視，合浦珠池蚌蛤，惟蜑能沒水探取。」范成大稱嶺南的水上族群為

或「定」[teŋ²²]，實際是壯語的一音之轉或保留。

第二節　從地名「排」字來看珠三角舸民的來源

在香港西貢一帶有以峒為名的地名，如雞麻峒、觀音峒、黃地峒、南山峒、大峒、鹿湖峒、尖光峒。此外，新界十四鄉的大洞、上水的古洞、粉嶺的萊洞（舊稱黎峒），大埔的沙螺洞、洞梓。洞或峒，是「村」的意思。[9]「地名是一種語言文化遺存，命名地名的語言一般是較早在該地活動的族群的語言。地名一經約定，就具有公認性，使用的廣泛性、持久性和穩定性。因此，地名往往反映某一地區早期族群特定的語言、歷史和文化。對於沒有書面文字系統記載其語言、文化和歷史的族群而言，地名作為語言的底層遺留，就具有了『活化石』的價值。」[10]所以地名是能夠顯露該地先民活動過的遺

蠻。參見（宋）范成大（1126-1193）撰，胡起望、覃光廣校注：〈志蠻·蜑〉，《桂海虞衡志輯佚校注》（成都市：四川民族出版社，1986年），頁232。

周去非（公元1163年進士《嶺外代答》云：「以舟為室，視水如陸浮生江海者，蜑也。」周氏此語沒有用上蠻字稱水上人，但其小標題寫作〈蜑蠻〉。參見：（宋）周去非著，屠友祥校注：〈蜑蠻〉，《嶺外代答》（上海市：上海遠東出版社，1996年），頁65。因此，珠三角的水上族群受歧視已將近千年。

9 石林：〈侗語地名的得名、結構和漢譯〉，《貴州民族研究》（貴陽市：貴州民族研究編輯部，1966年）（第二期），頁154-164。

10 鄧佑玲：《民族文化傳承的危機與挑戰　土家語瀕危現象研究》（北京市：民族出版社，2006年），頁88。

李如龍：《地名與語言學》（福州市：福建省地圖出版社，1983年）曾世英序，頁5-6：「地名是語言中的專有名詞，它和語言中的其他專名（例如人名）有相同的特點，又有不同的特點。地名的構成有一定的語法規律，地名用字的分布和民族語、方言的分布密切相關，地名的書寫和稱說可能存在不同的變體，對歷史地名的考釋必須從字的形、音、義入手……所有的這些都說明了地名的研究和語言學的研究也是密切相關的……李如龍同志多年從事語言學和漢語方言的研究，並較早注意到地名的研究，把語言學的研究方法運用到地名研究中去。」

跡，以上幾個地方，在在反映了古越族當年曾經在香港活動過。石排灣也是一樣，「排」是反映香港古水上族群此活動和為其命名。

　　「排」分成石礁、泥礁、船礁三種；也可以以暗礁、明礁、乾礁來分別。後者之分，是學術性的區分，「排」是珠三角漁民的說法。石頭凸起的地方，漁民稱作「石排口」，泥土凸起的地方稱為「泥排口」，沉船沒有被泥土埋平凸起的地方稱為「船排口」。因此，排是海裡的礁石、山丘。[11]石排灣就是指這個灣頭海裡有露出水面的礁石的意思；海底之大石不突出水面，則稱作海排，即是暗礁。

　　有些文章望文生義，表示村民把石磚在此港灣放到大船付運，因而命名石排灣。[12]梁炳華博士更進一步說成港島南區是石材運銷外地的一個港口。由於石材集中等待船隻付運，使海邊經常排滿一排一排的巨石，故此被稱為石排灣，[13]這是嚴重錯誤的解讀，是望文生義，產生南轅北轍的結果。[14]香港以「排」命名的地方，約有73處之多，[15]如西貢就有七星排、打浪排，兩者的排頂皆在海底。所以，

---

11 劉南威：〈現行南海諸島地名中的漁民習用地名〉，《中國地名》（瀋陽市：中國地名編輯部，1996年）第四期，頁27：「對低潮也不出露，淹沒海面下較淺的暗沙，海南島漁民稱之為線排、沙排。」石排灣是指這裡的海底有山石（釘語），即是漢語石礁灣的意思。

12 丁新豹（1948-）：《香港早期之華人社會 1841-1870》（香港：香港大學博士論文，1988年），頁12，註13。

13 《南區風物志》，頁37。

14 鄧佑玲《民族文化傳承的危機與挑戰　土家語瀕危現象研究》，頁8-9「所有書面文獻中的土家語地名都是用漢字來標記的。用來記錄土家語語音的漢字與土家語語音接近，但不一定十分精確。由於用漢字記音的土家語地名並不表示漢語語義，而用土家語卻可以得到合理的解釋。如「舍」〔se⁵⁵〕不是指漢語「房屋」、「館舍」之意，也不是指動詞「舍卻」之意，而在土家語中指「猴」的意思。字音雖同，但語義相差甚遠。如果離開了土家語背景，按照漢語字音望文生義，就可能產生南轅北轍的結果。」梁炳華等對石排灣的解釋就是望文生義。

15 白墩排、鴨蛋排、鴨兜排、崩紗排、炸魚排、扯裏排、火燒排、蝦鬚排、孝子角

「排」字是水上族群對水裡山體的一種稱呼，是反映漁家對自然地貌特徵的地名遺存，這點跟壯語有密切關係，而水中的山體，漢人則稱作礁石，彼此用字完全不同的。

　　覃鳳余、林亦《壯語地名的語言與文化》稱壯語vai／fai就是水壩之意，廣西有18個縣以vai／fai（水壩）命名的地名，意譯的很少，基本是音譯。又稱從壯語注音可知「壩」在壯語有兩讀，但從使用的對譯漢字看，至少可增加一讀bai，因為靖西「派排」對。今靖西、龍州等南部方言水壩讀pai。我們還掌握一個間接的資料，也許能提供壯語「壩」有「派排」一讀的證據。邕寧三塘平話是與壯語接觸較深的漢語方言，水壩說[phai]（陰平）。漢語中古蟹攝一二等滂母平聲無字，也就是說，漢語沒有讀[phai]（陰平）的字。唯二等佳韻去聲有「派」字。南部壯語有的方言有送氣塞音，以「派排」對譯phai最為相近。三塘平話水壩說[phai1]顯然來自壯語。[16]壯語的「壩」與「斜坡」banz同源。在banz（斜坡）的譯名表中，靖西縣以「排」對譯的地名有30條之多，以「牌」對譯的有5條，以「班」（2條）、「盆」（1條）對譯反而很少。也就是說，靖西縣用漢字「排」對譯了vai／fai和ban兩個壯語地名。從語義上說，壩即是擋水的斜坡，

排、蜆排、殼仔排、紅排、高排、角大排、爛樹排、爛頭排、鶴鸕排、鸕鶿排（北區）、鸕鶿排（西貢區）老虎吊排、老鼠排、饅頭排、龍山排（建有燈塔）、龍船排、孖仔排、媽印排、尾排、牙鷹排、牛頭排、光頭排、龍船排、白馬咀排、白排、螺洲白排、墨洲排、細排、散排、大排、蒲魚排、三排、沙排、深水排、筲箕排、雙排、水浸咀排、水排、高排、龍船排、打蠔排、大排、鐵樹排、吊鐘排、塘口排、咀排、灣仔排、桅夾排、橫排、往灣排、烏排、湖洋洲排、烏蠅排、二浪排、二排、打浪排、荔枝排、光頭排、龍船排、七星排、打浪排、大浪排（暗礁）、鴨脷排、劏人排等73處。

http://www.hk-place.com/view.php?id=138

參看地方──香港島嶼。

16 珠三角讀作排，也是顯然來自壯語。排，是壯語的音譯，礁石、水壩是意譯。

可通讀pai。[17]

　　「排」（粵拼是pʰai21）這個地名，在珠三角廣泛應用。《廣東省海域地名誌》一書，把珠三角對出的海洋礁石命名為排的，合計有406個。[18]甚至把海洋的的沙、灘也稱作排，共有5個，如：沙排角、

17　覃鳳余（1966-）、林亦（1953-）：《壯語地名的語言與文化》（南寧市：廣西人民出版社，2007年），頁184-187。

18　廣東省地名委員會辦公室編纂：《廣東省海域地名誌》（廣州市：廣東省地圖出版社，1989年），頁188-381：石排礁、竹排礁、土排礁、石排礁、蓮子排、馬鮫排、大排、紅排礁、澳肚排、大排礁、大排腳、南湖排、牛鼻散排、紅排仔、欄桿排、大排石、大紅排、魚鱗排、排尾、排角排、排仔、紅排、暗排、馬洋排、木杓排、星排、淺排、東排、紅石排、企鳥排、三到排、二到排、頭到排、西排礁、大網排、金龍排、馬鮫排、烏鴉排、鴨頭排、鴨肚排、鴨屎排、鴨蛋排、紅排、海龜排、下標排仔、南排仔、碗排、三角排、塞口排、青洲排仔、鴨腳排、大南排、猛排、下半排、蓮花排、湖口二排、湖口大排、麻籃排、君子排、新排、門墩大排、門墩二排、虎洲排、大排角、高排、上池排、棺材排、傘子排、浮排、龜外排、大排、灶隙排、陰山排、柴梳排、三點排、飯甑排、鐵砧排、東洋排、內三排、銅鑼排、虎爪排、三角排、門星排、沉水排、牛繩排、橫排、媽印排、甕頭排、百兩銀排、純洲頭排、小紅排、黃魚排、茭筤排、豬兜排、虱麻坳排、鱸鷥排、禾坪排、北排、老虎排、棺木排、當門排、墨魚排、東散排、南散排、茫蕩排、馬排、馬槽排、叢林門排、鵝兜排、揚屋排、鵝屎排、黃泥排、三腳排、新排、刀石洲排、貓洲排、橫沙排、阿婆排、亞孫排、牛牯排、牛牯仔、大鱗排、擔桿排、雞心大排、棺材排、馬鞭散、南塘排、西角咀排、雞爪排、粟排、青鱗排、大碗排、小碗排、圓洲北排、圓洲西排、圓洲南排、光頭排、菱角排、西貢排、燕仔排、芋頭排、西門排、泥灣排、牛結排、浪船排、雙洲排、鷺洲排、大扁排、筆頭排、竹篙排、大產排、燈火排、二排、三排、四排、五排、北扣排、爛排、浦排、鹽船排、橋墩排、三姊排、滑排、爛洲東排、雞排、吊巖排、阿鵲巢排、企巖排、急水排、千魚排、三只排、獨石排、流門排、三家排、外雞心排、外牛牯排、墨斗排、打浪排、花錦排、旗排、紅排、青洲北排、淹排、大產排、鷺鷥排、紅辣排、王母排、北排、大排、南排、排仔、白石排、紅螺排、虎頭排、卡船排、牛骨排、紅排、搭橋排、大排礁、沉排、蟾蜍排、排仔石、砍舵排、三仔爺排、東排、西排、銅鑼排、大沉排、小沉排、三排、大洲排、蝦繒排、虎膽排、金鎖排、黃魚排、西排、東排、黃花排、較杯排、石排、瀝心排、浪排、黑排礁、拖鮫排、平洲北排、平洲排、平洲南排、細排礁、灣口排、上排礁、二排礁、高排礁、浪排礁、姐妹排、南

鹽嶼排、虎頭排、排沙、排海（土昌）；此外「排」也擴散到岬角也
以排來命名，這方面有4個，如：紅排角、爛排角、大排咀、排尾
角。[19]不單如此，甚至把島嶼也以「排」命名，如礁排嶼、白鴨排、
黑排、排墩、連排、牛奶排、火燒排、白排島、赤灘排島、三牙排、
大牙排島、山排島、魚排島、大白排島、西大排島、馬鞍排島、草鞋
排島、圓排島、長連排島、白排、大排、火燒排、抒排、青鱗排、銅
鼓排、鵝咀排、銀豆排、排角島、石排、掛錠排、馬鞍排，其有31
個。從這兒可以看見珠三角的古舡民把水壩叫「排」擴散到海裡的礁
石、岬角、島嶼也稱作「排」。中山市神灣鎮定溪漁民盧添培表示神
灣鎮有兩個地方是帶有排字的，如「竹排」和「大排」都是村子的名

排石礁、白臘排、百足排、噴水排、北排礁、南排礁、沙鈎排、白瀝小排、白瀝大
排、石排礁、小排、小萬大排、千排礁、鴨母排、東澳排、石門排、烏紗排、銅鑼
排、西咀暗排、云排礁、大浪排、大排礁、白鶴排、沉排礁、蚊排礁、石排、龜
排、赤魚排、排背礁、排角仔礁、排角礁、長排礁、長排石、開頭排、黃竹大排、
散排仔、蠔排、大排石、仔排、襟頭排、檳榔排、三排、神咀排、雙板排、沉排、
穿船排、過船排、頭排、麻籃排、南灣排、小排、灣仔排、辣螺排、青欄上排、青
欄下排、飛沙排、飛沙大排、浸排、八掛排、同排、管泵排、排仔咀礁、回潮排、
東排、浪排、雙排、標坑排、放船隨排、臥排、萬節排、夾尾排、簽屋排、攔排、
平排、墊板排、過門排、江鷗排、墨斗排、陰排、露排、曬谷排、米灣排、米筒
排、紅路大排、疊石排、雞排、定家排、咬魚排、參裝排、二洲排、琴沖排、珊瑚
排、瀉米排、橫步排、沙咀排、橫山排、紅花排、牛㕵排、角咀排、萍洲大排、萍
洲小排、黃茅大排、丁老排、紅排、石排、海鰍排、排仔、絞水紅排、牛鼻排、榕
樹排、掛榜排、大水塘排、大咀排、大水坑排、北排、黑沙排、草塘排、青螺排、
砧板排、三牙排、頭鱸排、下排、擔桿排、棉花排、企人排、深排、赤消排、新
排、五狼排、地塘仔排、黑石仔排、紅魚排、鴨㕵排、石那排、紅排、四六排、中
間排、大排、沙白排、三排、二排、一排、露水排、潭排石、龍蝦排、白排、沙腳
排、洲尾排、紅魚排、頭鱸排、七星排、福排巖、磚子排、燈火排、大盆排、小盆
排、連鋪排、金鰲排、孖排仔、石龍排、歐墩排、山嬌排、長聯排、高樹排、白石
排、大石排、排石、排西石、排公石、排婆石、七連排、大排、排擔礁、排吐礁。

19 廣東省地名委員會辦公室編纂：《廣東省海域地名誌》（廣州市：廣東地圖出版社，
　　1989年），頁383-447。

字,而這兩個村子都屬於獨立海島。排上是住人,大排上有山,竹排則無山。因此,從「排」的命名可以印證廣東、廣西沿海的古疍族族群是古越族後裔。

　　至於廣西方面,以排命名礁石、岬角、島嶼只有13個,如小紅排礁、大紅排礁、紅排攔、大排礁、迷排礁、細紅排石、大紅排石、三排石、四排石、篙竹排島、大排石(防城各族自治縣)、基紅排石、插排尾石咀、大排石(合浦縣)。[20]至於《福建省海域地名誌》、《遼寧省海域地名錄》卻沒有以排解作礁的意思。[21]

表二　圖一、圖二的「排」(礁石)的數量和分布[22]

潮州市	1
汕頭市	3
汕尾市	18
惠州市	155
深圳市	26
香港	73 [23]
廣州市	4
中山市	1
珠海市	44

---

20 廣西壯族自治區地名委員會辦公室編:《廣西海域地名誌》(南寧市:廣西民族出版社,1992年),頁67-129。

21 福建省地名委員會辦公室、福建省地名學研究會編:《福建省海域地名誌》(廣州市:廣東省地圖出版社,1991年)。遼寧省地名委員會:《遼寧省海域地名錄》(內部資料)(瀋陽:出版社不詳,1987年)。

22 數字根據廣東省地名委員會辦公室編纂《廣東省海域地名誌》,書中並未列出香港的數字,是筆者加上去。澳門方面,暫時未找到數據。

23 見註50諸排地名,資料乃筆者搜集。

江門市	87
陽江市	20
茂明市	12
湛江市	18

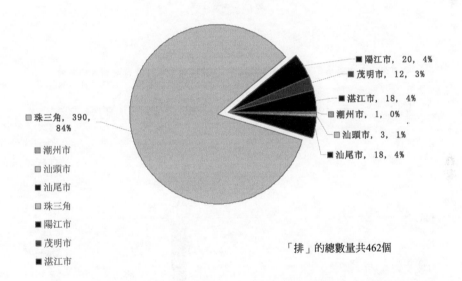

「排」的總數量共462個

數據來源：主要來自《廣東省海城地名誌》；香港的數據是筆者個人補充的。

圖一　廣東沿海「排」（礁石）的分布[24]

24 圖一至圖四彩圖見附錄頁。

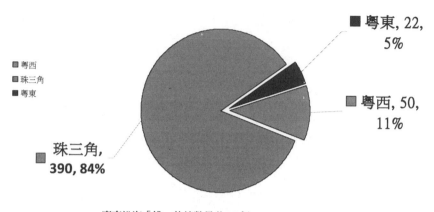

廣東沿海「排」的總數量共462個

數據來源：主要來自《廣東省海城地名誌》；香港的數據是筆者個人補充的。

圖二　粵西、珠三角、粵東中「排」（礁石）的分布

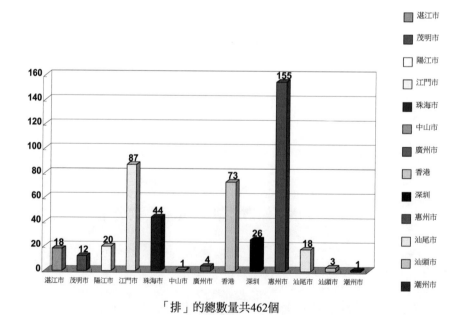

「排」的總數量共462個

圖三　廣東沿海城市「排」（礁石）的分布

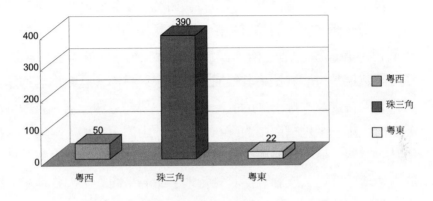

「排」的總數量共462個

圖四　粵西、珠三角、粵東「排」（礁石）的分布

第三節　結語

　　黃新美[25]《珠江口水上居民（疍家）的研究》在〈珠江口水上居民（疍家）種族現狀的研究〉的小結說：「從1983年底到1989年七年的時間中，我們對珠江口水上居民即疍家的後代，進行了較長時間的實在調查、觀察、測量和研究，結合參閱有關文獻，從珠江口水上居民目前的生產、生活現狀和現代水上居民的體質特徵分析，我認為，他們是組成廣東漢族的一個群體。也是漢族的一個部分。」[26]張壽祺《蛋家人》稱，他曾與人類學家黃新美教授合作調查廣東珠三角的水上人，對水上人的膚色、毛髮、面形、鼻部、額部、頰部、齒部、頭

---

25 從事醫學科學和人體解剖學研究。

26 黃新美：《珠江口水上居民（疍家）的研究》（廣州市：中山大學出版社，1990年），頁18-19。

型、鼻型、腿型、身高進行體質特徵研究，結果認為是非常接近廣東珠江三角洲漢族居民的體質特徵。從人類學角度來看，水上居民不是一個特別的民族，乃是南方漢族的一個支群。[27]筆者也曾認同這看法，認為這是科學看法。其後看到覃鳳余、林亦《壯語地名的語言與文化》一書提及「排」字的壯語之意義，便知道珠三角、廣西沿海地名上的「排」字是指海中的礁石（水中的山體、水壩、斜坡），「排」與壯語有關，最後改過來，推翻了前期的看法。現在筆者認為珠三角的古南蠻（疍民）族屬宜從其獨特地名命名來觀察，因為地名一經約定，就具有公認性，使用的廣泛性、持久性和穩定性，這是最佳考察的方法。因此筆者認為珠三角疍民是古越族後裔。[28]

27 張壽祺：《蛋家人》，頁43-45。

28 李輝：〈百越遺傳結構的一元二分跡象〉，《2002年紹興越文化國際學術研討會論文集》（杭州市：浙江古籍出版社，2006年），頁398-406：根據現有百越民族群體Y染色體數據，按各地群體的對應值把三個主要成分按等高線繪製原理作成三張地圖。這三張地圖體現了百越遺傳結構中的三個主要特點。第一個成分佔到信息總量的47.0%……因此，百越的血統只有一個主要來源。圖中（指圖三）的分布中心在廣東一帶，所以廣東最有可能是百越族血統最早的發源地，而後漸漸向四周擴散。筆者認為李輝這裡所言與排字的分布集中廣東，看來古百越有可能發源於廣東。

第三章
珠三角疍語語音特點

第一節　香港

一　石排灣疍語音系特點

　　蜑，廣府人讀作鄧，也有部分人讀成定，蜑應是疍，是壯語字，壯語就是小舟之意，汕頭、汕尾水上人不會讀這個音，所以疍語就是專指珠三角的白話水上人的口音。

　　本文調查合作人分別是黎金喜（1925年）、黎炳剛（1955年）、盧健業（1990年），本文反映的石排灣疍語音系，是以黎金喜作代表。黎金福稱其祖輩自東莞太平遷來香港仔，到他最少已六代。[1]

1　筆者曾前往太平進行調查，發現當地已沒有數代居於太平的水上人，筆者接觸的全是1949年從別處遷調到虎門。一個是後從太平威遠島九門寨遷來；一個是在太平的沙葛村遷來；一個是從南沙鎮小虎村遷來；一個是番禺南沙鎮鹿頸村遷來。

1 聲韻調系統

1.1 聲母 16 個，零聲母包括在內

p 包必步白　　pʰ 批匹朋抱　　m 媽莫文吻

　　　　　　　　　　　　　　　　　　　　　　f 法翻苦火

t 刀答道敵　　tʰ 梯湯亭弟　　　　　　l 來列李年

tʃ 展站租就　　tʃʰ 拆雌初車　　　　　　ʃ 小緒水舌

　　　　　　　　　　　　　　　　　　　　　　j 人妖又羊

k 高官舊瓜　　kʰ 抗曲窮群

　　　　　　　　　　　　　　　　　　　　　　w 和橫汪永

　　　　　　　　　　　　　　　　　h 海血河空

ø 壓哀丫牛

1.2 韻母

韻母表（韻母 36 個，包括 1 個鼻韻韻母）

單元音	複元音		鼻尾韻		塞尾韻	
a 把知亞花	ai 排佳太敗	au 包抄交孝	an 炭山奸三	aŋ 坑橙橫省	at 辣八刷答	ak 拆或擲責
(ɐ)	ɐi 例西吠揮	ɐu 某浮九幽	ɐn 吞燈音林		ɐt 筆漆出得	
ε 些爹車野				εŋ 餅鏡鄭頸		εk 劇隻笛吃
(e)	ei 皮悲己女			eŋ 升亨兄聲		ek 碧的役式
i 知私子豬	iu 苗少挑撟		in 篇天卷尖		it 热別鐵缺	
ɔ 多波科靴	ɔi 代猜開害		ɔn 竿看寒安	ɔŋ 旁牀王香	ɔt 葛割渴喝	ɔk 莫縛確腳
(o)		ou 部無毛好		oŋ 東公棒種		ok 木篤菊局
u 姑虎符附	ui 妹回會具		un 般官碗本		ut 潑末活沒	
(ə)	əy 吹退徐取					

鼻韻 m̩ 唔五午吳

說明：an at 很不穩定，黎金喜常讀成 aŋ ak，但不構成意義上對立。

1.3 聲調 9 個

調類		調值	例字
陰平		55	知商超專
陰上		35	古走口比
陰去		33	變醉蓋唱
陽平		21	文雲陳床
陽上		13	女努距婢
陽去		22	字爛備代
上	陰入	5	一筆曲竹
下		3	答說鐵刷
陽入		2	局集合讀

2 語音特點

2.1 聲母方面

2.1.1 無舌尖鼻音 n，古泥母、來母字今音聲母均讀作 l。

古泥（娘）母字廣州話基本 n、l 不混，古泥母字，一概讀
n；古來母字，一概讀 l。石排灣舡語，老中青把 n、l 相
混，結果南藍不分，諾落不分。

	南（泥）		藍（來）		諾（泥）		落（來）
廣州	nam^{21}	≠	lam^{21}	廣州	$nɔk^2$	≠	$lɔk^2$
石排灣	lan^{21}	=	lan^{21}	石排灣	$lɔk^2$	=	$lɔk^2$

2.1.2　中古疑母洪音 ŋ- 聲母合併到中古影母 ø- 裡去。

古疑母字遇上洪音韻母時，廣州話一律讀成 ŋ-，石排灣舡民把 ŋ 聲母的字讀作 ø 聲母。

	眼	危	硬	偶
廣州	ŋan¹³	ŋɐi²¹	ŋaŋ²²	ŋɐu¹³
石排灣	an¹³	ɐi²¹	aŋ²²	ɐu¹³

2.1.3　沒有兩個舌根唇音聲母 kw、kwʰ，出現 kw、kwʰ 與 k、kʰ 不分。

	過果合一		個果開一		瓜假合二		加假開二
廣州	kwɔ³³	≠	kɔ³³	廣州	kwa⁵⁵	≠	ka⁵⁵
石排灣	kɔ³³	=	kɔ³³	石排灣	ka⁵⁵	=	ka⁵⁵

	乖蟹合二		佳蟹開二		規止合三		溪蟹開四
廣州	kwai⁵⁵	≠	kai⁵⁵	廣州	kwʰɐi⁵⁵	≠	kʰɐi⁵⁵
石排灣	kai⁵⁵	=	kai⁵⁵	石排灣	kʰɐi⁵⁵	=	kʰɐi⁵⁵

2.2　韻母方面

2.2.1　沒有舌面前圓唇閉元音 y 系韻母。

廣州話有舌面前圓唇閉元音 y 系韻母字，石排灣白話舡語一律讀作 i。

	豬遇合三	緣山合三	臀臻合一	血山合四
廣州	tʃy⁵⁵	jyn²¹	tʰyn²¹	hyt³
石排灣	tʃi⁵⁵	jin²¹	tʰin²¹	hit³

2.2.2 古咸攝開口各等，深攝三等尾韻的變異。

　　　石排灣舡語在古咸攝各等、深攝三等尾韻 m、p，讀成舌尖鼻音尾韻 n 和舌尖塞音尾韻 t。

	潭咸開一	減咸開二	尖咸開三	點咸開四	心深開三
廣州	tʰam²¹	kam³⁵	tʃim⁵⁵	tim³⁵	ʃem⁵⁵
石排灣	tʰan²¹	kan³⁵	tʃin⁵⁵	tin³⁵	ʃɐn⁵⁵

	答咸開一	甲咸開二	葉咸開三	帖咸開四	立深開三
廣州	tap³	kap³	jip²	tʰip³	lep²
石排灣	tat³	kat³⁵	jit²	tʰit³	let²

2.2.3 古曾攝開口一三等，合口一等，梗攝開口二三等、梗攝合二等的舌根鼻音尾韻 ŋ 和舌根塞尾韻 k，讀成舌尖鼻音尾韻 ɐn 和舌尖塞音尾韻 ɐt。

	燈曾開一	行梗開二	牲梗開二	轟梗合二
廣州	tɐŋ⁵⁵	hɐŋ²¹	ʃɐŋ⁵⁵	kwɐŋ⁵⁵
石排灣	tɐn⁵⁵	hɐn²¹	ʃɐn⁵⁵	kɐn⁵⁵

	北曾開一	黑曾開一	陌梗開二	扼梗開二
廣州	pɐk⁵	hɐk⁵	mɐk²	ɐk⁵
石排灣	pɐt⁵	hɐt⁵	mɐt²	ɐt⁵

2.2.4 差不多沒有舌面前圓唇半開元音 œ（ɵ）為主要元音一系列韻母。這類韻母多屬中古音裡的三等韻。廣州話的 œ 系韻母 œ、œŋ、œk、ɵn、ɵt、ɵy 在石排灣舡語中分別歸入 ɔ、ɔŋ、ɔk、ɐn、ɐt、ei。

沒有圓唇韻母 œ，œŋ，œk，歸入 ɔ、ɔŋ、ɔk。

	靴果合三	娘宕開三	香宕開三	雀宕開三	腳宕開三
廣州	hœ⁵⁵	nœŋ²¹	hœŋ⁵⁵	tʃœk³	kœk³
石排灣	hɔ⁵⁵	lɔŋ²¹	hɔŋ⁵⁵	tʃɔk³	kɔk³

沒有 ɵn、ɵt 韻母，分別讀成 ɐn、ɐt。

	鱗臻開三	准臻合三	栗臻開三	蟀臻合三
廣州	lɵn²¹	tʃɵn³⁵	lɵt²	ʃɵt⁵
石排灣	lɐn²¹	tʃɐn³⁵	lɐt²	ʃɐt⁵

只保留 ɵy 韻母

石排灣舡語 ɵy 韻母與 k kʰ h l 聲母搭配，則讀成 ei。「女」
字，合作人一時讀 lɵy¹³，一時讀 lei¹³，很不穩定，但不構
成意義上的對立。其餘讀音與廣州話相同。

	序遇合三	對蟹合一	醉止合三	水止合三
廣州	tʃɵy²²	tɵy³³	tʃɵy³³	ʃɵy³⁵
石排灣	tʃɵy²²	tɵy³³	tʃɵy³³	ʃɵy³⁵

當遇上古遇合三時，與見系、泥、來母搭配時，便讀成 ei。

	舉遇合三見	佢遇合三群	墟遇合三溪	女遇合三泥	呂遇合三來
廣州	kɵy³⁵	kʰɵy³⁵	hɵy⁵⁵	nɵy¹³	lɵy¹³
石排灣	kei³⁵	kʰei³⁵	hei⁵⁵	lei¹³	lei¹³

2.2.5 聲化韻 ŋ̩ 多歸併入 m̩。

「吳、蜈、吾、梧、五、伍、午、誤、悟」九個字，廣州話為 [ŋ̩]，石排灣舡語把這類聲化韻 [ŋ̩] 字已歸併入 [m̩]。

	吳遇合一	五遇合一	午遇合一	誤遇合一
廣州	ŋ̩²¹	ŋ̩¹³	ŋ̩¹³	ŋ̩²²
石排灣	m̩²¹	m̩¹³	m̩¹³	m̩²²

2.3 聲調方面

香港石排灣舡語聲調共 9 個，入聲有 3 個，分別是上陰入、下陰入、陽入。陰入按元音長短分成兩個，下陰入字的主要元音是長元音。

二 新界沙頭角舡語音系特點

本文調查合作人分別是陳志明（1956 年），馮志康（1963 年）。本音系主要合作人是陳志明，其先世自深圳葵涌鎮鯊魚涌遷來沙頭角，卻不清楚何時遷來。筆者曾跟陳志明前往其家鄉瀘魚涌進行調查，發現今已無水上人，主要原因是當地漁民已遷來沙頭角，還在沙頭角建起鯊魚涌村。

1　聲韻調系統

1.1　聲母 16 個，零聲母包括在內

p　跛薄怖閉	pʰ　普排鄙片	m 模巫味媽
		f 婚苦非肥
t　度店豆定	tʰ　太替投填	l 路離靈那
tʃ　醉寨再張	tʃʰ　秋廁串陳	ʃ 私所水樹
		j　已音入月
k　該已極跪	kʰ　卻級拒群	
		w 回話蛙圍
		h 看坑喜效
ø　哀安丫外		

1.2 韻母

韻母表（韻母 35 個，包括 1 個鼻韻韻母）

	單元音	複元音	鼻尾韻	塞尾韻
a	a 把炸嫁淮	ai 乃介讀淮　au 胎找教孝	an 坦扮還三　aŋ 挺盲冷橫	at 八達刷搭　ak 百格革或
(ɐ)	(ɐ)	ɐi 例米危鬼　ɐu 某夠浮幽	ɐn 賓混合燈	ɐt 吉勿急得
ɛ	ɛ 姐車夜野		ɛŋ 餅鄭病頸	ɛk 劇石踢吃
(e)	(e)	ei 披飢氣四	eŋ 稱皿定永	ek 力惜敵役
i	i 宜自詞注	iu 苗少要了	in 漸店染短	it 哲切接缺
ɔ	ɔ 個糯禾助	ɔi 待采蔡內	ɔn 方港香漢	ɔk 作角腳割
(o)	(o)	ou 普肚毛好	oŋ 董中酸風	ok 速竹月律
u	u 孤戶付負	ui 培枚會貝	un 半規碗門	ut 末闊活沒
œ	œ 靴朵			
(ø)	(ø)	øy 呂居睡水		

鼻韻　m 唔吾五梧

1.3　聲調 8 個

調類		調值	例字
陰平		55	剛邊商開
陰上		35	古手口紙
陰去		33	蓋怕愛女
陽平		21	文娘詳床
陽去		22	弄怒備在
上	陰入	5	曲七竹惜
下		3	割各桌答
陽入		2	落物白宅

2　語音特點

2.1　聲母方面

2.1.1　無舌尖鼻音 n，古泥母、來母字今音聲母均讀作 l。

古泥（娘）母字廣州話基本 n、l 不混，沙頭角舸語 n、l 相混，結果女呂不分，諾落不分。

	女（泥）		呂（來）		諾（泥）		落（來）
廣州	nøy^{13}	≠	løy^{13}	廣州	nɔk^2	≠	lɔk^2
沙頭角	løy^{33}	=	løy^{33}	沙頭角	lɔk^2	=	lɔk^2

2.1.2　中古疑母洪音 ŋ- 聲母合併到中古影母 ø- 裡去。

古疑母字遇上洪音韻母時，廣州話一律讀成 ŋ-，沙頭角舸民把 ŋ 聲母的字讀作 ø 聲母。

	眼	咬	硬	偶
廣州	ŋan¹³	ŋau¹³	ŋaŋ²²	ŋɐu¹³
沙頭角	an³³	au³³	aŋ²²	ɐu³³

2.1.3 kw、kwʰ 與 k、kʰ 不分

唇化音聲母 kw、kwʰ 與 ɔ 系韻母相拼，沙頭角舡語便消失圓唇 w，讀成 k、kʰ，因此是「過個」不分，「國角」不分。

	過果合一				個果開一		國曾合一			角江開二
廣州	kwɔ³³	≠	kɔ³³			廣州	kwɔk³	≠	kɔk³	
沙頭角	kɔ³³	=	kɔ³³			沙頭角	kɔk³	=	kɔk³	

	乖蟹合二				佳蟹開二		規止合三			溪蟹開四
廣州	kwai⁵⁵	≠	kai⁵⁵			廣州	kwʰɐi⁵⁵	≠	kʰɐi⁵⁵	
沙頭角	kai⁵⁵	=	kai⁵⁵			沙頭角	kʰɐi⁵⁵	=	kʰɐi⁵⁵	

2.2 韻母方面

2.2.1 沒有舌面前圓唇閉元音 y 系韻母。

廣州話 y 韻母字，沙頭角水舡語一律讀作 i；廣州話 yn 韻母字，沙頭角舡語絕大部分讀作 oŋ，少部分讀作 in；廣州話 yt 韻母字，沙頭角舡大部分語讀作 ok，少部分讀作 it，基本上沒有一定規律，也不構成意義上的對立。附近水域的吉澳、塔門舡語也如此。[2]

---

2 沙頭角、吉澳、塔門三地舡語比較接近，西貢布袋澳水上人張廣坤跟筆者說，他聽不清楚那邊的舡語，這是可以解釋何以陳志明會把 oŋ、ok 轉成 in、it，說成別處的舡語。

	煮遇合三	遇遇合三	沿山合三	穴山合四
廣州	tʃy³⁵	jy²²	jyn²¹	jyt²
沙頭角	tʃi³⁵	ji²²	jin²¹	jit²

	酸山合一	全山合三	脫山合一	月山合三
廣州	ʃyn⁵⁵	tʃʰyn²¹	tʃʰyt³	jyt²
沙頭角	ʃoŋ⁵⁵	tʃʰoŋ²¹	tʃʰok³	jok²

oŋ、ok 基本是沙頭角舡語的土語，oŋ、ok 又讀成 in、it，不構成對立。in、it 這種讀音，是合作人經常出入新界各區漁村辦理業務和做漁會工作有關，便不自覺習得了別處漁村的讀音，這是語言接觸的變異。

2.2.2　古咸攝開口各等，深攝三等尾韻的變異。
　　　　沙頭角舡語在古咸攝各等、深攝三等尾韻m、p，讀成舌尖鼻音尾韻n和舌尖塞音尾韻t。

	貪咸開一	減咸開二	廉咸開三	添咸開四	吟深開三
廣州	tʰam⁵⁵	kam³⁵	lim²¹	tʰim⁵⁵	jɐm²¹
沙頭角	tʰan⁵⁵	kan³⁵	lin²¹	tʰin⁵⁵	jɐn²¹

	搭咸開一	夾咸開二	頁咸開三	貼咸開四	入深開三
廣州	tap³	kap³	jip²	tʰip³	jɐp²
沙頭角	tat³	kat³	jit²	tʰit³	jɐt²

2.2.3　古曾攝開口一三等，合口一等，梗攝開口二三等、梗攝合二

等的舌根鼻音尾韻 ŋ 和舌根塞尾韻 k，讀成舌尖鼻音尾韻 en
和舌尖塞音尾韻 et。

	等曾開一	贈曾開一	爭梗開二	宏梗合二
廣州	teŋ³⁵	tʃeŋ²²	tʃeŋ⁵⁵	weŋ²¹
沙頭角	ten³⁵	tʃen²²	tʃen⁵⁵	wen²¹

	得曾開一	克曾開一	麥梗開二	扼梗開二
廣州	tek⁵	ek⁵	mek²	ek⁵
沙頭角	tet⁵	et⁵	met²	et⁵

2.2.4 差不多沒有舌面前圓唇半開元音 œ（ɵ）為主要元音一系列
韻母。這類韻母多屬中古音裡的三等韻。廣州話的 œ 系韻
母 œŋ、œk、ɵn、ɵt 在沙頭角舡語分別歸入 ɔŋ、ɔk、ɔŋ、
ɔk。

沒有圓唇韻母 œŋ、œk，歸入 ɔŋ、ɔk。

	良宕開三	強宕開三	略宕開三	弱宕開三
廣州	lœŋ²¹	kʰœŋ⁵⁵	lœk²	jœk²
沙頭角	lɔŋ²¹	kʰɔŋ⁵⁵	lɔk²	jɔk²

沒有 ɵn、ɵt 韻母，歸入 ɔŋ、ɔk。

	信臻開三	論臻合一	栗臻開三	術臻合三
廣州	ʃɵn³³	lɵn²²	lɵt²	ʃɵt²
沙頭角	ʃɔŋ³³	lɔŋ²²	lɔk²	ʃɔk²

2.2.5　聲化韻 ŋ̩ 多歸併入 m̩。

「吳、蜈、吾、梧、五、伍、午、誤、悟」九個字，廣州話為 [ŋ̩]，沙頭角舡語把這類聲化韻 [ŋ̩] 歸入 [m̩]。

	吳遇合一	五遇合一	午遇合一	誤遇合一
廣州	ŋ̩²¹	ŋ̩¹³	ŋ̩¹³	ŋ̩²²
沙頭角	m̩²¹	m̩³³	m̩³³	m̩²²

2.3　聲調方面

新界沙頭角舡語聲調共 8 個，差異之處是廣州話陽上 13，沙頭角讀作 33，與陰去相合。陳志明稱這點與自從做漁民代表，常要到市區工作開會，也許是這樣子，所以其陽上讀成 13 出現較多，33 方是其原調。

	婦	市	舅	你
廣州	fu¹³	ʃi¹³	kʰɐu¹³	nei¹³
沙頭角	fu³³	ʃi³³	kʰɐu³³	lei³³

三　吉澳舡語音系特點

石喜章（1924年），初小程度，前村長，遷來九代；張二有（1946年），祖輩遷來到他已五代；石房福（1952年），現任村長；石煌根（1959年），生長於吉澳，高中畢業，現旅居英國。調查之日，是他回港參加送喪，筆者剛好遇上，便在橫水道的「送殯船」（船裡有一副靈柩）上跟他進行調查。他留港數天，筆者也與他進行調查。石氏

三人中受廣州話影響較大的是石房福，影響最少的卻是旅居英國的石
煌根，滿口盡是三十多年前的吉澳舡語，真沒想到移居外地的人的方
言保留得這麼好。本節所描寫的語音系統是以石煌根的語音為準，其
餘三位只作參考之用。

　　吉澳島位於香港新界東北，大鵬灣西，沙頭角之東，與大陸鹽
田、梅沙相對。島面積2.36平方公里……海岸曲折，風高浪急之時，
大鵬灣的漁船均停泊於吉澳灣以避風浪，稱該島為吉澳，取自吉祥之
意。吉澳在明代仍是荒蕪之地。明末民生疾苦，流寇竄起，百姓為逃
避苛政，大量南遷，甚至冒險渡海逃生而至吉澳島，在此定居建
村……水上人分別姓何、陳、張、石、郭、方、杜、李、廖、梁、
冼……1956年人口統計，吉澳全島水陸居民四千餘人。岸上房屋鱗次
櫛比，海面船隻千帆並舉，相當熱鬧。其後，年青一輩為改善生活，
到海外謀生，繼而家人陸續前往團聚，而留港村民亦因工作關係，或
遷就子女求學，紛紛遷居市區，於是吉澳現在連漁民新村只剩三百餘
戶，十室九空。在三百年前……最先抵達（吉澳）應是漁民，他們以
海為家，泛舟漂泊，漂到哪裡就居哪裡，漁民最早到吉漁島扎根生活
的應是石氏家族，然後陸續遷來有何氏家族、陳氏家族、張氏家族
等。[3]

　　據各姓族譜記載：石氏兩族，一族九代來自番禺；一族七代，來
自惠州。陳氏兩族，一族八代，來自廣州；一族五代，來自東莞太
平。何氏兩族，一族十代，來自番禺沙灣；一族七代，亦來自番禺沙
灣。張氏一族，七代來自惠陽。[4]

　　據石氏漁民所言，1997年人口不到300人，現在只有100人左右。

3　《大鵬明珠吉澳　滄海遺珠三百年》，頁22-23。
4　《大鵬明珠吉澳　滄海遺珠三百年》，頁54。

1　聲韻調系統

1.1　聲母 18 個，零聲母包括在內

p　跛步怖邊　　pʰ　普排編片　　m 暮務文慢

f 婚苦非肥

t　都帝豆定　　tʰ　他天投條　　　　　　　　　　l 羅例靈你

ʃ 些所世市

tʃ　姐炸支竹　　tʃʰ　雌瘡吹陳

j 已音入月

k　歌已共江　　kʰ　卻拘期強

kw 瓜貴軍郡　　kwʰ　誇困葵規

w 回宏蛙詠

h 可腔兄下

ø　阿哀鴨我

1.2 韻母

韻母表（韻母 36 個，包括 1 個鼻韻韻母）

	單元音	複元音		鼻尾韻		塞尾韻	
a	a 把炸架華	ai 介員猜壞	au 包抄膠餃	an 丹山怀三	aŋ 彭省橙橫	at 擦撥刮夾	ak 百摘冊或
(ɐ)	(ɐ)	ɐi 例迷危胃	ɐu 貿口酒幼	ɐn 根民心燈		ɐt 匹乞拾得	
ɛ	ɛ 且遮舍夜	ei 披器祈飛			ɛŋ 病餅頸鄭		ɛk 屐赤石笛
(e)	(e)				eŋ 承平定永		ek 力跡的激
i	i 宜自司嘶		iu 表燒姚了	in 面然染全		it 別折接缺	
ɔ	ɔ 左坡靴靴	ɔi 代才哀外		ɔn 肝刊汗案	ɔŋ 幫慌住傷	ɔt 割喝葛渴	ɔk 昨喝獲桌
(o)	(o)		ou 普土毛好		oŋ 董束閘船		ok 木屋出月
u	u 古瓦府父	ui 杯每回會		un 半管碗門		ut 撥末活勃	
(ø)	(ø)		øy 居取退帥				

鼻韻　m 唔午吳梧

1.3　聲調 8 個

調類		調值	例字
陰平		55	開初三知
陰上		35	口手紙古
陰去		33	怕對帳老
陽平		21	人文床扶
陽去		22	浪閏大戶
上	陰入	5	竹惜福曲
下		3	答說各刷
陽入		2	六藥食服

2　語音特點

2.1　聲母方面

2.1.1　無舌尖鼻音 n，古泥母、來母字今音聲母均讀作 l。

古泥（娘）母字廣州話基本 n、l 不混，吉澳舡語 n、l 相混，結果女呂不分，諾落不分。

	女（泥）		呂（來）		諾（泥）		落（來）
廣州	neɵy^{13}	≠	lɵy^{13}	廣州	nɔk^{2}	≠	lɔk^{2}
吉澳	lɵy^{13}	=	lɵy^{33}	吉澳	lɔk^{2}	=	lɔk^{2}

2.1.2　中古疑母洪音 ŋ- 聲母合併到中古影母 ø- 裡去。

古疑母字遇上洪音韻母時，廣州話一律讀成 ŋ-，吉澳舡語這個 ŋ 聲母消失而合併到零聲母 ø 當中。

	眼	艾	硬	牛
廣州	ŋan¹³	ŋai²²	ŋaŋ²²	ŋɐu²¹
吉澳	an¹³	ai²²	aŋ²²	ɐu²¹

2.2 韻母方面

2.2.1 沒有舌面前圓唇閉元音 y 系韻母。

廣州話 y 韻母字，吉澳舡語一律讀作 i；廣州話 yn、yt 韻
母字，吉澳舡語讀作 oŋ、ok，這部分沙頭角舡語少部分讀
作 in、it，讀作 in、it 不見於吉澳石煌根、石喜章，卻出現
於石房福。這個現象，塔門舡語也像沙頭角。

	煮遇合三	算山合一	泉山合三	奪山合一	月山合三
廣州	tʃy³⁵	ʃyn³³	tʃʰyn²¹	tʃyt²	jyt²
吉澳	tʃi³⁵	ʃoŋ³³	tʃʰoŋ²¹	tʃok²	jok²

2.2.2 古咸攝開口各等，深攝三等尾韻的變異

吉澳舡語在古咸攝各等、深攝三等尾韻 m、p，讀成舌尖鼻
音尾韻 n 和舌尖塞音尾韻 t。例如：

	探咸開一	鹹咸開二	簾咸開三	甜咸開四	音深開三
廣州	tʰam³³	ham²¹	lim²¹	tʰim²¹	jɐm⁵⁵
吉澳	tʰan³³	han²¹	lin²¹	tʰin²¹	jɐn⁵⁵

	踏咸開一	閘咸開二	葉咸開三	帖咸開四	急深開三
廣州	tap²	tʃap³	jip²	tʰip³	kɐp²
吉澳	tat²	tʃat³⁵	jit²	tʰit³	kɐt²

2.2.3 古曾攝開口一三等，合口一等，梗攝開口二三等、梗攝合二
　　　等的舌根鼻音尾韻 ŋ 和舌根塞尾韻 k，讀成舌尖鼻音尾韻 ɐn
　　　和舌尖塞音尾韻 ɐt。

	登曾開一	增曾開一	箏梗開二	宏梗合二
廣州	tɐŋ^{55}	tʃɐŋ^{55}	tʃɐŋ^{55}	wɐŋ^{21}
吉澳	tɐn^{55}	tʃɐn^{55}	tʃɐn^{55}	wɐn^{21}

	德曾開一	黑曾開一	脈梗開二	扼梗開二
廣州	tɐk^{5}	hɐk^{5}	mɐk^{2}	ɐk^{5}
吉澳	tɐt^{5}	hɐt^{5}	mɐt^{2}	ɐt^{5}

2.2.4 沒有舌面前圓唇半開元音 œ（ɵ）為主要元音一系列韻母。
　　　這類韻母多屬中古音裡的三等韻。廣州話的 œ 系韻母 œ、
　　　œŋ、œk、ɵn、ɵt 在吉澳舡語分別歸入 ɔ、ɔŋ、ɔk、ɔŋ、
　　　ɔk。
　　　沒有圓唇韻母 œ，œŋ、œk，歸入 ɔ、ɔŋ、ɔk。

	靴果合三	亮宕開三	姜宕開三	掠宕開三
廣州	hœ^{55}	lœŋ^{22}	kœŋ^{55}	lœk^{2}
吉澳	hɔ^{55}	lɔŋ^{22}	kɔŋ^{55}	lɔk^{2}

　　　沒有 ɵn、ɵt 韻母，分別讀成 ɔŋ、ɔk。

	訊臻開三	崙臻合一	律臻合三	述臻合三
廣州	ʃɵn^{33}	lɵn^{21}	lɵt^{2}	ʃɵt^{2}
吉澳	ʃɔŋ^{33}	lɔŋ^{21}	lɔk^{2}	ʃɔk^{2}

2.2.5　聲化韻 ŋ̍ 多歸併入 m̩。

「吳、蜈、吾、梧、五、伍、午、誤、悟」九個字，廣州話
為 [ŋ̍]，吉澳舡語把這類聲化韻 [ŋ̍] 歸入 [m̩]。

	吳遇合一	五遇合一	午遇合一	誤遇合一
廣州	ŋ̍²¹	ŋ̍¹³	ŋ̍¹³	ŋ̍²²
吉澳	m̩²¹	m̩¹³	m̩¹³	m̩²²

2.3　聲調方面

聲調絕大部分跟廣州話一樣，變調也一致的。差異之處是廣州話
陽上 13，吉澳讀作 33，與陰去相合。

	也	拒	武	你
廣州	ja¹³	kʰɵy¹³	mou¹³	nei¹³
吉澳	ja³³	kʰɵy³³	mou³³	lei³³

四　塔門舡語音系特點

方譚生（1930年），先祖從東莞厚街遷來塔門200多年；黎連壽
（1930年），稱從他上溯十三代，先輩是從東莞黃涌遷來塔門。二人
都有族譜，筆者也看過和拍照。筆者對於水上人有族譜這方面是存疑
的，不在這裡分析。[5]

塔門是香港的一個的島嶼，位於大灘海、大赤門及大鵬灣之間，

5　廣東省民族研究所編：《廣東蜑民社會調查》（廣州市：中山大學出版社，2001年）。
　　此書便提出對於水上人有族譜的存疑。

行政區劃上屬於大埔區，面積達1.69平方公里。島上居民主要由塔門原居民和遷上陸地的水上人組成，高峰時有2,000人居住，後來大部分漁民遷到大埔或市區謀生。隨著捕魚業式微，青年人更跑到市區找工作。筆者學生裡有一位姓石的水上人子弟，是塔門人，已遷出塔門，只有祖父留居塔門。

1　聲韻調系統

1.1　聲母 17 個，零聲母包括在內

p	波薄品邊	pʰ 普排編批	m 摩無味媽	
				f 火貨非肥
t	多釘代電	tʰ 拖梯投挺	l 羅離了泥	
tʃ	祭闌支竹	tʃʰ 此初處陳	ʃ 修所世社	
				j 由於仁月
k	歌九具掛	kʰ 卻襟拒誇	ŋ 我顏牛外	
				w 和話蛙位
				h 可開戲下
ø	哀安鴨握			

1.2　韻母

韻母表（韻母 34 個，包括 1 個鼻韻韻母）

單元音	複元音		鼻尾韻		塞尾韻	
a 巴查下話	ai 大界街快	au 包找教孝		aŋ 彭坑辦男		ak 或百押集
(ɐ)	ɐi 紮迷跪揮	ɐu 剖夠否幼	an 跟民燈金		ɐt 筆失得吸	
ɛ 車者身夜				ɛŋ 病餅鏡鄭		ɛk 劇吃尺擲
(e)	ei 皮你氣尾			eŋ 冰兵定永		ek 力碧的析
i 是姊思雨		iu 表嬌要調	in 面然田點		it 別舌揭接	
ɔ 多果和靴	ɔi 抬在海外		ɔn 竿看旱飲	ɔŋ 幫黃防香	ɔt 喝割渴葛	ɔk 博角國腳
(o)		ou 布土刀好		oŋ 東洞船罔		ok 木屋月出
u 古胡付附	ui 胚背妹匯		un 般官玩本		ut 末括闊沒	
(ø)		øy 女聚推水				

鼻韻　m 唔吾五梧

1.3　聲調 9 個

調類		調值	例字
陰平		55	知邊初商
陰上		35	古紙比口
陰去		33	帳正對抗
陽平		21	人文唐時
陽上		13	女老柱舅
陽去		22	巨望用助
上	陰入	5	竹出即曲
下		3	甲接百刷
陽入		2	六藥食服

2　語音特點

2.1　聲母方面

2.1.1　古泥（娘）母字廣州話基本 n、l 不混，塔門舡語把 n、l 相混，結果南藍不分，諾落不分。

	南（泥）		藍（來）		諾（泥）		落（來）
廣州	nam^{21}	≠	lam^{21}	廣州	nɔk^2	≠	lɔk^2
塔門	laŋ^{21}	=	laŋ^{21}	塔門	lɔk^2	=	lɔk^2

2.1.2　沒有兩個舌根唇音聲母 kw、kw^h，出現 kw、kw^h 與 k、k^h 不分。

	過果合一		個果開一		瓜假合二		加假開二
廣州	$kw\mathfrak{o}^{33}$	≠	$k\mathfrak{o}^{33}$	廣州	kwa^{55}	≠	ka^{55}
塔門	$k\mathfrak{o}^{33}$	=	$k\mathfrak{o}^{33}$	塔門	ka^{55}	=	ka^{55}

	乖蟹合二		佳蟹開二		規止合三		溪蟹開四
廣州	$kwai^{55}$	≠	kai^{55}	廣州	kw^hei^{55}	≠	k^hei^{55}
塔門	kai^{55}	=	kai^{55}	塔門	k^hei^{55}	=	k^hei^{55}

2.2　韻母方面

2.2.1　沒有舌面前圓唇閉元音 y 系韻母。

廣州話 y 韻母字，塔門舡語讀作 i；廣州話 yn 韻母字，塔門舡語讀作 oŋ，但有時讀作 in，相信受了別處舡語影響。廣州話 yt 韻母字，塔門舡語讀作 ok，但兩位合作人不少時候也讀作 it，這個跟市區的漁民接觸而影響得來。塔門水道與吉澳、沙頭角接近，所以也有這個特點。[6]

	漁遇合三	亂山合一	全山合三	奪山合一	月山合三
廣州	jy^{21}	lyn^{22}	$t\int^hyn^{21}$	$t\int yt^2$	jyt^2
塔門	ji^{21}	$lo\eta^{22}$	$t\int^ho\eta^{21}$	$t\int ok^2$	jok^2

2.2.2　古咸攝開口一、二等，深攝開口三等字尾韻的變異。

塔門舡語在古咸攝開口一、二等，深攝開口三等字的 am、ap 韻尾，讀成舌根鼻音韻尾 aŋ 和舌根塞音韻尾 ak。

6　參看註1。原因也是這樣子。

	南咸開一	擔咸開一	衫咸開二	簪深開三
廣州	nam⁵⁵	tam⁵⁵	ʃam⁵⁵	tʃam⁵⁵
塔門	laŋ⁵⁵	taŋ⁵⁵	ʃaŋ⁵⁵	tʃaŋ⁵⁵

	答咸開一	閘咸開二	甲咸開二	集深開三
廣州	tap³	tʃap²	kap³	tʃap²
塔門	tak³	tʃak²	kak³	tʃak²

2.2.3 古咸攝開口一、二等，深攝開口三等字尾韻的變異。

古咸攝開口一、二等，深攝開口三等字的尾韻 ɐm、ɐp，讀成舌尖鼻音尾韻 ɐn 和舌尖塞音尾韻 ɐt。

	敢咸開一	暗咸開一	嵌咸開二	嬸深開三
廣州	kɐm³⁵	ɐm³³	hɐm³³	ʃɐm³⁵
塔門	kɐn³⁵	ɐn³³	hɐn³³	ʃɐn³⁵

	合咸開一	蛤咸開一	恰咸開二	泣深開三
廣州	hɐp²	kɐp³	hɐp⁵	jɐp⁵
塔門	hɐt²	kɐt³	hɐt⁵	jɐt⁵

2.2.4 古山攝開口一、二等，合口一、二、三等字尾韻的變異。

古山攝開口一、二等，合口一、二、三等字的 an、at 韻尾，讀成舌根鼻音韻尾 aŋ 和舌根塞音韻尾 ak。

	丹山開一	辦山開二	饅山合一	煩山合三
廣州	tan⁵⁵	pan²²	man²²	fan²¹
塔門	taŋ⁵⁵	paŋ²²	maŋ²²	faŋ²¹

	辣山開一	紮山開二	刷山合二	髮山合三
廣州	lat²	tʃat³	tʃʰat³	fat³
塔門	lak²	tʃak³	tʃʰak³	fak³

2.2.5 古曾攝開口一三等，合口一等，梗攝開口二三等、梗攝合二等的舌根鼻音尾韻 ŋ 和舌根塞尾韻 k，讀成舌尖鼻音尾韻 ɐn和舌尖塞音尾韻 ɐt。

	等曾開一	更梗開二	盟梗開三	轟梗合二
廣州	tɐŋ⁵⁵	kɐŋ³³	mɐŋ²¹	kwɐŋ⁵⁵
塔門	tɐn⁵⁵	kɐn³³	mɐn²¹	kɐn⁵⁵

	墨曾開一	刻曾開一	陌梗開二	扼梗開二
廣州	mɐk²	hɐk⁵	mɐk²	ɐk⁵
塔門	mɐt²	hɐt⁵	mɐt²	ɐt⁵

2.2.6 古咸攝開口三、四等 im、ip，讀成舌尖鼻音尾韻 in 和舌尖塞音尾韻 it。

	閃咸開三	鹽咸開三	兼咸開四	嫌咸開四
廣州	ʃim³⁵	jim²¹	kim⁵⁵	jim²¹
塔門	ʃin³⁵	jin²¹	kin⁵⁵	jin²¹

	摺咸開三	業咸開三	帖咸開四	疊咸開四
廣州	tʃip³	jip²	tʰip³	tip²
塔門	tʃit³	jit²	tʰit³	tit²

2.2.7　沒有舌面前圓唇半開元音 œ（ɵ）為主要元音一系列韻母，
　　　　這類韻母多屬中古音裡的三等韻。廣州話的 œ 系韻母 œ、
　　　　œŋ、œk、ɵn、ɵt 在塔門舡語分別歸入 ɔ、ɔŋ、ɔk、oŋ、ok。
　　　　沒有圓唇韻母 œ，œŋ、œk，歸入 ɔ、ɔŋ、ɔk。

	靴果合三	香宕開三	陽宕開三	腳宕開三
廣州	hœ⁵⁵	hœŋ⁵⁵	jœŋ²¹	kœk²
塔門	hɔ⁵⁵	hɔŋ⁵⁵	jɔŋ²¹	kɔk²

　　　　沒有 ɵn、ɵt 韻母，分別讀成 oŋ、ok。

	盡臻開三	倫臻合三	恤臻開三	出臻合三
廣州	tʃɵn²²	lɵn²¹	ʃɵt⁵	tʃʰɵt⁵
塔門	tʃoŋ²²	loŋ²¹	ʃok⁵	tʃʰok⁵

2.2.8　聲化韻 ŋ̩ 歸併入 m̩。
　　　　「吳、蜈、吾、梧、五、伍、午、誤、悟」九個字，廣州話
　　　　為 [ŋ̩]，塔門舡語把這類聲化韻 [ŋ̩] 字歸併入 [m̩]。

	吳遇合一	五遇合一	午遇合一	誤遇合一
廣州	ŋ̩²¹	ŋ̩¹³	ŋ̩¹³	ŋ̩²²
塔門	m̩²¹	m̩³³	m̩³³	m̩²²

2.3　聲調方面

　　　　塔門舡語與老廣州白話沒有差異，聲調共 9 個，入聲有 3 個，分
別是上陰入、下陰入、陽入。陰入按元音長短分成兩個，下陰入字的
主要元音是長元音。

五 西貢布袋澳舡語音系特點

張廣坤（1945年），從廣西遷來到他已歷十四代。梁連生（1951年），只知居此打魚多代。本文以張廣坤為主要合作人，梁連生只作參考。

布袋澳地勢是三面環山，北西出海口較窄，像一個布袋一樣，布袋澳因而得名。布袋澳位於清水灣半島的南部，在田下山及清水灣郊野公園的東面，在大廟灣及佛堂門大廟的北面，清水灣的南面，清水灣鄉村俱樂部高爾夫球場的西面。此村村民多以高、張、劉、鄧氏客家原居民和舡民為主。

這個漁村應該建於嘉慶二十二年（1818年）以前，村裡有重修洪聖古廟碑記一塊。[7]

1 聲韻調系統

1.1 聲母 18 個，零聲母包括在內

p 跛簿品閉	pʰ 頗排編拼	m 魔無味麥	
			f 火苦法煩
t 多帝豆電	tʰ 拖體投挺	n 那努內念 l 羅例了歷	
tʃ 借爪折竹	tʃʰ 次楚綽程		ʃ 須搜水臣 j 由醫入月
k 歌居極瓜	kʰ 企級期群	ŋ 我顏牛外	
			w 狐話溫韻
ø 哀安鴨矮			h 可巧許下

---

[7] 科大衛、陸鴻基、吳倫霓霞合編：《香港碑銘彙編》（第一冊）（香港：香港博物館編製・香港市政局出版，1986年3月），頁67-69。

1.2 韻母

韻母表（韻母 39 個，包括 2 個鼻韻韻母）

單元音	複元音		鼻尾韻		塞尾韻	
a 把沙芽華	ai 介奶孩快	au 包茅抄教		aŋ 棒橙膽晚		ak 伯冊搭八
(ɐ)	ɐi 幣低危貴	ɐu 某購留幼	ɐn 吞民賓賓	ɐŋ 朋更宏宏	ɐt 筆忽七急	ɐk 北得克脈
ɛ 且者舍靴				ɛŋ 餅病鏡鄭		ɛk 劇隻石笛
(e)	ei 皮飢幾肥			eŋ 蒸享兄永		ek 力逆歷亦
i 儀自詞緒		iu 票繞搖尿	in 面然卷嚴		it 別舌說接	
ɔ 拖科和助	ɔi 代再哀外		ɔn 肝刊漢案	ɔŋ 幫皇蚌常	ɔt 喝渴割葛	ɔk 作角獲弱
(o)		ou 佈吐抱告		oŋ 董宗馮勇		ok 木屋竹局
u 孤互付輔	ui 配媒回會		un 般官換門		ut 潑抹活沒	
(ə)	əy 居狗對歲		ən 信頓春潤		et 律恤述蟀	

鼻韻 m 唔　ŋ 吾午悟五

1.3 聲調 8 個

調類		調值	例字
陰平		55	剛開丁三
陰上		35	古走楚走
陰去		33	正變唱女
陽平		21	娘文才扶
陽去		22	閏望助大
上	陰入	5	竹一惜曲
下		3	答接百刷
陽入		2	入物白俗

2 語音特點

2.1 聲母方面

kw、kwʰ與k、kʰ不分。唇化音聲母kw、kwʰ與ɔ系韻母相拼，布袋澳舡語便消失圓唇w，讀成k、kʰ，因此是「過個」不分，「國角」不分。

	過果合一		個果開一			國曾合一		角江開二
廣州	kwɔ³³	≠	kɔ³³		廣州	kwɔk³	≠	kɔk³
布袋澳	kɔ³³	=	kɔ³³		布袋澳	kɔk³	=	kɔk³

	乖蟹合二		佳蟹開二			規止合三		溪蟹開四
廣州	kwai⁵⁵	≠	kai⁵⁵		廣州	kwʰɐi⁵⁵	≠	kʰɐi⁵⁵
布袋澳	kai⁵⁵	=	kai⁵⁵		布袋澳	kʰɐi⁵⁵	=	kʰɐi⁵⁵

2.2　韻母方面

2.2.1　沒有舌面前圓唇閉元音 y 系韻母。

廣州話有舌面前圓唇閉元音 y 系韻母字，布袋澳舡語一律讀作 i。

	豬遇合三	園山合三	臀臻合一	穴山合四
廣州	tʃy⁵⁵	jyn²¹	tʰyn²¹	jyt²
布袋澳	tʃi⁵⁵	jin²¹	tʰin²¹	jit²

2.2.2　古咸攝開口一、二等，深攝開口三等字尾韻的變異。

布袋澳舡語在古咸攝開口一、二等，深攝開口三等字的 am、ap 韻尾，讀成舌根鼻音韻尾 aŋ 和舌根塞音韻尾 ak。

	男咸開一	擔咸開一	監咸開二	簪深開三
廣州	nam²¹	tam⁵⁵	kam⁵⁵	tʃam⁵⁵
布袋澳	naŋ²¹	taŋ⁵⁵	kaŋ⁵⁵	tʃaŋ⁵⁵

	踏咸開一	閘咸開二	胛咸開二	襲深開三
廣州	tap²	tʃap²	kap³	tʃap²
布袋澳	tak²	tʃak²	kak³	tʃak²

2.2.3　古咸攝開口一、二等，深攝開口三等字的尾韻的變異。

古咸攝開口一、二等，深攝開口三等字的尾韻 ɐm、ɐp，讀成舌尖鼻音尾韻 ɐn 和舌尖塞音尾韻 ɐt。

	感咸開一	敢咸開一	嵌咸開二	森深開三
廣州	kɐm³⁵	kɐm³⁵	hɐm³³	ʃɐm⁵⁵
布袋澳	kɐn³⁵	kɐn³⁵	hɐn³³	ʃɐn⁵⁵

	盒咸開一	蛤咸開一	洽咸開二	揖深開三
廣州	hɐp²	kɐp³	hɐp⁵	jɐp⁵
布袋澳	hɐt²	kɐt³	hɐt⁵	jɐt⁵

2.2.4　古山攝開口一、二等，合口一、二、三等字尾韻的變異。

　　　古山攝開口一、二等，合口一、二、三等字的 an、at 韻尾，讀成舌根鼻音韻尾 aŋ 和舌根塞音韻尾 ak。

	旦山開一	山山開二	饅山合一	彎山合二
廣州	tan³³	ʃan⁵⁵	man²²	wan⁵⁵
布袋澳	taŋ³³	ʃaŋ⁵⁵	maŋ²²	waŋ⁵⁵

	達山開一	八山開二	刷山合二	發山合三
廣州	tat²	pat³	tʃʰat³	fat³
布袋澳	tak²	pak³	tʃʰak³	fak³

2.2.5　古曾攝開口一三等，合口一等，梗攝開口二三等、梗攝合二等的舌根鼻音尾韻ŋ和舌根塞尾韻k，讀成舌尖鼻音尾韻ɐn和舌尖塞音尾韻ɐt。

	燈曾開一	衡梗開二	盟梗開三	宏梗合二
廣州	tɐŋ⁵⁵	hɐŋ²¹	mɐŋ²¹	wɐŋ²¹
布袋澳	tɐn⁵⁵	hɐn²¹	mɐn²¹	wɐn²¹

	默曾開一	塞曾開一	麥梗開二	扼梗開二
廣州	mɐk²	ʃɐk⁵	mɐk²	ɐk⁵
布袋澳	mɐt²	ʃɐt⁵	mɐt²	ɐt⁵

2.2.6 古咸攝開口三、四等 im、ip，讀成舌尖鼻音尾韻 in 和舌尖
     塞音尾韻 it。

	陝咸開三	嚴咸開三	謙咸開四	嫌咸開四
廣州	ʃim³⁵	jim²¹	him⁵⁵	jim²¹
布袋澳	ʃin³⁵	jin²¹	hin⁵⁵	jin²¹

	接咸開三	葉咸開三	歉咸開四	蝶咸開四
廣州	tʃip³	jip²	hip³	tip²
布袋澳	tʃit³	jit²	hit³	tit²

2.2.7 沒有舌面前圓唇半開元音 œ（ɵ）為主要元音一系列韻母，
     廣州話的 œ 系韻母 œ、œŋ、œk 在布袋澳舡語中分別歸入
     ɛ、ɔŋ、ɔk。

	靴果合三	釀宕開三	香宕開三	弱宕開三	腳宕開三
廣州	hœ⁵⁵	jœŋ²²	hœŋ⁵⁵	jœk²	kœk³
布袋澳	hɛ⁵⁵	jɔŋ²²	hɔŋ⁵⁵	jɔk²	kɔk³

2.3 聲調方面

聲調絕大部分跟廣州話一樣，變調也一致的。差異之處是廣州話
陽上 13，布袋澳讀作 33，與陰去相合。

	女	拒	買	尾
廣州	nɵy¹³	kʰɵy¹³	mai¹³	mei¹³
布袋澳	nɵy³³	kʰɵy³³	mai³³	mei³³

六　西貢糧船灣洲舡語音系特點

　　合作人為鄭帶有（1933 年），生於糧船灣，到他已是最少三代人於糧船灣生活，祖先從深圳南頭遷來。其女兒鄭美娟（1969 年），高中畢業，長大於糧船灣，也曾跟父母打魚，於 1996 年結婚方居於沙田。她能說滿口糧船灣洲舡語，如此年齡能說一口好舡語，跟這裡是一個島嶼有關。糧船灣洲為香港第四大島嶼，行政上屬西貢區，位於萬宜水庫西南面，糧船灣海以東，滘西洲以西。

1　聲韻調系統

1.1　聲母 16 個，零聲母包括在內

p 波薄玻閉　　pʰ 鋪琶編批　　m 摩無未慢

　　　　　　　　　　　　　　　　　　　　　f 火苦飛煩

t 多低誕弟　　tʰ 拖體逃挺　　　　　　　　l 羅例靈泥

tʃ 借閘支張　　tʃʰ 且楚昌陳　　　　　　　　ʃ 修所水市

　　　　　　　　　　　　　　　　　　　　　j 由醫入月

k 歌幾極貴　　kʰ 驅襟拒跪

　　　　　　　　　　　　　　　　　　　　　w 和話蛙韻

ø 哀愛握牛　　　　　　　　　　　　　　　h 可腔戲下

1.2 韻母

韻母表（韻母 33 個，包括 1 個鼻韻韻母）

	單元音	複元音	鼻尾韻	塞尾韻
a	a 巴查眼蛙	ai 態介牌快　　au 泡貌抄教	aŋ 坑含蘭三	ak 伯佰八納
(ɐ)		ɐi 例米肺危　　ɐu 偷扣流幼	ɐn 眅新鄰燈	ɐt 筆七出得
ɛ	ɛ 姐者社靴		ɛŋ 病頸鄭鏡	ɛk 劇赤踢吃
(e)		ei 碑四幾肥	eŋ 乘平睜永	ek 力跡敵役
i	i 是次寺注	iu 票少要跳	in 面扁染卷	it 別熱接缺
ɔ	ɔ 拖果鍋助	ɔi 招彩哀外	ɔŋ 旁荒王傷　　ɔn 刊罕看安	ɔk 作角確桌　　ɔt 喝割葛渴
(o)		ou 布吐毛告	oŋ 宗冬同答	ok 木督六浴
u	u 古夫付富	ui 陪梅回稅	un 般官玩肝	ut 末括活割

鼻韻 m̩ 唔午㕵五

1.3　聲調 8 個

調類		調值	例字
陰平		55	知丁超三
陰上		35	古紙比楚
陰去		33	蓋醉抗老
陽平		21	鵝難床時
陽去		22	漏浪助弟
上	陰入	5	急出惜筆
下		3	答接鐵割
陽入		2	入物食舌

2　語音特點

2.1　聲母方面

2.1.1　無舌尖鼻音 n，古泥母、來母字今音聲母均讀作 l。

古泥（娘）母字廣州話基本 n、l 不混，凡古泥母字，一概讀 n；凡古來母字，一概讀 l。糧船灣洲（以下簡稱糧船灣，香港人一般也稱糧船灣）舡語，父女二人也把 n、l 相混，結果南藍不分，諾落不分。

	南（泥）		藍（來）		諾（泥）		落（來）
廣州	nam^{21}	≠	lam^{21}	廣州	nɔk^2	≠	lɔk^2
糧船灣	laŋ^{21}	=	laŋ^{21}	糧船灣	lɔk^2	=	lɔk^2

2.1.2　中古疑母洪音 ŋ- 聲母合併到中古影母 ø- 裡去。

古疑母字遇上洪音韻母時，廣州話一律讀成 ŋ-，事實上，珠三角舡語古疑母字的讀法已不太一致。糧船灣舡語這個 ŋ 聲母早已消失而合併到零聲母 ø 當中。

	眼	艾	硬	牛
廣州	ŋan¹³	ŋai²²	ŋaŋ²²	ŋɐu²¹
糧船灣	an³³	ai²²	aŋ²²	ɐu²¹

2.1.3　沒有兩個舌根唇音聲母 kw、kwʰ，出現 kw、kwʰ 與 k、kʰ 不分。

	過果合一			個果開一			瓜假合二			加假開二
廣州	kwɔ³³	≠		kɔ³³	廣州		kwa⁵⁵	≠		ka⁵⁵
糧船灣	kɔ³³	=		kɔ³³	糧船灣		ka⁵⁵	=		ka⁵⁵

	乖蟹合二			佳蟹開二			規止合三			溪蟹開四
廣州	kwai⁵⁵	≠		kai⁵⁵	廣州		kwʰɐi⁵⁵	≠		kʰɐi⁵⁵
糧船灣	kai⁵⁵	=		kai⁵⁵	糧船灣		kʰɐi⁵⁵	=		kʰɐi⁵⁵

2.2　韻母方面

2.2.1　沒有舌面前圓唇閉元音 y 系韻母。

廣州話有舌面前圓唇閉元音 y 系韻母字，糧船灣舡語一律讀作 i。

	注遇合三	員山合三	團山合一	月山合三
廣州	tʃy³³	jyn²¹	tʰyn²¹	jyt²
糧船灣	tʃi³³	jin²¹	tʰin²¹	jit²

2.2.2 古咸攝開口一、二等，深攝開口三等字尾韻的變異。

糧船灣舡語在古咸攝開口一、二等，深攝開口三等字的 am、ap 韻尾，讀成舌根鼻音韻尾 aŋ 和舌根塞音韻尾 ak。

	南咸開一	膽咸開一	鑑咸開二	簪深開三
廣州	nam²¹	tam³⁵	kam³³	tʃam⁵⁵
糧船灣	laŋ²¹	taŋ³⁵	kaŋ³³	tʃaŋ⁵⁵

	搭咸開一	夾咸開二	鴨咸開二	襲深開三
廣州	tap³	tʃap²	ap³	tʃap²
糧船灣	tak³	tʃak²	ak³	tʃak²

2.2.3 古咸攝開口一、二等，深攝開口三等字的尾韻的變異。

古咸攝開口一、二等，深攝開口三等字的尾韻 ɐm、ɐp，讀成舌根鼻音韻尾 aŋ 和舌根塞音韻尾 ak。

	含咸開一	柑咸開一	嵌咸開二	心深開三
廣州	hɐm²¹	kɐm⁵⁵	hɐm³³	ʃɐm⁵⁵
糧船灣	haŋ²¹	kaŋ⁵⁵	haŋ³³	ʃaŋ⁵⁵

	合咸開一	蛤咸開一	恰咸開二	吸深開三
廣州	hɐp²	kɐp³	hɐp⁵	kʰɐp⁵
糧船灣	hak²	kak³	hak⁵	kʰak⁵

2.2.4 古曾攝開口一三等，合口一等，梗攝開口二三等、梗攝合二等的舌根鼻音尾韻 ŋ 和舌根塞尾韻 k，讀成舌尖鼻音尾韻 ɐn 和舌尖塞音尾韻 ɐt。

	登曾開一	更梗開二	盟梗開三	轟梗合二
廣州	teŋ^{55}	keŋ^{33}	meŋ^{21}	keŋ^{21}
糧船灣	ten^{55}	ken^{33}	men^{21}	ken^{21}

	北曾開一	塞曾開一	陌梗開二	扼梗開二
廣州	pek^{5}	ʃek^{5}	mek^{2}	ek^{5}
糧船灣	pet^{5}	ʃet^{5}	met^{2}	et^{5}

2.2.5　古山攝開合口各等字尾韻的變異。

古山攝開口一、二等，合口一、二、三等字的尾韻an、at，讀成舌根鼻音韻尾 aŋ 和舌根塞音韻尾 ak。

	丹山開一	盼山開二	饅山合一	頑山合二	飯山合三
廣州	tan^{55}	pʰan^{33}	man^{22}	wan^{21}	fan^{22}
糧船灣	taŋ^{55}	pʰaŋ^{33}	maŋ^{22}	waŋ^{21}	faŋ^{22}

	達山開一	察山開二	滑山合二	刷山合二	髮山合三
廣州	tat^{2}	tʃʰat^{3}	wat^{2}	tʃʰat^{3}	fat^{3}
糧船灣	tak^{2}	tʃʰak^{3}	wak^{2}	tʃʰak^{3}	fak^{3}

2.2.6　古咸攝開口三、四等 im、ip，讀成舌尖鼻音尾韻 in 和舌尖塞音尾韻 it。

	閃咸開三	掩咸開三	謙咸開四	念咸開四
廣州	ʃim^{35}	jim^{35}	him^{55}	nim^{22}
糧船灣	ʃin^{35}	jin^{35}	hin^{55}	lin^{22}

	妾咸開三	業咸開三	疊咸開四	協咸開四
廣州	tʃʰip³	jip²	tip²	hip²
糧船灣	tʃʰit³	jit²	tit²	hit²

2.2.7　沒有舌面前圓唇半開元音 œ（ɵ）為主要元音一系列韻母，
　　　　廣州話的 œ 系韻母 œ、œŋ、œk、ɵn、ɵt、ɵy 在糧船灣舡語
　　　　中分別歸入 ɛ、ɔŋ、ɔk、ɐn、ɐt、ui。

　　　　沒有圓唇韻母œ，沒有œŋ、œk，分別讀成ɔŋ、ɔk。

	靴果合三	釀宕開三	香宕開三	弱宕開三	腳宕開三
廣州	hœ⁵⁵	jœŋ²²	hœŋ⁵⁵	jœk²	kœk³
糧船灣	hɛ⁵⁵	jɔŋ²²	hɔŋ⁵⁵	jɔk²	kɔk³

　　　　沒有 ɵn、ɵt，分別讀成 ɐn、ɐt。

	鱗臻開三	侖臻合一	俊臻合三	準臻合三
廣州	lɵn²¹	lɵn²²	tʃɵn³³	tʃɵn³⁵
糧船灣	lɐn²¹	lɐn²²	tʃɐn³³	tʃɐn³⁵

	栗臻開三	率臻合三	尢臻合三	出臻合三
廣州	lɵt²	ʃɵt⁵	ʃɵt²	tʃʰɵt⁵
糧船灣	lɐt²	ʃɐt⁵	ʃɐt²	tʃʰɐt⁵

　　　　沒有 ɵy，一律讀成 ui。

	徐遇合三	拒遇合三	需遇合三	醉止合三
廣州	$tʃ^hθy^{21}$	$k^hθy^{35}$	$ʃθy^{55}$	$tʃθy^{35}$
糧船灣	$tʃ^hui^{21}$	k^hui^{35}	$ʃui^{55}$	$tʃui^{35}$

2.2.8　聲化韻 ŋ̩ 歸併入 m̩。

「吳、蜈、吾、梧、五、伍、午、誤、悟」九個字，廣州話為 [ŋ̩]，糧船灣艇語把這類聲化韻[ŋ̩] 字歸併入 [m̩]。

	吳遇合一	五遇合一	午遇合一	誤遇合一
廣州	$ŋ̩^{21}$	$ŋ̩^{13}$	$ŋ̩^{13}$	$ŋ̩^{22}$
糧船灣	$m̩^{21}$	$m̩^{33}$	$m̩^{33}$	$m̩^{22}$

2.3　聲調方面

聲調絕大部分跟廣州話一樣，變調也一致的。差異之處是廣州話陽上 13，糧船灣則讀作 33，與陰去相合。

	馬	語	每	允
廣州	ma^{13}	jy^{13}	mui^{13}	$wɐn^{13}$
糧船灣	ma^{33}	jy^{33}	mui^{33}	$wɐn^{33}$

七　西貢將軍澳坑口水邊村艇語音系特點

合作人是張勝（1945 年）。水邊村以前就是位於鴨仔灣旁，位置大約於今天坑口村一帶。這漁村今已填成陸地。

1 聲韻調系統

1.1 聲母 17 個，零聲母包括在內

p 貝部品閉	pʰ 頗爬編片	m 模美文麥		
				f 火苦飛煩
t 都低代敵	tʰ 土體投挺		l 來例另你	
tʃ 姐爪注張	tʃʰ 此楚尺程			ʃ 私色水市
				j 已於入月
k 古居具瓜	kʰ 卻襟拒誇	ŋ 呆牙牛外		
				w 回話蛙詠
ø 二圍現吳				h 可坑許械

1.2 韻母

韻母表（韻母 36 個，包括 1 個鼻韻韻母）

單元音	複元音		鼻尾韻		塞尾韻	
a 他家亞娃	ai 界奶太快	au 拋爪搞孝		aŋ 橙彭冷散		ak 伯客搭探
(ɐ)	ɐi 例提危揮	ɐu 頭購留幼	ɐn 吞心燈周		ɐt 失拾得出	
ɛ 姐車社夜	ei 皮棄幾非			ɛŋ 病鏡鄭頸		ɛk 劇尺笛屐
(e)				eŋ 勝評停涼		ek 力壁識役
i 兒訴似樹		iu 表留搖跳	in 面歡兼玄		it 別揭接缺	
ɔ 多火初靴	ɔi 代再海外	ou 布土抱告	ɔn 肝看漢安	ɔŋ 幫黃群香	ɔt 喝割渴葛	ɔk 托樸摸腳
(o)				oŋ 童束中容		ok 木督俗浴
u 姑夫付副	ui 背媒回會		un 半觀本門		ut 撥末括沒	
(œ)				œŋ 倉臟搶桑		œk 作戳雀削
(ø)		ey 舉聚推水				

鼻韻 m 唔五午嘸

1.3 聲調 9 個

	調類	調值	例字
	陰平	55	剛專開初
	陰上	35	古展口手
	陰去	33	正醉愛抗
	陽平	21	鵝人陳唐
	陽上	13	老暖距舅
	陽去	22	岸共樹巨
上	陰入	5	竹出即曲
下		3	答接鐵割
	陽入	2	入藥局白

2 語音特點

2.1 聲母方面

2.1.1 無舌尖鼻音 n，古泥母、來母字今音聲母均讀作 l。

古泥（娘）母字廣州話基本 n、l 不混，凡古泥母字，一概讀 n；凡古來母字，一概讀 l。水邊村舡語 n、l 相混，結果南藍不分，諾落不分。

	南（泥）		藍（來）		諾（泥）		落（來）
廣州	nam^{21}	≠	lam^{21}	廣州	$nɔk^2$	≠	$lɔk^2$
水邊村	$laŋ^{21}$	=	$laŋ^{21}$	水邊村	$lɔk^2$	=	$lɔk^2$

2.1.2　沒有兩個舌根唇音聲母 kw、kwʰ，出現 kw、kwʰ 與 k、kʰ
不分。

	過果合一		個果開一		瓜假合二		加假開二
廣州	kwɔ³³	≠	kɔ³³	廣州	kwa⁵⁵	≠	ka⁵⁵
水邊村	kɔ³³	=	kɔ³³	水邊村	ka⁵⁵	=	ka⁵⁵

	乖蟹合二		佳蟹開二		規止合三		溪蟹開四
廣州	kwai⁵⁵	≠	kai⁵⁵	廣州	kwʰɐi⁵⁵	≠	kʰɐi⁵⁵
水邊村	kai⁵⁵	=	kai⁵⁵	水邊村	kʰɐi⁵⁵	=	kʰɐi⁵⁵

2.2　韻母方面

2.2.1　沒有舌面前圓唇閉元音 y 系韻母。
廣州話有舌面前圓唇閉元音 y 系韻母字，糧船灣舡語一律讀
作 i。

	豬遇合三	算山合一	全山合三	越山合三
廣州	tʃy⁵⁵	ʃyn³³	tʃʰyn²¹	jyt²
水邊村	tʃi⁵⁵	ʃin³³	tʃʰin²¹	jit²

2.2.2　古咸攝開口一、二等，深攝開口三等字尾韻的變異。
古咸攝開口一、二等，深攝開口三等字的 am、ap 韻尾，讀
成舌根鼻音韻尾 aŋ 和舌根塞音韻尾 ak。

	函咸開一	藍咸開一	站咸開二	簪深開三
廣州	ham²¹	lam²¹	tʃam²²	tʃam⁵⁵
水邊村	haŋ²¹	laŋ²¹	tʃaŋ²²	tʃaŋ⁵⁵

	塔咸開一	蠟咸開一	鴨咸開二	習深開三
廣州	t^hap^3	lap^2	ap^3	$t\int ap^2$
水邊村	t^hak^3	lak^2	ak^3	$t\int ak^2$

2.2.3　古山攝開合口各等字尾韻的變異。

古山攝開口一、二等，合口一、二、三等字的尾韻 an、
at，讀成舌根鼻音韻尾 aŋ 和舌根塞音韻尾 ak。

	旦山開一	扮山開二	漫山合一	灣山合二	飯山合三
廣州	tan^{33}	pan^{22}	man^{22}	wan^{55}	fan^{22}
水邊村	$taŋ^{33}$	$paŋ^{22}$	$maŋ^{22}$	$waŋ^{55}$	$faŋ^{22}$

	辣山開一	紮山開二	滑山合二	刷山合二	發山合三
廣州	lat^2	$t\int at^3$	wat^2	$t\int^hat^3$	fat^3
水邊村	lak^2	$t\int ak^3$	wak^2	$t\int^hak^3$	fak^3

2.2.4　古咸攝開口一、二等，深攝開口三等字的尾韻的變異。

古咸攝開口一、二等，深攝開口三等字的尾韻 ɐm、ɐp，讀
成舌尖鼻音尾韻 ɐn 和舌尖塞音尾韻 ɐt。

	含咸開一	甘咸開一	嵌咸開二	岑深開三
廣州	$hɐm^{21}$	$kɐm^{55}$	$hɐm^{33}$	$\int ɐm^{21}$
水邊村	$hɐn^{21}$	$kɐn^{55}$	$hɐn^{33}$	$\int ɐn^{21}$

	盒咸開一	蛤咸開一	恰咸開二	及深開三
廣州	$hɐp^2$	$kɐp^3$	$hɐp^5$	$k^hɐp^5$
水邊村	$hɐt^2$	$kɐt^3$	$hɐt^5$	$k^hɐt^5$

2.2.5　古曾攝開口一三等，合口一等，梗攝開口二三等、梗攝合二
　　　　等的舌根鼻音尾韻 ŋ 和舌根塞尾韻 k，讀成舌尖鼻音尾韻 ɐn
　　　　和舌尖塞音尾韻 ɐt。

	藤曾開一	杏梗開二	盟梗開三	宏梗合二
廣州	tʰɐŋ²¹	hɐŋ²²	mɐŋ²¹	wɐŋ²¹
水邊村	tʰɐn²¹	hɐn²²	mɐn²¹	wɐn²¹

	墨曾開一	則曾開一	陌梗開二	扼梗開二
廣州	mɐk²	tʃɐk⁵	mɐk²	ɐk⁵
水邊村	mɐt²	tʃɐt⁵	mɐt²	ɐt⁵

2.2.6　沒有舌面前圓唇半開元音 œ（ɵ）為主要元音一系列韻母，
　　　　廣州話的 œ 系韻母 œ、œŋ、œk、ɵn、ɵt 在水邊村舡語中部
　　　　分歸入 ɔ、ɔŋ、ɔk、ɐn、ɐt。沒有圓唇韻母 œ，少部分 œŋ、
　　　　œk 韻母保留 ɔŋ、ɔk 的特點，是受廣州話影響而來。
　　　　沒有圓唇韻母 œ，œŋ、œk，歸入 ɔ、ɔŋ、ɔk。

	靴果合三	昌宕開三	香宕開三	約宕開三	腳宕開三
廣州	hœ⁵⁵	tʃʰœŋ⁵⁵	hœŋ⁵⁵	jœk²	kœk³
水邊村	hɔ⁵⁵	tʃʰɔŋ⁵⁵	hɔŋ⁵⁵	jɔk²	kɔk³

　　　　沒有 ɵn、ɵt，分別讀成 ɐn、ɐt。

	津臻開三	論臻合一	筍臻合三	潤臻合三
廣州	tʃɵn⁵⁵	lɵn²²	ʃɵn³⁵	jɵn²²
水邊村	tʃɐn⁵⁵	lɐn²²	ʃɐn³⁵	jɐn²²

	栗臻開三	律臻合三	蟀臻合三	術臻合三
廣州	lɵt²	lɵt²	ʃɵt⁵	ʃɵt²
水邊村	lɐt²	lɐt²	ʃɐt⁵	ʃɐt²

2.2.7 聲化韻 ŋ̩ 歸併入 m̩。

「吳、螺、吾、梧、五、伍、午、誤、悟」九個字，廣州話為 [ŋ̩]，水邊村舡語把這類聲化韻 [ŋ̩] 字歸併入 [m̩]。

	吳遇合一	五遇合一	午遇合一	誤遇合
廣州	ŋ̩²¹	ŋ̩¹³	ŋ̩¹³	ŋ̩²²
水邊村	m̩²¹	m̩¹³	m̩¹³	m̩²²

2.3 聲調方面

聲調方面，水邊村舡語與老廣州白話沒有差異，聲調共 9 個，入聲有 3 個，分別是上陰入、下陰入、陽入。陰入按元音長短分成兩個，下陰入字的主要元音是長元音。

八 西貢離島滘西舡語音系特點

合作人是何觀發（1937 年），不知先輩從何處遷到滘西；石火娣（1941 年），何觀發之妻，知祖父已生長於滘西，卻不知道從何處遷來。本文主要合作人是石火娣。

1965 年，John McCoy 發表了 The Dialects of Hong Kong Boat People: Kau Sai，此文稍稍粗糙，韻母系統有些地方沒有交代清楚。音系跟本文有出入。本文取石火娣口音，因多代居於此，不知道 John

McCoy 所找的合作人是滘西出生或是從別處漁村跑到滘西打魚的漁民，內文沒有交代。水上人特點是水流柴，到處漂泊，少有像石火娣一族於一處漁村生活多代。

　　滘西洲是香港的一個島嶼，地區行政上屬於西貢區。島嶼面積 6.69 平方公里，為香港境內第 6 大島，位於西貢市以東，萬宜水庫以西。滘西現在人煙漸稀。

1　聲韻調系統

1.1　聲母 17 個，零聲母包括在內

p 波步品邊	pʰ 頗排編批	m 魔務味慢		
				f 火苦飛俸
t 多典豆定	tʰ 拖替投填	n 那泥你念	l 羅呂了歷	
tʃ 姐閘支竹	tʃʰ 此初吹陳			ʃ 些所水甚
				j 由央入元
k 歌九共瓜	kʰ 卻級期群			
				w 和環溫旺
				h 可恰許效
ø 奧安丫握				

1.2 韻母

韻母表（韻母36個，包括2個鼻韻韻母）

單元音	複元音	鼻尾韻	塞尾韻
a 他媽價化	ai 大界買快　au 考文跑淆	aŋ 硬棚晚三	ak 答客八搭
(ɐ)	ɐi 例篩胎駛　ɐu 向口秀舅	ɐn 臣燈合筍	ɐt 日得濕出
ɛ 蔗蛇夜靴		ɛŋ 病井頸鄭	ɛk 劇尺踢吃
(e)	ei 你機杞未	eŋ 冰明另泳	ek 力積的曆
i 詩自二注	iu 表少料叫	iŋ 便善田先　in 聯全存估	ik 別舌熱結　it 脫說越挨
ɔ 鑼破懦所	ɔi 胎代改害	ɔŋ 當光放香　ɔn 肝岸汗案	ɔk 博角國腳　ɔt 喝割渴葛
(o)	ou 都數帽曹	oŋ 東送中用	ok 木屋六局
u 胡孤付富	ui 妹背再攀	un 半官換門	ut 撥括活沒

鼻韻　m̩ 唔　ŋ̩ 吾五梧午

1.3 聲調 8 個

調類		調值	例字
陰平		55	專開三商
陰上		35	古手口走
陰去		33	帳對怕舅
陽平		21	娘文床時
陽去		22	岸用大自
上	陰入	5	急一出曲
下		3	答甲鐵割
陽入		2	局食合服

2 語音特點

2.1 聲母方面

2.1.1 中古疑母洪音 ŋ- 聲母合併到中古影母 ø- 裡去。

古疑母字遇上洪音韻母時，廣州話一律讀成 ŋ-，事實上，
珠三角舡語古疑母字的讀法已不太一致。滘西舡語這個 ŋ 聲
母早已消失而合併到零聲母 ø 當中。

	我	芽	毅	咬
廣州	ŋɔ¹³	ŋa²¹	ŋɐi²²	ŋɐu¹³
滘西	ɔ³³	a²¹	ɐi²²	ɐu³³

2.1.2 kw、kwʰ與 k、kʰ不分。

唇化音聲母 kw、kwʰ 與 ɔ 系韻母相拼，滘西舡語消失圓唇

w，讀成 k、kʰ，因此是「過個」不分，「國角」不分。

	過果合一		個果開一		國曾合一		角江開二
廣州	kwɔ³³	≠	kɔ³³	廣州	kwɔk³	≠	kɔk³
滘西	kɔ³³	=	kɔ³³	滘西	kɔk³	=	kɔk³

	乖蟹合二		佳蟹開二		規止合三		溪蟹開四
廣州	kwai⁵⁵	≠	kai⁵⁵	廣州	kwʰɐi⁵⁵	≠	kʰɐi⁵⁵
滘西	kai⁵⁵	=	kai⁵⁵	滘西	kʰɐi⁵⁵	=	kʰɐi⁵⁵

2.2 韻母方面

2.2.1 沒有舌面前圓唇閉元音 y 系韻母。

廣州話有舌面前圓唇閉元音 y 系韻母字，滘西舡語一律讀作 i。

	書遇合三	糰山合一	圓山合三	粵山合三
廣州	ʃy⁵⁵	tʰyn²	jyn²¹	jyt²
滘西	ʃi⁵⁵	tʰin²¹	jin²¹	jit²

2.2.2 古咸攝開口一、二等，深攝開口三等字尾韻的變異。

滘西舡語在古咸攝開口一、二等，深攝開口三等字的 am、ap 韻尾，讀成舌根鼻音韻尾 aŋ 和舌根塞音韻尾 ak。

	耽咸開一	欖咸開一	站咸開二	簪深開三
廣州	tam⁵⁵	lam³⁵	tʃam²²	tʃam⁵⁵
滘西	taŋ⁵⁵	laŋ³⁵	tʃaŋ²²	tʃaŋ⁵⁵

	踏咸開一	甲咸開二	鴨咸開二	襲深開三
廣州	tʃap²	kap³	ap³	tʃap²
滘西	tʃak²	kak³	ak³	tʃak²

2.2.3　古咸攝開口一、二等，深攝開口三等字尾韻的變異。

　　古咸攝開口一、二等，深攝開口三等字的尾韻 ɐm、ɐp，讀
成舌尖鼻音尾韻 ɐn 和舌尖塞音尾韻 ɐt。

	含咸開一	柑咸開一	嵌咸開二	林深開三
廣州	hɐm²¹	kɐm⁵⁵	hɐm³³	lɐm²¹
滘西	hɐn²¹	kɐn⁵⁵	hɐn³³	lɐn²¹

	合咸開一	鴿咸開一	恰咸開二	拾深開三
廣州	hɐp²	kɐp³	hɐp⁵	ʃɐp²
滘西	hɐt²	kɐt³	hɐt⁵	ʃɐt²

2.2.4　古山攝開口一、二等，合口一、二、三等字尾韻的變異。

　　古山攝開口一、二等，合口一、二、三等字的 an、at 韻
尾，讀成舌根鼻音韻尾 aŋ 和舌根塞音韻尾 ak。

	丹山開一	間山開二	漫山合一	灣山合二
廣州	tan⁵⁵	kan⁵⁵	man²²	wan⁵⁵
滘西	taŋ⁵⁵	kaŋ⁵⁵	maŋ²²	waŋ⁵⁵

	辣山開一	薩山開一	刮山合二	髮山合三
廣州	lat²	ʃat³	kwat³	fat³
滘西	lak²	ʃak³	kak³	fak³

2.2.5　古曾攝開口一三等，合口一等，梗攝開口二三等、梗攝合二
　　　　等的舌根鼻音尾韻 ŋ 和舌根塞尾韻 k，讀成舌尖鼻音尾韻 ɐn
　　　　和舌尖塞音尾韻 ɐt。

	等_{曾開一}	庚_{梗開二}	盟_{梗開三}	轟_{梗合二}
廣州	tɐŋ³⁵	kɐŋ⁵⁵	mɐŋ²¹	kwɐŋ⁵⁵
滘西	tɐn³⁵	kɐn⁵⁵	mɐn²¹	kɐn⁵⁵

	北_{曾開一}	刻_{曾開一}	脈_{梗開二}	扼_{梗開二}
廣州	pɐk²	hɐk⁵	mɐk²	ɐk⁵
滘西	pɐt²	hɐt⁵	mɐt²	ɐt⁵

2.2.6　古咸攝開口三、四等 im、ip，讀成舌尖鼻音尾韻 in 和舌尖
　　　　塞音尾韻 it。

	鐮_{咸開三}	險_{咸開三}	點_{咸開四}	兼_{咸開四}
廣州	lim³⁵	him²¹	tim³⁵	kim²¹
滘西	lin³⁵	hin²¹	tin³⁵	kin²¹

	攝_{咸開三}	頁_{咸開三}	貼_{咸開四}	歉_{咸開四}
廣州	ʃip³	jip²	tʰip³	hip²
滘西	ʃit³	jit²	tʰit³	hit²

2.2.7　沒有舌面前圓唇半開元音 œ（ɵ）為主要元音一系列韻母，
　　　　廣州話的 œ 系韻母 œ、œŋ、œk、ɵn、ɵt 在滘西舡語歸入
　　　　ɛ、ɐ、ɔŋ、ɔk、ɐn、ɐt。

沒有圓唇韻母 œ，沒有 œŋ、œk 韻母。

	靴果合三	涼宕開三	香宕開三	桌江開二	腳宕開三
廣州	hœ⁵⁵	lœŋ²¹	hœŋ⁵⁵	tʃʰœk²	kœk³
滘西	hɛ⁵⁵	lɔŋ²¹	hɔŋ⁵⁵	tʃʰɔk²	kɔk³

沒有 ɵn、ɵt，分別讀成 ɐn、ɐt。

	晉臻開三	鈍臻合一	循臻合三	醇臻合三
廣州	tʃɵn³³	tɵn²²	tʃʰɵn²¹	ʃɵn²¹
滘西	tʃɐn³³	tɐn²²	tʃʰɐn²¹	ʃɐn²¹

	栗臻開三	律臻合三	蜂臻合三	術臻合三
廣州	lɵt²	lɵt²	ʃɵt⁵	ʃɵt²
滘西	lɐt²	lɐt²	ʃɐt⁵	ʃɐt²

2.2.8　古山攝開口三、四等 in、it，讀成舌根鼻音韻尾 iŋ 和舌根塞音韻尾 ik。這一個特點與廣州黃埔大沙鎮九沙舸語一樣。

	變山開三	填山開四	別山開三	屑山開四
廣州	pin³³	tʰin²¹	pit²	ʃit³
滘西	piŋ³³	tʰiŋ²¹	pik³	ʃik³

2.2.9　聲化韻 ŋ̩ 歸併入 m̩。

「吳、蜈、吾、梧、五、伍、午、誤、悟」九個字，廣州話為 [ŋ̩]，滘西舸語把這類聲化韻 [ŋ̩] 歸入 [m̩]。

	吳遇合一	五遇合一	午遇合一	誤遇合一
廣州	ŋ̩²¹	ŋ̩¹³	ŋ̩¹³	ŋ̩²²
滘西	m̩²¹	m̩³³	m̩³³	m̩²²

2.3 聲調方面

聲調絕大部分跟廣州話一樣，變調也一致的。差異之處是廣州話陽上 13，滘西讀作 33，與陰去相合。

	社	羽	美	李
廣州	ʃɛ¹³	jy¹³	mei¹³	lei¹³
滘西	ʃɛ³³	ji³³	mei³³	lei³³

九　蒲台島舡語音系特點

合作人是郭有順（1932 年）、鄭帶福（1933 年），島上漁民 50 歲以上的全是沒有機會接受過教育，因此島與市區相隔很遠，出入不方便。本文以郭有順為主要合作人，鄭帶福只作參考。

K. L. Kiu 曾於 1984 年在香港大學發表 On Some phonetic charateristics of the Cantonese sub-dialect spoken by the boat people from Pu Tai island，音系與本人的調查有少許出入，基本上是一致的。

蒲台島是蒲台群島的主要島嶼，面積達 3.69 平方公里。蒲台位處香港的最南端，這個寧靜小島，現在只有約 20 個居民依舊在此居住。島上有史前摩崖石刻，還有棺材石、佛手巖、靈龜上山、響螺石

等奇異風化奇石。

　　郭有順稱上世紀六〇年代，蒲台島有近 1,000 人居住，七〇年代
魚穫減少，漁業出現式微，加上交通不便，島民和漁民都出外打工，
不少人跑到香港仔石排灣工作，現在只剩退休的老一輩在此生活。

1　聲韻調系統

1.1　**聲母 16 個，零聲母包括在內**

p	跛簿品壁	pʰ	普排編批	m 暮美微慢			
							f 謊苦法俸
t	到店洞狄	tʰ	土替投挺		l	路李禮你	
tʃ	醉責支逐	tʃʰ	秋楚串陳				ʃ 四色試甚
							j　姚影肉元
k	該幾極瓜	kʰ	頃級期菌				
							w　和話蛙詠
ø	奧安丫外					h看坑兄咸	

1.2 韻母

韻母表（韻母 37 個，包括 1 個鼻韻韻母）

	單元音	複元音	鼻尾韻	塞尾韻
a 他沙嫁炸	ai 界蟹買快	au 拋爪茅郊	an 班山扮三　aŋ 棧棚橫硬	at 法察滑揦　ak 伯佰格隔
(ɐ)	ɐi 例低偽壞	ɐu 頭購紐幼	ɐn 吞臣心準　ɐŋ 鄧更幸宏	ɐt 拔室漆律　ɐk 得克側麥
ɛ 姐者啥夜	ei 皮棄幾女		ɛŋ 餅頸井鄭	ɛk 劇赤吃笛
(e)			eŋ 勝鳴庭永	ek 力食的職
i 兒師司書		iu 表少耀調	in 面騙店圈	it 別設接血
ɔ 多科酸靴	ɔi 代海再外		ɔn 肝旱汗寒　ɔŋ 當方蚌香	ɔt 割喝渴葛　ɔk 托確國腳
(o)		ou 布無抱曹	oŋ 董宗風容	ok 木谷俗督
u 姑虎付副	ui 背妹回會		un 半管碗門	ut 撥抹活沒

鼻韻　m̩ 唔五午嘸

1.3　聲調 9 個

調類		調值	例字
陰平		55	丁邊超三
陰上		35	紙走短手
陰去		33	帳醉變抗
陽平		21	娘文陳時
陽上		13	老有距柱
陽去		22	用望助杜
上	陰入	5	急出即福
下		3	甲接桌各
陽入		2	六藥宅讀

2　語音特點

2.1　聲母方面

2.1.1　無舌尖鼻音 n，古泥母、來母字今音聲母均讀作 l。

古泥（娘）母字廣州話基本 n、l 不混，凡古泥母字，一概讀 n；凡古來母字，一概讀 l。蒲台島舡語 n、l 相混，結果南藍不分，諾落不分。

	南（泥）		藍（來）		諾（泥）		落（來）
廣州	nam^{21}	≠	lam^{21}	廣州	$nɔk^{2}$	≠	$lɔk^{2}$
蒲台島	lan^{21}	=	lan^{21}	蒲台島	$lɔk^{2}$	=	$lɔk^{2}$

2.1.2　中古疑母洪音 ŋ- 聲母合併到中古影母 ø- 裡去。

古疑母字遇上洪音韻母時，廣州話一律讀成 ŋ-，蒲台島舡語這個 ŋ 聲母早已消失而合併到零聲母 ø 當中。

	眼	艾	硬	牛
廣州	ηan^{13}	ηai^{22}	$\eta a\eta^{22}$	ηeu^{21}
蒲台島	an^{13}	ai^{22}	$a\eta^{22}$	eu^{21}

2.1.3　沒有兩個舌根唇音聲母 kw、kw^h，出現 kw、kw^h 與 k、k^h 不分。

	過果合一		個果開一		瓜假合二		加假開二
廣州	$kw\mathfrak{o}^{33}$	≠	$k\mathfrak{o}^{33}$	廣州	kwa^{55}	≠	ka^{55}
蒲台島	$k\mathfrak{o}^{33}$	=	$k\mathfrak{o}^{33}$	蒲台島	ka^{55}	=	ka^{55}

	乖蟹合二		佳蟹開二		規止合三		溪蟹開四
廣州	$kwai^{55}$	≠	kai^{55}	廣州	$kw^h ei^{55}$	≠	$k^h ei^{55}$
蒲台島	kai^{55}	=	kai^{55}	蒲台島	$k^h ei^{55}$	=	$k^h ei^{55}$

2.2　韻母方面

2.2.1　沒有舌面前圓唇閉元音 y 系韻母。

廣州話有舌面前圓唇閉元音 y 系韻母字，蒲台島舡語一律讀作 i。

	魚遇合三	緣山合三	豚臻合一	缺山合四
廣州	jy^{21}	jyn^{21}	$t^h yn^{21}$	$k^h yt^3$
蒲台島	ji^{21}	jin^{21}	$t^h in^{21}$	$k^h it^3$

2.2.2　古咸攝開口各等，深攝三等尾韻的變異。

　　　蒲台島舮語在古咸攝各等、深攝三等尾韻 m、p，讀成舌尖
　　　鼻音尾韻 n 和舌尖塞音尾韻 t。

	貪咸開一	衫咸開二	漸咸開三	點咸開四	臨深開三
廣州	tʰam⁵⁵	ʃam⁵⁵	tʃim²²	tim³³	lɐm²¹
蒲台島	tʰan⁵⁵	ʃan⁵⁵	tʃin²²	tin³³	lɐn²¹

	答咸開一	夾咸開二	頁咸開三	碟咸開四	汁深開三
廣州	tap³	kap³	jip²	tip³	tʃɐp⁵
蒲台島	tat³	kat³	jit²	tit³	tʃɐt⁵

2.2.3　廣州話的 œŋ、œk 二韻母在蒲台島舮語中部分歸入 ɔŋ、ɔk。
　　　合作人偶然也會說成 œŋ、œk，這是受廣州話影響而來。

	雙江開二	香宕開三	約宕開三	腳宕開三
廣州	ʃœŋ⁵⁵	hœŋ⁵⁵	jœk²	kœk³
蒲台島	ʃɔŋ⁵⁵	hɔŋ⁵⁵	jɔk²	kɔk³

2.2.4　聲化韻 ŋ̩ 歸併入 m̩。

　　　「吳、蜈、吾、梧、五、伍、午、誤、悟」九個字，廣州話
　　　為 [ŋ̩]，蒲台島舮語把這類聲化韻 [ŋ̩] 歸入 [m̩]。

	吳遇合一	五遇合一	午遇合一	誤遇合一
廣州	ŋ̩²¹	ŋ̩¹³	ŋ̩¹³	ŋ̩²²
蒲台島	m̩²¹	m̩¹³	m̩¹³	m̩²²

2.3　聲調方面

蒲台島舡語聲調共 9 個，入聲有 3 個，分別是上陰入、下陰入、陽入。陰入按元音長短分成兩個，下陰入字的主要元音是長元音。

十　大澳舡語音系特點

樊竹生（1935 年），不知祖輩從何遷來，他與父親都是生於大澳。樊竹生，2014 年還有出海打魚；另一位合作人是梁偉英（1942 年），也不知道先輩從何遷來，只知到他這一代已是第四代了。本節報告所描寫的語音系統，以樊竹生為準，梁偉英的語音也與樊竹生相同，不同之處是在調值上。樊竹生共有九個調，梁偉英在調查時，有些緊張，陽平字，有時讀作 21，有時讀作 33，這一點與香港樹仁大學吳穎欣所寫畢業論文一致。本文最後決定以樊竹生為主，與他未離開過大澳有關，他還在打魚；梁偉英卻於 1989 年調到香港仔石排灣漁會工作，當上主席，熱心服務漁民。由於與市區接觸，所以其音系出現了點點變異。關於調值，香港樹仁大學周佩敏的畢業論文是《大澳話語音調查及其與香港粵方言比較》，與其師陳永豐和本人調查都是九個調，從這個角度來看，便決定以樊竹生為主，梁偉英為輔。

大澳是一個歷史悠久的古老漁村。在一千年前，宋朝時代，這裡鹽業生產已甚具規模，是漁鹽業重地。漁業方面，曾經是香港海魚供應的主要基地。大澳是位於大嶼山西北面的小漁港。

1 聲韻調系統

1.1 聲母 17 個，零聲母包括在內

p 補步品閉　　pʰ 普排編拼　　m 模美文麥

　　　　　　　　　　　　　　　　　　　　　f 火苦飛煩

t 都低洞定　　tʰ 討聽投挺　　　　　l 來例另你

tʃ 寺責證竹　　tʃʰ 次楚尺程　　　　　ʃ 私色水市

　　　　　　　　　　　　　　　　　　　　　j 姚因仁月

k 歌幾共廣　　kʰ 卻襟拒誇　　ŋ 呆牙牛外

　　　　　　　　　　　　　　　　　　　　　w 黃宏蛙永

ø 哀安鴨晏　　　　　　　　　　　h 可坑許械

1.2 韻母

韻母表（韻母 37 個，包括 1 個鼻韻韻母）

	單元音	複元音		鼻尾韻		塞尾韻	
a	a 把着嫁蛙	ai 大介買快	au 爆茅爪郊	an 班單扮貪	aŋ 橙硬棚橫	at 答臘甲踏	ak 或伯格隔
(ɐ)		ɐi 幣米偽貴	ɐu 偷夠紐幼	ɐn 吞柑春朋		ɐt 筆紙術北	
ɛ	ɛ 姐着捨夜	ɛi 卑器氣肥			ɛŋ 病頸井平		ɛk 劇尺吃劈
(e)					eŋ 升兵庭永		ek 力讀的域
i	i 兒次司雨		iu 裊少耀挑	in 面善黏短		it 別設接脫	
ɔ	ɔ 多果助靴	ɔi 代再海外	ou 布吐抱告	ɔn 肝看汗安	ɔŋ 缸光往香	ɔt 割葛渴喝	ɔk 作角國腳
(o)			ou 布吐抱告		oŋ 東宗風鄉		ok 獨屋俗出
u	u 古烏付父	ui 杯枚回會		un 般罐碗門		ut 潑末活沒	
(ɵ)			ɵy 車須推水				

鼻韻　m　唔五午㕵

1.3 聲調 9 個

調類		調值	例字
陰平		55	開三超知
陰上		35	古手楚短
陰去		33	正愛唱蓋
陽平		21	娘文陳時
陽上		13	五野距舅
陽去		22	用大自弟
上	陰入	5	一出即曲
下		3	答接鐵割
陽入		2	六落食白

2　語音特點

2.1　聲母方面

2.1.1　無舌尖鼻音 n，古泥母、來母字今音聲母均讀作 l。

古泥（娘）母字廣州話基本 n、l 不混，大澳舡語 n、l 相混，結果女呂不分，諾落不分。

	女（泥）		呂（來）		諾（泥）		落（來）
廣州	nɵy¹³	≠	lɵy¹³	廣州	nɔk²	≠	lɔk²
大澳	lɵy¹³	=	lɵy³³	大澳	lɔk²	=	lɔk²

2.1.2　kw、kwʰ 與 k、kʰ 不分

唇化音聲母 kw、kwʰ 與 ɔ 系韻母相拼，大澳舡語便消失圓

唇 w，讀成 k、kʰ，因此是「過個」不分，「國角」不分。

	過果合一		個果開一		國曾合一		角江開二
廣州	kwɔ³³	≠	kɔ³³	廣州	kwɔk³	≠	kɔk³
大澳	kɔ³³	=	kɔ³³	大澳	kɔk³	=	kɔk³

	乖蟹合二		佳蟹開二		規止合三		溪蟹開四
廣州	kwai⁵⁵	≠	kai⁵⁵	廣州	kwʰɐi⁵⁵	≠	kʰɐi⁵⁵
大澳	kai⁵⁵	=	kai⁵⁵	大澳	kʰɐi⁵⁵	=	kʰɐi⁵⁵

2.2 韻母方面

2.2.1 沒有舌面前圓唇閉元音 y 系韻母。

廣州話有舌面前圓唇閉元音 y 系韻母字，大澳舡語一律讀作 i。

	薯遇合三	團山合一	旋山合三	月山合三
廣州	ʃy²¹	tʃʰyn³³	ʃyn²¹	jyt²
大澳	tʃi²¹	tʃʰin³³	ʃin²¹	jit²

2.2.2 古咸攝開口各等，深攝三等尾韻的變異。

大澳舡語在古咸攝各等、深攝開口三等尾韻 m、p，讀成舌尖鼻音尾韻 n 和舌尖塞音尾韻 t。

	蠶咸開一	站咸開二	尖咸開三	店咸開四	林深開三
廣州	tʃʰam²¹	tʃam²²	tʃim⁵⁵	tim³³	lɐm²¹
大澳	tʃʰan²¹	tʃan²²	tʃin⁵⁵	tin³³	lɐn²¹

	踏咸開一	鴨咸開二	葉咸開三	疊咸開四	級深開三
廣州	tap^2	ap^3	jip^2	tip^2	k^hvp^5
大澳	tat^2	at^3	jit^2	tit^2	k^hvt^5

2.2.3　古曾攝開口一三等，合口一等，梗攝開口二三等、梗攝合二
　　　 等的舌根鼻音尾韻 ŋ 和舌根塞尾韻 k，讀成舌尖鼻音尾韻 ɐn
　　　 和舌尖塞音尾韻 ɐt。

	鄧曾開一	亨梗開二	箏梗開二	宏梗合二
廣州	$tɐŋ^{22}$	$hɐŋ^{55}$	$tʃɐŋ^{55}$	$wɐŋ^{21}$
大澳	$tɐn^{22}$	$hɐn^{55}$	$tʃɐn^{55}$	$wɐn^{21}$

	塞曾開一	得曾開一	脈梗開二	扼梗開二
廣州	$ʃɐk^5$	$tɐk^5$	$mɐk^2$	$ɐk^5$
大澳	$ʃɐt^5$	$tɐt^5$	$mɐt^2$	$ɐt^5$

2.2.4　沒有舌面前圓唇半開元音 œ（ɵ）為主要元音一系列韻母。
　　　 這類韻母多屬中古音裡三等韻。廣州話的 œ 系韻母 œ、œŋ、
　　　 œk、ɵn、ɵt 在大澳舡語中分別歸入 ɔ、ɔŋ、ɔk、ɐn、ɐt。

沒有圓唇韻母 œ，œŋ、œk，歸入 ɔ、ɔŋ、ɔk。

	靴果合三	糧宕開三	香宕開三	約宕開三	腳宕開三
廣州	$hœ^{55}$	$lœŋ^{21}$	$hœŋ^{55}$	$jœk^3$	$kœk^3$
大澳	$hɔ^{55}$	$lɔŋ^{21}$	$hɔŋ^{55}$	$jɔk^3$	$kɔk^3$

沒有 ɵn、ɵt 韻母，分別讀成 ɐn、ɐt。

	秦臻開三	殉臻合三	律臻合三	術臻合三
廣州	tʃʰɐn²¹	ʃɵn⁵⁵	lɵt²	ʃɵt²
大澳	tʃʰɐn²¹	ʃɐn⁵⁵	lɵt²	ʃɐt²

2.2.5 聲化韻 ŋ̩ 歸併入 m̩

「吳、蜈、吾、梧、五、伍、午、誤、悟」九個字，廣州話為 [ŋ̩]，大澳舡語把這類聲化韻 [ŋ̩] 歸入 [m̩]。

	吳遇合一	五遇合一	午遇合一	誤遇合一
廣州	ŋ̩²¹	ŋ̩¹³	ŋ̩¹³	ŋ̩²²
大澳	m̩²¹	m̩¹³	m̩¹³	m̩²²

2.3 聲調方面

大澳舡語聲調共 9 個，入聲有 3 個，分別是上陰入、下陰入、陽入。陰入按元音長短分成兩個，下陰入字的主要元音是長元音。[8]

---

8 梁偉英在調查時，陽平聲有時讀作21，有時讀作33。相處久了，陽平字以33為主。陽平讀作33，這一點與香港樹仁大學吳穎欣所寫畢業論文一致。

第二節　廣州市

一　黃埔大沙鎮九沙舡語音系特點[9]

　　九沙村位於大沙鎮九沙圍上，九沙村解放初期叫「九沙圍」，所以九沙村又常稱九沙圍，面積為 0.6 平方公里。西南面臨珠江，東北面緊貼魚珠。解放前，這裡已有少數漁民在此落戶。解放後，陸續有漁民在這裡搭建棚屋而居。2008 年統計，有 126 戶，573 人。

　　九沙村是一個自然村，與茅崗村、新村、橫沙村、江貝村相鄰。圍上漁民從事近岸捕撈為主，部分則以下釣、撈蜆、撒網、浸蝦、圍罟等作業為生，由大沙鎮漁業大隊管理委員會管理。於 1984 年，經黃埔區批准，撤銷漁業大隊管理委員會，建立九沙鄉政府，1987 年改為九沙村民委員會，村民來自漁業大隊的漁民。2002 年 8 月起更名為九沙社區居民委員會，隸屬魚珠街道辦事處管轄。

　　九沙舡語已出現瀕危階段，舡語基本上只有老人固守著，中青兩代基本已出外打工，甚至當上專業人士，他們已習慣了說廣州話、普通話。

　　本文所描寫的語音系統以陳金成先生的語音為準，他曾當過九沙村村長，另一合作人是黃細佬。

9　廣州的調查，筆者已於1982年在廣州進行過舡語調查，打下描述的資料，部分是早
　　年調查，目前無法找到合作人再核對一次。在廣州調查，多年來，前後主要調查過
　　大沙鎮、河南尾、二沙頭、獵德、港洲、瀝滘、江瀝海、安萊，也曾到番禺的化
　　龍、大石。有些漁村漁民口音已廣州化，所以部分不加以收錄於此。

1 聲韻調系統

1.1 聲母 19 個，零聲母包括在內

p 包必步白	pʰ 批匹朋抱	m 媽莫文吻			
					f 法翻苦火
t 刀答道敵	tʰ 梯湯亭弟		l 來列李年		
tʃ 展站租就	tʃʰ 拆雌初車			ʃ 小緒水舌	
					j 人妖又羊
k 高官舊局	kʰ 抗曲窮琴	ŋ 牙牛銀餓			
kw 瓜國郡跪	kwʰ 困虧葵群				w 和橫汪永
				h 海血河空	
ø 二圍現吳					

1.2 韻母

韻母表（韻母 42 個，包括 2 個鼻韻韻母）

單元音	複元音		鼻尾韻		塞尾韻	
a 把知亞花	ai 排佳大敗	au 包抄文孝	am 貪擔衫沾	aŋ 盲棚橫晚	ap 答塔插甲	ak 百格摘八
(ɐ)	ɐi 例西吠暉	ɐu 某浮九幽	ɐm 林任暗柑	ɐŋ 朋吾宏文	ɐp 粒十急及	ɐk 北得刻失
ɛ 些多車野				ɛŋ 鏡餅頸腥		ɛk 劇隻笛吃
(e)	ei 皮悲己尾			eŋ 兵令兄應		ek 碧的役式
i 知私子衣	iu 苗少挑嬲		im 尖檢劍店	iŋ 篇然天見	ip 接涉業協	ik 滅傑揭節
ɔ 多波科所	ɔi 代清開害			ɔŋ 忙蚌漢傷		ɔk 莫縛葛腳
(o)		ou 部無毛好		oŋ 公統終容		ok 木篤菊局
u 姑虎符附	ui 妹回具會			uŋ 般官春岸		uk 潑括律割
(ø)		ey 吹退徐取				
y 儲余住廁				yŋ 端船玄村		yk 脫說缺血

鼻韻 m̩ 唔 ŋ̩ 五午吳悟

1.3 聲調 9 個

調類		調值	例字
陰平		55	知商超專
陰上		35	古走口比
陰去		33	變醉蓋唱
陽平		21	文雲陳床
陽上		13	女努距婢
陽去		22	漏爛備代
上	陰入	5	一筆曲竹
下		3	答說鐵刷
陽入		2	局集合讀

2 語音特點

2.1 聲母方面

古泥母、來母字 n、l 相混，南藍不分，諾落不分。

	南（泥）		藍（來）		諾（泥）		落（來）
廣州	nam^{21}	$\neq$	lam^{21}	廣州	$nɔk^2$	$\neq$	$lɔk^2$
九沙	lam^{21}	$=$	lam^{21}	九沙	$lɔk^2$	$=$	$lɔk^2$

2.2 韻母方面

2.2.1 無 n、t 韻尾

廣州老市區有一套舌尖鼻音尾韻 n 和舌尖塞音尾韻 t（an、

ɐn、in、ɔn、un、ɵn、yn、at、ɐt、it、ɔt、ut、ɵt、yt），
九沙話全套 n、t 韻尾念作舌根鼻音韻尾 ŋ 和舌根塞音韻尾
k，這是一個特色。

	旦山開一	晚山合三	達山開一	髮山合三
廣州	tan^{22}	man^{13}	tat^2	fat^3
九沙	taŋ^{22}	maŋ^{13}	tak^2	fak^3

	神臻開三	吻臻合三	失臻開三	佛臻合三
廣州	ʃɐn^{21}	mɐn^{35}	ʃɐt^5	fɐt^2
九沙	ʃɐŋ^{21}	mɐŋ^{35}	ʃɐk^5	fɐk^2

	綿山開三	田山開四	熱山開三	屑山開四
廣州	min^{21}	tʰin^{21}	jit^2	ʃit^3
九沙	miŋ^{22}	tʰiŋ^{21}	jik^3	ʃik^3

	岸山開一	汗山開一	喝山開一	割山開一
廣州	ŋɔn^{22}	hɔn^{22}	hɔt^3	kɔt^3
九沙	ŋuŋ^{22}	huŋ^{22}	huk^3	kuk^3

	盤山合一	門臻合一	末山合一	沒臻合一
廣州	pun^{21}	mun^{21}	mut^2	mut^2
九沙	puŋ^{21}	muŋ^{21}	muk^2	muk^2

	秦臻開三	輪臻合三	律臻合三	術臻合三
廣州	tʃɵn^{21}	lɵn^{21}	lɵt^2	ʃɵt^2
九沙	tʃuŋ^{21}	luŋ^{21}	luk^2	ʃuk^2

	短 山合一	船 山合三	奪 山合一	決 山合四
廣州	tyn³⁵	ʃyn²¹	tyt³	kʰyt³
九沙	tyŋ³⁵	ʃyŋ²¹	tyk³	kʰyk³

2.2.2 廣州話有豐富的舌面前圓唇半開元音 œ（ɵ）為主要元音一系列韻母，這類韻母多屬中古音裡的三等韻。廣州話的 œ 系韻母 œ、œŋ、œk、ɵn、ɵt 在九沙艇語分別歸入 ɔ、ɔŋ、ɔk、uŋ、uk。

沒有圓唇韻母 œŋ、œk 韻母，歸入 ɔŋ、ɔk。

	娘 宕開三	香 宕開三	雀 宕開三	桌 江開二
廣州	nœŋ²¹	hœŋ⁵⁵	tʃœk³	tʃʰœk³
九沙	lɔŋ²¹	hɔŋ⁵⁵	tʃɔk³	tʃʰɔk³

沒有 ɵn、ɵt 韻母，分別讀成 uŋ、uk。

	秦 臻開三	輪 臻合三	律 臻合三	術 臻合三
廣州	tʃɵn²¹	lɵn²¹	lɵt²	ʃɵt²
九沙	tʃuŋ²¹	luŋ²¹	luk²	ʃuk²

只保留 ɵy 韻母。

	序 遇合三	對 蟹合一	醉 止合三	水 止合三
廣州	tʃɵy²²	tɵy³³	tʃɵy³³	ʃɵy³⁵
九沙	tʃɵy²²	tɵy³³	tʃɵy³³	ʃɵy³⁵

2.3　聲調方面

聲調方面，九沙蜑語與老廣州白話沒有差異，聲調共 9 個，入聲有 3 個，分別是上陰入、下陰入、陽入。陰入按元音長短分成兩個，下陰入字的主要元音是長元音。

二　海珠區河南尾舡語音系特點

本文合作人是陳亞根（1930年），居於河南尾已數代，陳帶佛（1929年）是陳亞根唐兄，口音已廣州化，陳亞根口音最具河南尾特點。本文調查以陳亞根為主，陳帶佛只作參考。

河南尾，指以前廣州珠江以南，西起洲頭咀、東至草芳圍一帶城區，現在已歸入海珠區，當年水上人聚居於此。

1　聲韻調系統

1.1　聲母 19 個，零聲母包括在內

p	波部胖步	pʰ	頗爬排劈	m 毛夢米貌
				f 夫科婦符
t	多滴杜定	tʰ	他挑肚艇	l 羅力歷你
tʃ	祭租注戰	tʃʰ	拆創廁持	ʃ 修所身上
				j 人央羊魚
k	歌急技更	kʰ	驅拘琴企	ŋ 鵝牙牛昂
kw	瓜均軍跪	kwʰ	誇虧葵規	w 和橫汪永
				h 海下獻行
ø	阿屋亞握			

1.2　韻母

韻母表（韻母 32 個，包括 1 個鼻韻韻母）

單元音	複元音	複元音	鼻尾韻	鼻尾韻	塞尾韻	塞尾韻
a 巴沙牙蛙	ai 階牌太快	au 胞爪摘效		aŋ 冒棚滅間	at 剔濕得出	ak 伯客雜發
(ɐ)	ɐi 幣低危偉	ɐu 頭購留幽	an 晉心燈鄰			
ɛ 借者對靴				ɛŋ 病頸井鄭		ɛk 展赤笛劈
(e)	ei 皮四機尾			eŋ 承鳴挺泳		ek 媳碧惜績
i 支師思樹		iu 飄少耀釣	in 面扁卷嚴		it 別切缺接	
ɔ 多科廣助			ɔn 漢旱汗寒	ɔŋ 崗方蜂香	ɔt 渴喝	ɔk 作確撲腳
(o)		ou 部無毛好		oŋ 東宗風容		ok 獨谷燭浴
u 姑虎付富	ui 妹背吹趣		un 搬管碗安		ut 潑末活割	

鼻韻　m̩ 唔五午吳

1.3　聲調 9 個

調類		調值	例字
陰平		55	剛專邊超
陰上		35	古走口手
陰去		33	蓋醉愛怕
陽平		21	鵝文窮寒
陽上		13	五武蟹厚
陽去		22	岸望陣弟
上	陰入	5	急一惜福
下		3	甲桌各刷
陽入		2	六落白俗

2　語音特點

2.1　聲母方面

古泥母、來母字 n、l 相混，南藍不分，諾落不分。

	囊（泥）		郎（來）		諾（泥）		落（來）
廣州	$nɔŋ^{21}$	≠	$lɔŋ^{21}$	廣州	$nɔk^2$	≠	$lɔk^2$
河南尾	$lɔŋ^{21}$	=	$lɔŋ^{21}$	河南尾	$lɔk^2$	=	$lɔk^2$

2.2　韻母方面

2.2.1　沒有舌面前圓唇閉元音 y 系韻母。

廣州話是有舌面前圓唇閉元音 y 系韻母字，河南尾舡語一律讀作 i。

	朱遇合三	選山合三	孫臻合一	穴山合四
廣州	tʃy⁵⁵	ʃyn³⁵	ʃyn⁵⁵	jyt²
河南尾	tʃi⁵⁵	ʃin³⁵	ʃin⁵⁵	jit²

2.2.2 古咸攝開口一、二等，深攝開口三等字尾韻的變異。

河南尾舡語在古咸攝開口一、二等，深攝開口三等字的 am、ap 韻尾，讀成舌根鼻音韻尾 aŋ 和舌根塞音韻尾 ak。

	藍咸開一	耽咸開一	衫咸開二	簪深開三
廣州	lam²¹	tam⁵⁵	ʃam⁵⁵	tʃam⁵⁵
河南尾	laŋ²¹	taŋ⁵⁵	ʃaŋ⁵⁵	tʃaŋ⁵⁵

	答咸開一	夾咸開二	甲咸開二	集深開三
廣州	tap³	kap³	kap³	tʃap²
河南尾	tak³	kak³	kak³	tʃak²

2.2.3 古咸攝開口一、二等，深攝開口三等字的尾韻的變異。

古咸攝開口一、二等，深攝開口三等字的尾韻 ɐm、ɐp，讀成舌尖鼻音尾韻 ɐn 和舌尖塞音尾韻 ɐt。

	感咸開一	甘咸開一	嵌咸開二	心深開三
廣州	kɐm³⁵	kɐm⁵⁵	hɐm³³	ʃɐm⁵⁵
河南尾	kɐn³⁵	kɐn⁵⁵	hɐn³³	ʃɐn⁵⁵

	合咸開一	鴿咸開一	恰咸開二	入深開三
廣州	hɐp²	kɐp³	hɐp⁵	jɐp²
河南尾	hɐt²	kɐt³	hɐt⁵	jɐt²

2.2.4　古山攝開口一、二等，合口一、二、三等字尾韻的變異。
　　　　古山攝開口一、二等，合口一、二、三等字的 an、at 韻
　　　　尾，讀成舌根鼻音韻尾 aŋ 和舌根塞音韻尾 ak。

	旦山開一	山山開二	饅山合一	彎山合二
廣州	tan³³	ʃan⁵⁵	man²²	wan⁵⁵
河南尾	taŋ³³	ʃaŋ⁵⁵	maŋ²²	waŋ⁵⁵

	達山開一	八山開二	刷山合二	發山合三
廣州	tat²	pat³	tʃʰat³	fat³
河南尾	tak²	pak³	tʃʰak³	fak³

2.2.5　古曾攝開口一三等，合口一等，梗攝開口二三等、梗攝合二
　　　　等的舌根鼻音尾韻 ŋ 和舌根塞尾韻 k，讀成舌尖鼻音尾韻 ɐn
　　　　和舌尖塞音尾韻 ɐt。

	登曾開一	行梗開二	盟梗開三	轟梗合二
廣州	tɐŋ⁵⁵	hɐŋ²¹	mɐŋ²¹	kwɐŋ⁵⁵
河南尾	tɐn⁵⁵	hɐn²¹	mɐn²¹	kwɐn⁵⁵

	北曾開一	塞曾開一	陌梗開二	扼梗開二
廣州	pɐk⁵	ʃɐk⁵	mɐk²	ɐk⁵
河南尾	pɐt⁵	ʃɐt⁵	mɐt²	ɐt⁵

2.2.6　古咸攝開口三、四等 im、ip，讀成舌尖鼻音尾韻 in 和舌尖
　　　　塞音尾韻 it。

	閃咸開三	欠咸開三	兼咸開四	嫌咸開四
廣州	ʃim³⁵	him³³	kim⁵⁵	jim²¹
河南尾	ʃin³⁵	hin³³	kin⁵⁵	jin²¹

	獵咸開三	業咸開三	協咸開四	蝶咸開四
廣州	lip²	jip²	hip³	tip²
河南尾	lit²	jit²	hit³	tit²

2.2.7 沒有舌面前圓唇半開元音 œ（ɵ）為主要元音一系列韻母，
廣州話的 œ 系韻母 œ、œŋ、œk、ɵn、ɵt、ɵy 在河南尾舸語
中分別歸入 ɛ、ɔŋ、ɔk、ɐn、ɐt、ui。

沒有圓唇韻母 œ 和 œŋ、œk，歸入 ɛ、ɔŋ、ɔk。

	靴果合三	涼宕開三	香宕開三	著宕開三	腳宕開三
廣州	hœ⁵⁵	lœŋ²¹	hœŋ⁵⁵	tʃœk³	kœk³
河南尾	hɛ⁵⁵	lɔŋ²¹	hɔŋ⁵⁵	tʃɔk³	kɔk³

沒有 ɵn、ɵt，分別讀成 ɐn、ɐt。

	鄰臻開三	論臻合一	順臻合三	閏臻合三
廣州	lɵn²¹	lɵn²²	ʃɵn²²	jɵn²²
河南尾	lɐn²¹	lɐn²²	ʃɐn²²	jɐn²²

	栗臻開三	率臻合三	蟀臻合三	秫臻合三
廣州	lɵt²	ʃɵt⁵	ʃɵt⁵	ʃɵt²
河南尾	lɐt²	ʃɐt⁵	ʃɐt⁵	ʃɐt²

　　　　沒有 ɵy，一律讀成 ui。

	序_{遇合三}	具_{遇合三}	需_{遇合三}	淚_{止合三}
廣州	tʃɵy²²	kɵy²²	ʃɵy⁵⁵	lɵy²²
河南尾	tʃui²²	kui²²	ʃui⁵⁵	lui²²

2.2.8　廣州話蟹開一、蟹合一的 ɔi，一律讀成 ui。

	抬_{蟹開一}	宰_{蟹開一}	改_{蟹開一}	外_{蟹合一}
廣州	tʰɔi²¹	tʃɔi³⁵	kɔi³⁵	ŋɔi²²
河南尾	tʰui²¹	tʃui³⁵	kui³⁵	ŋui²²

2.2.9　廣州話山開一的 ɔn、ɔt，一律讀成 un、ut。

	竿_{山開一}	罕_{山開一}	安_{山開一}	看_{山開一}
廣州	kɔn⁵⁵	hɔn³⁵	ɔn⁵⁵	hɔn³³
河南尾	kun⁵⁵	hun³⁵	un⁵⁵	hun³³

	割_{山開一}	喝_{山開一}	葛_{山開一}	渴_{山開一}
廣州	kɔt³	hɔt³	kɔt³	hɔt³
河南尾	kut³	hut³	kut³	hut³

2.2.10　聲化韻 ŋ̩ 歸併入 m̩。

　　　　「吳、蜈、吾、梧、五、伍、午、誤、悟」九個字，廣州話
　　　為 [ŋ̩]，河南尾疍語把這類聲化韻 [ŋ̩] 歸入 [m̩]。

	吳遇合一	五遇合一	午遇合一	誤遇合一
廣州	$ŋ^{21}$	$ŋ^{13}$	$ŋ^{13}$	$ŋ^{22}$
河南尾	$m̩^{21}$	$m̩^{13}$	$m̩^{13}$	$m̩^{22}$

2.3 聲調方面

河南尾艇語聲調共 9 個，入聲有 3 個，分別是上陰入、下陰入、陽入。陰入按元音長短分成兩個，下陰入字的主要元音是長元音。

三 東山大沙頭二沙河涌艇語音系特點

於二沙河涌調查了張亞仔（1933年）、陳伙帶（1835年）兩位漁民，本文記錄以張亞仔為主，陳伙帶作輔助參考。張亞仔稱祖輩已在這一帶打魚，張亞仔口音只保留了少許艇語特點，陳伙帶更是滿口廣州話。

二沙河涌又稱二沙島。二沙島位於中山大學北門對出，過去一直是水上人聚居的地方，1994 年，二沙島開發啟動。當年部分還在附近居住的水上人也要搬遷別處。九〇年代末，調查時請了港澳辦的官員來協助，方能找到這一帶上岸艇民的居所。

1　聲韻調系統

1.1　聲母 17 個，零聲母包括在內

p　貝步品壁　　pʰ　鋪排編片　　m 模夢味麥

　　　　　　　　　　　　　　　　　　　　　　　f 貨苦富煩

t　多店洞敵　　tʰ　拖替投填　　　　　　l 羅呂了尼

tʃ　姐爪支竹　　tʃʰ　雌楚綽持　　　　　　　　ʃ 修所水臣　j 由音仁玉

k　歌己共國　　kʰ　驅級求規　　ŋ 蛾雅偽外

　　　　　　　　　　　　　　　　　　　　　　　w 和話蛙韻

　　　　　　　　　　　　　　　　　　　　h 可腔香項

ø　哀安丫握

1.2 韻母

韻母表（韻母 52 個，包括 1 個鼻韻韻母）

單母音	複母音		鼻尾韻			塞尾韻		
a 把叉樂華	ai 皆派賣淮	au 豹找交效	am 探欖站衛	an 丹山限還	aŋ 橙棚橫冷	ap 踏蠟插鴨	at 擦猴挖法	ak 拍格冊或
(ɐ)	ɐi 欻低棲貴	ɐu 貿夠流幼	ɐm 欽臨針禁	ɐn 吞橫申紋	ɐŋ 曾否宏耿	ɐp 鴿粒濕給	ɐt 筆疾乞屈	ɐk 北德則陌
ɛ 且者掩夜	ei 避四幾肥				ɛŋ 病頸井鄭			ɛk 劇石笛劈
(e)					eŋ 稱評定永			ek 媳迫積的
i 是師詞衣		iu 表少要跳	im 尖壓欠念	in 免展田見		ip 妾業貼協	it 別折傑切	
ɔ 多科和所	ɔi 待彩哀外			ɔn 竿刊漢安	ɔŋ 光王講相		ɔt 喝割渴葛	ɔk 樂角學桌
(o)		ou 普土報高			oŋ 東宗風容			ok 木屋足浴
u 古污付父	ui 杯梅回會			un 般灌碗門			ut 潑沫括沒	
œ 靴					œŋ 兩良羊床			œk 涼芍削作
(ə)	ey 除聚退水			ɵn 津論準潤			et 卒出述恤	
y 豬與處書				yn 短捲犬寸			yt 脫粵悅血	

鼻韻　m 唔五午嘸

1.3　聲調 9 個

調類		調值	例字
陰平		55	初三丁知
陰上		35	古比丑手
陰去		33	帳對抗唱
陽平		21	人文唐扶
陽上		13	女有倍舅
陽去		22	漏浪陣代
上	陰入	5	急出福曲
下		3	接百刷割
陽入		2	岳物白服

2.1　聲母方面

2.1.1　無舌尖鼻音 n，古泥母、來母字今音聲母均讀作 l。

古泥（娘）母字廣州話基本 n、l 不混，廣州二沙島舡語把
n、l 相混，結果南藍不分，諾落不分。例如：

	南（泥）		藍（來）		諾（泥）		落（來）
廣州	nam^{21}	≠	lam^{21}	廣州	nok^2	≠	lok^2
二沙島	lam^{21}	=	lam^{21}	二沙島	lok^2	=	lok^2

2.1.2　沒有兩個舌根唇音聲母 kw、kw^h，出現 kw、kw^h 與 k、k^h
不分。

	過果合一			個果開一			瓜假合二			加假開二
廣州	$kwɔ^{33}$	≠	$kɔ^{33}$		廣州	kwa^{55}	≠	ka^{55}		
二沙島	$kɔ^{33}$	=	$kɔ^{33}$		二沙島	ka^{55}	=	ka^{55}		

	乖蟹合二		佳蟹開二			規止合三		溪蟹開四
廣州	$kwai^{55}$	≠	kai^{55}		廣州	$kw^hɐi^{55}$	≠	$k^hɐi^{55}$
二沙島	kai^{55}	=	kai^{55}		二沙島	$k^hɐi^{55}$	=	$k^hɐi^{55}$

2.2 韻母方面

2.2.1 廣州話的舌面前圓唇半開元音 œ 系韻母中的 œŋ、œk 在二
沙島舡語讀成 ɔŋ、ɔk。這類字在張亞仔口裡只有餘下十五
餘個字（入聲只得三個），其他跟廣州話一致了，足見舡民
上岸後，廣州話對舡語的影響很大。

	唱宕開三	鄉宕開三	章宕開三	娘宕開三	尚宕開三
廣州	$tʃ^hœŋ^{33}$	$hœŋ^{55}$	$tʃœŋ^{55}$	$nœŋ^{55}$	$ʃœŋ^{22}$
二沙島	$tʃ^hɔŋ^{33}$	$hɔŋ^{55}$	$tʃɔŋ^{55}$	$lɔŋ^{55}$	$ʃɔŋ^{22}$

	桌宕開三	腳宕開三	約宕開三
廣州	$tʃ^hœk^3$	$kœk^3$	$jœk^2$
二沙島	$tʃ^hɔk^3$	$kɔk^3$	$jɔk^2$

2.2.2 少數 ɔŋ、ɔk 韻母讀作 œŋ、œk，跟中山沙田話一樣。這類
字在張亞仔口裡只有四個字。[10]

---

10 參看第三節中山市橫欄鎮四沙農舡語音音系特點。

	桑_{宕開一}	倉_{宕開一}	床_{宕開三}	作_{宕開一}
廣州	ʃɔŋ⁵⁵	tʃʰɔŋ⁵⁵	tʃʰɔŋ²¹	tʃɔk³
二沙島	ʃœŋ⁵⁵	tʃʰœŋ⁵⁵	tʃʰœŋ²¹	tʃœk³

2.3　聲調方面

　　二沙島舡語聲調共 9 個，入聲有 3 個，分別是上陰入、下陰入、陽入。陰入按元音長短分成兩個，下陰入字的主要元音是長元音。

四　天河獵德涌舡語音系特點

　　分作人有梁天帶（1926年）、鄭十二（1931年），主要合作人是梁天帶。兩人的舡語很接近廣州話，舡語音系特點不多。

　　獵德涌位於廣州天河區，九〇年代以前，獵德村的孩子們還可以在獵德涌裡游水嬉戲，漁民在涌內撒網捕魚。

1　聲韻調系統

1.1　聲母 18 個，零聲母包括在內

p 補步品壁　　pʰ 頗琶鄙撇　　m 模務味慢

　　　　　　　　　　　　　　　　　　　　　　　　f 火課非煩

t 多帝誕定　　tʰ 他替投享　　　l 來李另你

tʃ 借寨折竹　　tʃʰ 秋闖吹陳　　　ʃ 些師世市

　　　　　　　　　　　　　　　　　　　　　　　j 耶於仁月

k 個居件江　　kʰ 卻級及勤

kw 怪均鬼掘　　kwʰ 垮坤菌愧　　　　　　　　　　w 禾話蛙韻

　　　　　　　　　　　　　　　　　h 孔客戲咸

ø 奧安握牛

1.2 韻母

韻母表（韻母 53 個，包括 2 個鼻韻韻母）

單元音	複元音	鼻尾韻	塞尾韻
a 他沙蝦蛙	ai 皆擺態懷　au 包抓攵孝	am 男暫衫監　an 丹產扳攞　aŋ 棒盲冷橙	ap 搭臘甲習　at 法擦穀猾　ak 百澤華嚇
(ɐ)	ɐi 厲帝危費　ɐu 某叩流幽	ɐm 含沉任音　ɐn 跟民溫恩　ɐŋ 登更敢甍	ɐp 合粒拾吸　ɐt 畢吉忽勿　ɐk 墨特克扼
ɛ 且車社爺	ɛi 單比汽肥	ɛŋ 鄭病鏡餅	ɛk 隻尺踢吃
(e)		eŋ 乘明定永	ek 即藉叔疫
i 是私寺以	iu 票燒繞了	im 占炎嚴甜　in 免然田見	ip 接貼貼歉　it 別舌歇結
ɔ 哥躲和疏	ɔi 抬哀奈外	ɔŋ 忙方江港	ɔt 割喝葛渴　ɔk 各殼國撲
(o)	ou 菩批刀好	oŋ 東宗風蓉	ok 獨谷促浴
u 故污夸父	ui 配煤回會	un 半觀碗門	ut 撥沫活勃
œ 靴		œŋ 梁想強床	œk 掠鑱雀作
(ə)	əy 去句推水	ən 津論轟屯	ət 律恤出述
y 處柱雨喻		yn 短轉淵孫	yt 脫悅決乙

鼻韻　m 唔　ŋ 五吳午梧

1.3 聲調 9 個

調類		調值	例字
陰平		55	丁邊三商
陰上		35	古手楚短
陰去		33	正醉抗唱
陽平		21	人龍平寒
陽上		13	老有距倍
陽去		22	岸弄大戶
上	陰入	5	出即筆急
下		3	答說百刷
陽入		2	入藥食俗

2 語音特點

2.1 聲母方面

2.1.1　古泥（娘）母字廣州話基本 n、l 不混，廣州獵德涌舡語把
　　　n、l 相混，結果南藍不分，諾落不分。

	南（泥）		藍（來）		諾（泥）		落（來）
廣州	nam^{21}	$\neq$	lam^{21}	廣州	$nɔk^2$	$\neq$	$lɔk^2$
獵德涌	lam^{21}	$=$	lam^{21}	獵德涌	$lɔk^2$	$=$	$lɔk^2$

2.1.2　中古疑母洪音 ŋ- 聲母合併到中古影母 ø- 裡去。
　　　古疑母字遇上洪音韻母時，廣州話一律讀成 ŋ-，獵德涌舡語
　　　這個 ŋ 聲母早已消失而合併到零聲母 ø 當中。

	眼	艾	硬	牛
廣州	ŋan¹³	ŋai²²	ŋaŋ²²	ŋɐu²¹
獵德涌	an¹³	ai²²	aŋ²²	ɐu²¹

2.2 韻母方面

少數 ɔŋ、ɔk 韻母讀作 œŋ、œk，跟中山沙田話一樣。這類字在梁天帶口裡只有五個字，其中四個字（桑、倉、床、作）與二沙島一致。[11]

	桑宕開一	倉宕開一	床宕開三	廠宕開三	作宕開一
廣州	ʃɔŋ⁵⁵	tʃʰɔŋ⁵⁵	tʃʰɔŋ²¹	tʃʰɔŋ³⁵	tʃɔk³
獵德涌	ʃœŋ⁵⁵	tʃʰœŋ⁵⁵	tʃʰœŋ²¹	tʃʰœŋ³⁵	tʃœk³

2.3 聲調方面

二沙島舡語聲調共 9 個，入聲有 3 個，分別是上陰入、下陰入、陽入。陰入按元音長短分成兩個，下陰入字的主要元音是長元音。

---

11 參看第三節中山市橫欄鎮四沙農舡語音音系特點。

第三節　中山市

一　神灣鎮定溪舡語音系特點

　　盧添培（1965年），其父親也於定溪出世，漁民。其他合作人還有黃金有（1966年），年青人代表是盧師敏（盧添培女兒，1994年）、黃秋燕（黃金有的女兒，1992年），本文調查以盧添培為主，黃金有、盧師敏、黃秋燕只作輔助參考。

　　神灣鎮位於廣東省中山市中南部，東鄰為三鄉鎮，南接坦洲鎮，總面積 59 平方公里，戶籍人口 1.73 萬（六普），轄 5 個村民委員會和神灣居民委員會。定溪新灣漁村是一個小漁港，宜避風，港灣常停泊了許多回港漁船，漁港對出處就是大河西江。漁民的居所就在港灣旁邊。

1　聲韻調系統

1.1　聲母 19 個，零聲母包括在內

p	補薄品蝙	pʰ	鋪排編片	m 模務未慢	
					f 火苦富俸
t	度典豆狄	tʰ	拖天談挺	l 路利另泥	
tʃ	祭爭種竹	tʃʰ	此闖吹程		ʃ 私色試市
					j 耶於仍玉
k	個己共江	kʰ	驅級求窮	ŋ 蛾硬牛礙	
kw	乖均季郡	kwʰ	誇困菌規		w 禾環蛙旺
					h 可客香峽
ø	哀安握鴉				

1.2 韻母

韻母表（韻母 47 個，包括兩鼻韻韻母）

單元音	複元音			鼻尾韻			塞尾韻		
a 爬加也打	ai 大戒街快	au 胞找教效		am 耽談減餡	an 旦山刪灣	aŋ 彭冷橙横	ap 答塔閘鴨	at 薩八挖發	ak 或百額隔
(ɐ)	ɐi 祭米危威	ɐu 某叩流游		ɐm 砍心金音	ɐn 狠真婚雲	ɐŋ 登肯粳宏	ɐp 合執入吸	ɐt 筆日不勿	ɐk 北特塞克
ɛ 些車耶靴						ɛŋ 頸鏡餅病			ɛk 尺笛吃
(e)	ei 碑器希具					eŋ 冰兵另傾			ek 力夕敵激
i 是自耻注		iu 標少僑丁		im 檢劍尖念	in 仙件年卷		ip 疊怯貼協	it 哲折揭缺	
ɔ 多坐禾所	ɔi 再改哀內				ɔn 竿看汗按	ɔŋ 忙光方傷		ɔt 喝渴割葛	ɔk 作岳國約
(o)		ou 步肚刀浩			un 半灌碗門	oŋ 凍公中勇			ok 族督竹局
u 古污府附	ui 培枚回匯							ut 撥抹活勃	
(ə)			ey 女須除水		ən 信論春潤			ət 律术出述	

鼻韻 m, 唔 ŋ 吾五梧午

1.3　聲調 9 個

調類		調值	例字
陰平		55(53)	衫蕉巾蚊（丁超商三）
陰上		35	古走丑手
陰去		33	蓋對抗
陽平		42	鵝人唐扶
陽上		13	五老野老
陽去		22	岸弄共自
上	陰入	5	急七即曲
下		3	答說各刷
陽入		2	入落食服

陰平調有 55 和 53 兩個調值，正文一律標 55。

2　語音特點

2.1　聲母方面

　　古泥（娘）母字廣州話基本 n、l 不混，定溪話中青年都把 n、l 相混，結果南藍不分，諾落不分。定溪這兩父女的舡語 n、l 相混，結果女呂不分，諾落不分。

	南（泥）		藍（來）		諾（泥）		落（來）
廣州	nam²¹	≠	lam²¹	廣州	nɔk²	≠	lɔk²
定溪	lam⁴²	=	lam⁴²	定溪	lɔk²	=	lɔk²

2.2 韻母方面

2.2.1 沒有舌面前圓唇閉元音 y 系韻母。

廣州話有舌面前圓唇閉元音 y 系韻母字，定溪疍語一律讀作 i。

	豬遇合三	元山合三	奪山合一	粵山合三
廣州	tʃy⁵⁵	jyn²¹	tyt²	jyt²
定溪	tʃi⁵⁵	jin⁴²	tit²	jit²

2.2.2 廣州話的 œ 系韻母 œ、œŋ、œk、ɵy 在定溪話裡分別歸入 ɛ、ɔŋ、ɔk、ei。

沒有圓唇韻母 œ，沒有 œŋ、œk，全讀成 ɔŋ、ɔk。

	靴果合三	良宕開三	雙江開二	雀宕開三	啄江開二
廣州	hœ⁵⁵	lœŋ²¹	ʃœŋ⁵⁵	tʃœk³	tœk³
定溪	hɛ⁵⁵	lɔŋ⁴²	ʃɔŋ⁵⁵	tʃɔk³	tɔk³

ɵy 韻母方面，定溪話部分 ɵy 韻母與見組、曉組聲母搭配，韻母是古遇合三時，便讀成 ei。

	舉遇合三	具遇合三	墟遇合三	虛遇合三
廣州	kɵy³⁵	kɵy²²	hɵy⁵⁵	hɵy⁵⁵
定溪	kei³⁵	kei²²	hei⁵⁵	hei⁵⁵

ɵy 韻母與見組、曉組聲母搭配，韻母是古遇合三時，依舊讀成 ɵy 有「居、渠、佢、巨、拒、距、俱、矩、句、許」等字，這個跟

語言接觸有關，就是合作人與廣州府人的接觸而變異。年青人盧師敏、黃秋燕，廣州話 ɵy 韻母字，她們全讀作 ɵy。

2.3　聲調方面

聲調絕大部分跟廣州話一樣，變調也一致的。差異之處是廣州話陽平 21，定溪話則讀作 42。

	時	移	魂	房
廣州	ʃi²¹	ji²¹	wɐn²¹	fɔŋ²¹
定溪	ʃi⁴²	ji⁴²	wɐn⁴²	fɔŋ⁴²

二　南朗鎮橫門涌口門舡語音系特點

南朗鎮位於廣東省中山市東部，背靠五桂山，面臨珠江口。全鎮面積 206 平方公里，是全市面積最大的鎮區，戶籍人口 4 萬（六普）。橫門地屬丘陵，背靠芙蓉山，東瀕珠江口，水產資源相當豐富。吳桂友稱橫門社區的涌口門漁村約 700 人。又稱據傳 100 多年前，已有人在此聚居捕魚。漁村是在內河的出入口處，現在大小機動漁船還約有 100 艘；非機動漁船約 80 艘。

本文主要合作人是郭金瑞（1942年），曾祖父自番禺遷到此漁村居住。其餘合作人還有吳桂友（1958年）、梁洪勝（1963年）、黃錦元（1970年），皆作輔助參考。

1 聲韻調系統

1.1 聲母 20 個，零聲母包括在內

p 貝步品閉　pʰ 頗排編片　m 魔無味麥

f 火課飛蝴

t 多低豆定　tʰ 拖梯投亭　n 糯那尼你 l 羅呂另了

tʃ 祭爪支竹　tʃʰ 此楚吹澄　　　　　　　ʃ 修霜上水

j 由於入元

k 歌居共江　kʰ 誇級求勤　ŋ 硬蛾礙牛

kw 瓜軌季郡　kwʰ 誇坤葵愧　　　　　　　w 和環污旺

h 可坑香下

ø 阿安丫握

1.2 韻母

韻母表（韻母49個，包括兩個鼻韻韻母）

單元音	複元音		鼻尾韻			塞尾韻		
a 巴渣牙蛙	ai 介買孩快	au 胸爪交肴	am 貪欖三杉	an 丹山斑斕	aŋ 彭坑橫冷	ap 搭臘插甲	at 擦八刷刮	ak 拍宅革或
(ɐ)	ɐi 矮低虧鬼	ɐu 偷狗流幼	ɐm 坎淋針金	ɐn 跟懇伸紋	ɐŋ 恆吝宏盟	ɐp 合粒十給	ɐt 拔七骨勿	ɐk 北得刻麥
ɛ 姐爹謝靴					ɛŋ 病鏡餅頸			ɛk 劇赤笛吃
(e)	ei 皮四幾希				eŋ 升證庭永			ek 息積役息
i 兒似裕皮	iu 標少要條		im 尖姿欠念	in 棉顯顛短		ip 摻業喋協	it 跌舌揭決	
ɔ 多過禾梳	ɔi 代採哀內			ɔn 肝看旱安	ɔŋ 崗光蚌強		ɔt 喝割竭渴	ɔk 樂駁學腳
(o)	ou 布能報告				oŋ 東宗馮用			ok 獨督俗浴
u 姑污嘩富	ui 背梅回會			un 般寬本胖			ut 撥沫括沒	
(œ)					œŋ 涼姜羊廠			œk 略鐸弱作
(ɵ)	ɵy 旅追對水			ɵn 津論春純			ɵt 卒率出述	

鼻韻 m 唔 ŋ 午五悟吾

1.3 聲調 9 個

調類		調值	例字
陰平		55(53)	蕉衫蚊巾（剛邊初三）
陰上		35	古走比楚
陰去		33	帳醉變怕
陽平		21	娘龍床扶
陽上		13	老有瓦厚
陽去		22	巨技岸大
上	陰入	5	一出即曲
下		3	答接鐵割
陽入		2	入藥食服

陰平調有 55 和 53 兩個調值，正文一律標 55。

2　語音特點

2.1　聲母方面

2.1.1　郭金瑞古泥母、來母字 n、l 不混，中年人卻把 n、l 相混，
結果南藍不分，諾落不分。涌口門舡語 n、l 相混，結果女
呂不分，諾落不分。

南（泥）　　藍（來）　　　　諾（泥）　　落（來）

廣州　　nam^{21}　$\neq$　lam^{21}　　廣州　　$nɔk^2$　$\neq$　$lɔk^2$

涌口門　lam^{21}　$=$　lam^{33}　　涌口門　$lɔk^2$　$=$　$lɔk^2$

2.1.2　部分涌口門艇語匣母在遇攝合口一等字讀作齒唇擦音 f-。這
　　　個特點跟中山沙田話很相似。

	胡遇合一匣	互遇合一匣	壺遇合一匣	狐遇合一匣
廣州	wu²¹	wu²²	wu²¹	wu²¹
涌口門	fu²¹	fu²²	fu²¹	fu²¹

2.2　韻母方面

2.2.1　沒有舌面前圓唇閉元音 y 系韻母。
　　　廣州話有舌面前圓唇閉元音 y 系韻母字，涌口門艇語一律讀
　　　作 i。

	朱遇合三	淵山合三	奪山合一	穴山合四
廣州	tʃy⁵⁵	jyn⁵⁵	tyt²	jyt²
涌口門	tʃi⁵⁵	jin⁵⁵	tit²	jit²

2.2.2　廣州話的 œ 系韻母 œ、œŋ、œk、ɵy 在涌口門裡，œ 歸入
　　　ɛ；有一部分 œŋ、œk 歸入 ɔŋ、ɔk，有一部分依舊讀 œŋ、
　　　œk。

	靴果合三	鄉宕開三	疆宕開三	略宕開三	腳宕開三
廣州	hœ⁵⁵	hœŋ⁵⁵	kœŋ⁵⁵	lœk²	kœk³
涌口門	hɛ⁵⁵	hɔŋ⁵⁵	kɔŋ⁵⁵	lɔk²	kɔk³

　　ɵy 韻母方面，涌口門話 ɵy 韻母與見系、曉母聲母搭配，韻母是
古遇合三時，便讀成 i。

	舉遇合三見	渠遇合三群	墟遇合三溪	許遇合三曉
廣州	kɵy³⁵	kʰɵy²¹	hɵy⁵⁵	hɵy³⁵
涌口門	ki³⁵	kʰi²¹	hi⁵⁵	hi³⁵

2.2.3 部分古宕開一、宕開三、宕合一、宕合三、江開二、梗開二、梗合一、梗合二、曾合一、通合一 ɔŋ、ɔk 韻母讀作 œŋ、œk。

	當宕開一	廠宕開三	江江開二	礦梗合二
廣州	tɔŋ⁵⁵	tʃʰɔŋ³⁵	kɔŋ²²	kwʰɔŋ³³
涌口門	tœŋ⁵⁵	tʃʰœŋ³⁵	kœŋ²²	kwʰœŋ³³

	作宕開一	諾宕開一
廣州	tʃɔk²	nɔk²
涌口門	tʃœk²	nœk²

　　把 ɔŋ、ɔk 讀作 œŋ、œk，是當地人可能受了廣州話或中山沙田話的影響。參看第三節中山市橫欄鎮四沙農舡語音音系特點。ɔk 讀作 œk，訪問了四個合作人，方出現這兩個字，也一致如此讀的。中山沙田話主要分布在南頭鎮、黃圃鎮、東鳳鎮、小欖鎮、阜沙鎮、東升鎮、橫欄鎮、港口鎮、三角、民眾鎮、沙朗鎮、板芙鎮、坦洲鎮，人口約 127 萬，佔全市總人口的 49%。[12]由於沙田話佔了半個中山市，所以對當地的舡語影響很大。

---

12 蔡燕華：《中山粵方言的地理語言學研究》（廣州市：暨南大學碩士論文，2006年），頁10。

2.3 聲調方面

聲調方面，涌口門疍語與老廣州白話沒有差異，聲調共 9 個，入聲有 3 個，分別是上陰入、下陰入、陽入。陰入按元音長短分成兩個，下陰入字的主要元音是長元音。

三 橫欄鎮四沙農疍語音音系特點

本文調查合作人是馮林潤（1935年），知其遠祖已居於四沙貼邊九隊，來了多久，卻不清楚，只知是從順德陳村遷來，退休幹部，本文以馮林潤為主要合作人，其餘作參考之用。黃勝養（1944年），貼邊八隊人，只知祖父已是貼邊人，從祖父到他最少在貼邊最少也有三代，不知道從何遷來；程勒勝（1936年），貼邊人，先輩從中山小欖遷來；馮錦章（1930年），四沙貼邊人，先輩從三角遷來已三代；黃榮標（1953年），貼邊人，先輩在貼邊到他最少有六傳；馬坤聯（1933年），貼邊人，祖父從中山東鳳同安村遷來數代，不知道從何遷來；梁桂勝（1956年），貼邊七隊，關於先輩從何遷來，有數說，一說從東莞遷來，一說從順德陳村弼滘遷來，一說從南海石灣遷來，一說是從番禺海傍遷來，有祠堂，從始遷祖到他是二十九傳人，一時稱從始遷祖到他不知道是多少傳，這是水上人遷上岸後仿效陸上人做祠堂和族譜出現普遍混亂現象，其族譜反映是從不同的梁氏族譜抄來的。

橫欄位於珠江三角洲南部，西江出海口東岸，距中山市城區 13 公里，總面積 76 平方公里，轄 10 個村民委員會和 1 個居民委員會，戶籍人口 5.76 萬（六普），1986 年正式稱鎮。

　　橫欄鎮四沙鄉，位於珠江三角洲西部，西江下游右邊。是較早形成的沖積平原，在宋代（960-1279年）已築有四沙小圍，即位於中山古鎮之南，貼邊（村）附近，[13]馮林潤認為就是現在的三頃六圍。[14]到了明代（1368-1644年）已築白濠沙等小圍，即在四沙以外再築起一、二、三、五、六沙，[15]這一帶是比較典型的農蛋聚居地之一。當時的漁民最早上岸居住的是在貼邊三頃六圍北部的「荷包督」（現在貼邊八隊，當時是地勢較高的地方）。當時珠三角的漁民大規模的遷人應是明清時期，在荷包督附近建有梁家祠及黃家祠，以後陸續有吳、馮、陳、李等姓遷入到新茂、喊角、穗隆、永豐等圍（地），逐漸形成了一個品字形的長條型的四沙鄉。由於早築圍，又是早開村，範圍又比較大，故此後來附近的鄉村都稱四沙是沙嬭。[16]在明代，四沙已分別築有屢豐、茂生、樂穗、合生、德隆、四有、喊角、裕祥、永豐等三十多個小圍。[17]

　　中山沙田話的居民主要來從自順德、番禺、南海等縣遷來，他們當年來到中山，還是水上族群，來中山的目的，主要是來協助圍墾沙田，後來不少這些水上族群棄船上岸，改捕魚為農耕，定居於陸地，

13 珠江三角洲農業志編寫組：《珠江三角洲農業志：堤圍和圍墾發展史》（初稿）（佛山地區革命委員會《珠江三角洲農業志》編寫組，1976年），頁11。
　《廣東省中山市地名誌》編纂委員會編：《廣東省中山市地名誌》（廣州市：廣東科技出版社，1989年），頁206：貼邊，在橫欄鎮政府北偏西5.3公里處，貼邊有4,732人。南宋寶祐年間（1253-1258），順德陳村人梁文坤遷此，接著有黃、梁、吳、馮等姓人遷來，並建有四沙小圍。因明初在小欖高沙設屯田點，村與屯軍毗鄰，故名貼邊。
14 參看馮林潤：《中山市橫欄鎮四沙簡介》（未發表），頁1。
15 《珠江三角洲農業志：堤圍和圍墾發展史》（初稿），頁33。
16 參看馮林潤：《中山市橫欄鎮四沙簡介》（未發表），頁2。
17 同上，頁3。

當地人稱這種方言為沙田話。現在的沙田話與舡語是有點區別，[18]主要沙田人於明清時期已遷來，來了一段很長時間。

1 聲韻調系統

1.1 聲母 19 個，零聲母包括在內

p 菠薄怖邊	pʰ 普排鄙批	m 模無文麥	
			f 灰苦黃湖
t 多低豆狄	tʰ 拖天投填	l 羅李歷你	
tʃ 借爭證竹	tʃʰ 秋闖尺船		ʃ 私色水臣
			j 耶因仍逆
k 古己共江	kʰ 驅級求劇	ŋ 蛾顏銀外	
kw 刮均季郡	kwʰ 垮困菌規		w 和環污韻
			h 可客丸藥
ø 哀安握鴉			

---

18 蔡燕華：《中山粵方言的地理語言學研究》，頁10稱水上話與沙田話無大區別。
　中山橫欄四沙馮林潤協助筆者進行沙田話調查時，他很強調自己是沙田人，沙田人也是水上人之後，因此強調沙田話就是蜑家話。筆者從兩者的音系特點角度來看，是有點區別。

1.2 韻母

韻母表（韻母 58 個，包括兩個鼻韻韻母）

韻腹	單元音	複元音		鼻尾韻			塞尾韻		
a 巴沙下炸	a 巴沙下炸	ai 大界佳快	au 包炒搞校	am 男三姑餡	an 丹盼限彎	aŋ 盲坑棚橫	ap 答臘插鴨	at 達察刷發	ak 或白客革
(e)		ɐi 世米軌揮	ɐu 某狗流滯	ɐm 感林金琴	ɐn 吞民困訓	ɐŋ 朋更鞥甍	ɐp 恰立入泣	ɐt 畢失忽勿	ɐk 北得則黑
ε 姐車斜野	ε 姐車斜野		ɛu 抄包敍爻	ɛm 減含鹹嫌	ɛn 邊閃眼間	ɛŋ 病頸餅鏡	ɛp 合盒夾甲	ɛt 八渴刮	ɛk 隻尺踢吃
(e)		ei 彼璣鼻美				eŋ 冰明另泳			ek 力亦的析
i 兒示視旗	i 兒示視旗	iu 表少橋條		im 沾劍尖念	in 便然田先		ip 業怯貼協	it 別舌熱結	
ɔ 多果和草	ɔ 多果和草	ɔi 台在愛內		ɔm 含蕈甘暗	ɔn 肝罕汗滿		ɔp 合鴿	ɔt 割喝渴撥	
(o)			ou 布土數母			oŋ 東公中岸			ok 木屋目束
u 姑戶赴父	u 姑戶赴父	ui 杯梅回會			un 般官換門			ut 撥括闊沒	
œ 靴蕾糯螺	œ 靴蕾糯螺					œŋ 秧香相方			œk 著略約落
(ə)		ey 女趣嘴淚			en 鄰論旬順			et 律术出述	
y 豬魚鹽資	y 豬魚鹽資				yn 短全縣存			yt 脫劣月血	

鼻韻　m 唔　ŋ 吾五悟午

1.3　聲調 9 個

調類		調值	例字
陰平		55(53)	衫巾蚊蕉（剛丁初三）
陰上		35	古紙口手
陰去		32	蓋正襯試
陽平		42	人麻陳平
陽上		13	五野倍舅
陽去		21	岸弄陣自
上	陰入	5	急一即曲
下		3	答說鐵割
陽入		2	局白合服

　　陰平調有 55（衫 55、蕉 55、呢個篩 55、訓練班 55）和 53（三 53、招 53、篩 53—篩 53、一班 53 人）兩個調值，正文一律標 55。

　　陽平，貼邊從陳村遷來的村民，部分人會說成 33（陳村話的陽平就是 33）或微降的 332（因此很接近 33 之故，以 33 來描寫也行），不是來自陳村的貼邊村民便說成一個明顯降調。本文陽平以一個降調 42 來處理。

　　陰去，用三個數字表示是 332，如用兩個數字表示，33 和 32 都可以。本文最後決定以一個微降 32 來處理。

　　陽去方面，澳門中國語文學會會員鄭偉聰於八〇年代末調查沙田話，把陽去處理成 22，筆者也認為可以以 22 來描寫（只要說明實際上略有下降，似 21 調便行），但部分人在某些陽去字卻是讀成微降的 21（實際是一個 221 的調值），本文便以 21 來描寫陽去。

陽入是一個平調的 2，不是一個 31 或 21 降調。

2 語音特點

2.1 聲母方面

2.1.1　無舌尖鼻音 n，古泥母、來母字今音聲母均讀作 l。
　　　古泥（娘）母字廣州話基本 n、l 不混，四沙沙田話把 n、l
　　　相混，結果南藍不分，諾落不分。四沙 n、l 相混，結果女
　　　呂不分，諾落不分。

	南（泥）		藍（來）		娘（泥）		良（來）
廣州	nam^{21}	≠	lam^{21}	廣州	$nœŋ^{21}$	≠	$lœŋ^{21}$
四沙	lam^{42}	=	lam^{42}	四沙	$lœŋ^{42}$	=	$lœŋ^{42}$

2.1.2　kw k 不分和 kw' k' 不分。
　　　唇化音聲母 kw kw' 與 ɔ 系韻母相拼，消失圓唇 w，讀成 k
　　　k'。

戈 = 哥 $kɔ^{55}$　　　　　　　　國 = 角 $kœk^{3}$
礦 = 抗 $k'œŋ^{33}$　　　　　　　廓 = 確 $k'œk^{3}$

2.1.3　古遇攝合口一等字，在廣州話聲母一般讀作雙唇舌根半元音
　　　w-，但沙田話部分匣母、云母與遇攝合口一三等字相拼，
　　　讀作齒唇擦音 f-。中山沙田人，主要從順德、南海遷來，所
　　　以其沙田話便保留了順德、南海這個特點。[19]

---

19 參看詹伯慧主編：《廣東粵方言概要》（廣州市：暨南大學出版社，2004年），頁127。

	胡遇合一匣	互遇合一匣	戶遇合一匣	芋遇合三云
廣州	wu^{21}	wu^{22}	wu^{22}	wu^{22}
四沙	fu^{42}	fu^{21}	fu^{21}	fu^{21}

2.1.4 四沙話部分匣母、云母合口讀為 f，這一特點可以見於番禺市橋和順德大良。[20]

	黃宕合一匣	簧宕合一匣	蝗宕合一匣	鑊宕合一匣
廣州	$wɔŋ^{21}$	$wɔŋ^{21}$	$wɔŋ^{21}$	$wɔk^2$
四沙	$fœŋ^{42}$	$fœŋ^{42}$	$fœŋ^{42}$	$fœk^2$

2.1.5 部份古全濁聲母船、射讀為 $tʃʰ$，與廣府話讀 $ʃ$ 不同[21]。

	船（船）	射（船）
廣州	$ʃyn^{21}$	$ʃɛ^{22}$
四沙	$ʃyn^{42}$；$tʃʰyn^{42}$（主）	$tʃʰɛ^{21}$

2.1.6 古喻母在廣州話裡讀半元音濁擦音 j，四沙話裡，古喻母字聲母有唸為 h 的現象。[22]

---

20 參看詹伯慧主編：《廣東粵方言概要》，頁127。
　　甘于恩、吳芳：〈廣東順德（陳村）話調查紀略〉，頁42。
21 參看甘于恩、吳芳：〈廣東順德（陳村）話調查紀略〉，頁42。
22 彭小川：〈廣東南海（沙頭）方言音系〉，頁22。沙頭話也有這種現象。
　　參看《廣東方言概要》頁126。

	緣（以）	圓（云）	園（云）	雨（云）	越（云）	藥（以）
廣州	jyn^{21}	jyn^{21}	jyn^{21}	jy^{13}	jyt^{2}	$jœk^{2}$
四沙	hyn^{42}	hyn^{42}	hyn^{42}	hy^{13}	hyt^{2}	$hœk^{2}$

2.1.7　曉母廣州話今讀作 j，四沙話讀作清喉擦音 h。

	賢（曉母）	丸（曉母）	贏（影母）	亦（影母）
廣州	jin^{21}	jyn^{35}	$jɛŋ^{21}$	jek^{2}
四沙	hin^{42}	hyn^{55}	$hɛŋ^{42}$	hek^{2}（這樣子說的已很少）

2.2　韻母方面

2.2.1　古止攝開口三等韻與精、莊兩組聲母相拼時，這此字在廣州
　　　　話韻母是讀 i，但四沙沙田話大部分韻母讀作 y。這個特點
　　　　跟順德一致的。[23]

	絲（精組）	呰（精組）	史（莊組）	士（莊組）
廣州	$ʃi^{55}$	$tʃi^{55}$	$ʃi^{35}$	$ʃi^{22}$
四沙	$ʃy^{55}$	$tʃy^{55}$	$ʃy^{35}$	$ʃy^{21}$

　　但由於四沙沙田人長期與廣府人接觸，部分字韻母已讀成 i，如
「紫、撕、賜、瓷、磁、祠、詞、次」；有一部分的韻母可以讀成 y
和 i，如「飼、柿、此、事、廁、士」，當追問哪個音為準確時，便會
說讀 y 為準確和正宗，足見沙田話開始出現變異。這種現象，不單是
馮林潤如此，筆者於 2014 年調查了整個中山沙田話區，各合作人也
有這個現象。

23　參看詹伯慧主編：《廣東粵方言概要》，頁128-129。

2.2.2　沙田話舌面前圓唇半開元音 œ 為主要元音一系列韻母很豐
　　　富，有 œ、œŋ、œk、ɵn、ɵt、ɵy 之外，ɔŋ、ɔk 與部分 ɔ 也
　　　讀作 œŋ、œk、œ。

	糯果合一	砣果合一	坐果合一	螺果合一
廣州	nɔ²²	tʰɔ²¹	tʃʰɔ¹³	lɔ²¹
四沙	lœ²¹	tʰœ⁴²	tʃʰœ¹³	lœ⁴²

　　部分古宕開一、宕開三、宕合一、宕合三、江開二、梗開二、梗
合一、梗合二、曾合一、通合一 ɔŋ、ɔk 韻母讀作 œŋ、œk。這個特
點，也擴散到中山各處舡語和澳門部分舡語去。[24]

	臟宕開一	桑宕合一	邦江開二	蚌梗開二
廣州	tʃɔŋ²²	ʃɔŋ⁵⁵	pɔŋ⁵⁵	pʰɔŋ¹³
四沙	tʃœŋ²¹	ʃœŋ⁵⁵	pœŋ⁵⁵	pʰœŋ¹³

	薄宕開一	霍宕合一	學江開二	國曾合一
廣州	pɔk²	fɔk³	hɔk²	kwɔk³
四沙	pœk²	fœk³	hœk²	kœk³

2.2.3　古效攝開口一等字的韻母在廣州話是讀作 ou，四沙部分沙
　　　田話讀作 ɔ，這是跟南海、順德很一致。[25]

---

24 筆者調查的澳門舡語是沒有這現象，但郭淑華：《澳門水上居民話調查報告》（廣州
　　市：暨南大學碩士論文，2002年）頁21的描述，是有這種特點。
25 參看詹伯慧主編：《廣東粵方言概要》，頁129。

	保效開一	老效開一	掃效開一	告效開一
廣州	pou^{35}	lou^{13}	ʃou^{33}	kou^{33}
四沙	pɔ^{35}	lɔ^{13}	ʃɔ^{32}	kɔ^{32}

2.2.4　部分古止攝開口三等字在廣州話韻母讀 ei，沙田話跟南海、順德話一樣讀作 i，但沙田話只限於與見組 k kʰ h 相拼成則讀作 i，與其他聲母相拼時，依舊讀 ei。[26]

	己止開三見	旗止開三群	技止開三群	氣止開三溪
廣州	kei^{35}	kʰei^{21}	kei^{22}	hei^{33}
四沙	ki^{35}	kʰi^{42}	ki^{21}	hi^{32}

2.2.5　古遇攝三等見組、曉組，部分蟹合一，廣州話讀 ɵy，四沙沙田話則讀 y。[27]

	居遇合三見	駒遇合三見	巨遇合三群	許遇合三曉	退蟹合一定
廣州	kɵy^{55}	kʰɵy^{55}	kɵy^{22}	hɵy^{35}	tʰɵy^{33}
四沙	ky^{55}	kʰy^{55}	ky^{31}	hy^{35}	tʰy^{32}

2.2.6　古效攝開口二等字，口語部分字讀音為 ɛu。[28]

---

26 參看詹伯慧主編：《廣東粵方言概要》，頁130。

27 參看彭小川：〈廣東南海（沙頭）方言音系〉，頁23。
　　參看甘于恩：〈三水西南方言音系概述〉，頁102。

28 參看彭小川：〈廣東南海（沙頭）方言音系〉，頁23。
　　參看甘于恩、吳芳：〈廣東順德（陳村）話調查紀略〉，頁43。
　　參看甘于恩：〈三水西南方言音系概述〉，頁102。

	鉸效開二	抄效開二	交效開二	貓效開二
廣州	kau^{33}	tʃʰau^{55}	kau^{55}	mau^{55}
四沙	kɛu^{32}	tʃʰɛu^{55}	kɛu^{55}	mɛu^{55}

2.2.7　古山攝開口二、四等，合口二等為主的白讀字讀作 ɛn ɛt。[29]

	邊山開四	閑山開二	間山開二	山山開二
廣州	pin^{55}	han^{21}	kan^{55}	ʃan^{55}
四沙	pɛn^{55}	hɛn^{42}	kɛn^{55}	ʃɛn^{55}（拜山）

	八山開二	滑山合二	刮山合二	挖山合二
廣州	pat^3	wat^2	kwat^3	kwat^3
四沙	pɛt^3	wɛt^2	kwɛt^3	kwɛt^3

2.2.8　古咸攝開口一、二等讀作 ɛm ɛp。[30]

	減咸開二	含咸開一	鹹咸開二	暗咸開一
廣州	kam^{35}	hɐm^{21}	ham^{21}	ɐm^{33}
四沙	kɛm^{35}	hɐm^{42}	hɛm^{42}	ɛm^{32}（暗瘡）

---

29 參看彭小川：〈廣東南海（沙頭）方言音系〉，《方言》，頁23。
　參看甘于恩、吳芳：〈廣東順德（陳村）話調查紀略〉，《粵語研究》，頁43。
　參看甘于恩：〈三水西南方言音系概述〉，《第二屆國際粵方言研討會論文集》，頁102。
30 參看彭小川：〈廣東南海（沙頭）方言音系〉，《方言》，頁23。
　參看甘于恩、吳芳：〈廣東順德（陳村）話調查紀略〉，《粵語研究》，頁43。
　參看甘于恩：〈三水西南方言音系概述〉，《第二屆國際粵方言研討會論文集》，頁102。

	夾咸開二	合咸開一	盒咸開一[31]	鴿咸開一
廣州	kap^3	$hɐp^2$	hap^2	$kɐp^3$
四沙	$kɛp^3$	$hɛp^2$	$hɛp^2$	$kɛp^3$

2.2.9　少部分 un ut 與 p pʰ m 相拼時，可讀成 ɔn ɔt。這是順德大良話的特點。[32]

	滿	搬	拚	撥
廣州	mun^{13}	pun^{55}	p^hun^{35}	p^hut^3
四沙	$mɔn^{13}$	$pɔn^{55}$	$p^hɔn^{35}$	$p^hɔt^3$

2.3　聲調方面

聲調部分跟廣州話一樣，變調也一致的。差異之處是廣州話陰去 33 唸成 32；陽平 21，讀作 42；陽去 22 唸作 31。

	蓋	人	代
廣州	$kɔi^{33}$	$jɐn^{21}$	$tɔi^{22}$
四沙	$kɔi^{32}$	$jɐn^{42}$	$tɔi^{21}$

四　火炬開發區茂生村舡語音系特點

本文調查合作人是梁牛仔（1950年），祖父從中山民眾遷來。茂生村是屬於中山火炬開發區海濱社區居民委員會之下的村落。梁牛仔

31　合、盒也讀作 hop^2。

32　參見詹伯慧、張日昇：《珠江三角洲方言字音對照》。

稱他的茂生話就是沙田話，也是水上話。這個跟中山《坦洲鎮誌》看法一致。

1　聲韻調系統

1.1　**聲母 19 個，零聲母包括在內**

p 補薄怖邊	pʰ 普排鄙批	m 模美文孟	
			f 火苦法胡
t 多丁代電	tʰ 太替投亭	l 羅利另泥	
tʃ 寺爪折竹	tʃʰ 次初尺陳		ʃ 四所水臣
			j 由音仁玉
k 歌己極局	kʰ 驅級求強	ŋ 呆捱牛外	
kw 瓜均季郡	kwʰ 誇困菌規		w 回話蛙詠
			h 看恰兄下
ø 奧安握矮			

1.2 韻母

韻母表（韻母 49 個，包括 2 個鼻韻韻母）

單元音	複元音		鼻尾韻			塞尾韻		
a 那炸牙蛙	ai 大舒派快	au 包爪膠巧	am 玩籃斷斬	an 丹山班環	aŋ 彭棚橫省	ap 踏饞插鴨	at 達八刷法	ak 伯答攦跛
(ɐ)	ɐi 幣迷規鬼	ɐu 偷溝颼幼	ɐm 感林深金	ɐn 吞殯申聞	ɐŋ 登更萌宏	ɐp 鴿笠十鴿	ɐt 筆疾吉勿	ɐk 北德刻脈
ε 借謝蛇夜					εŋ 餅病頸頭			εk 錫尺踢吃
(e)	ei 皮四肥非				eŋ 升平停永			ek 億辟的域
i 知戲去注	iu 表少腰跳		im 簾炎欠添	in 面扇田全		ip 接劫貼協	it 別舌節月	
ɔ 拖戈和所	ɔi 袋才海內			ɔn 肝看漢案	ɔŋ 東農馮勇		ɔt 喝割葛渴	ɔk 木屋足玉
(o) 古污冴父	ou 佈吐毛好		om 媕撼憾合			op 盒恰洽合		
u	ui 杯媒回退			un 般館腕悶			ut 撥抹活沒	
(œ)					œŋ 涼暢洋講			œk 掠雀腳箬
(ə)	əy 呂趣水追			ən 津論進順			et 栗伽出述	

鼻韻　m 唔　ŋ 吾五梧午

1.3 聲調 9 個

調類		調值	例字
陰平		55(53)	衫巾蕉蚊（三丁邊剛）
陰上		35	口手走展
陰去		33	唱愛醉帳
陽平		42	雲難時床
陽上		13	努染厚距
陽去		22	浪望代在
上	陰入	5	曲即七竹
下		3	刷百說甲
陽入		2	落六合局

陰平調有 55 和 53 兩個調值，正文一律標 55。

2 語音特點

2.1 聲母方面

2.1.1　古泥母、來母字 n、l 相混，南藍不分，諾落不分。例如：

	腦（泥）		老（來）		諾（泥）		落（來）

廣州　　nou^{13}　≠　lou^{13}　　廣州　　nɔk^2　≠　lɔk^2

茂生　　lou^{13}　＝　lou^{13}　　茂生　　lɔk^2　＝　lɔk^2

2.1.2　部分茂生漁村舡語部分匣母、云母在遇攝合口一三等字讀作齒唇擦音 f-。

	胡遇合一匣	互遇合一匣	烏遇合一匣	芋遇合三云
廣州	wu²¹	wu²²	wu⁵⁵	wu²²
茂生	fu⁴²	fu²²	fu⁵⁵	fu²²

2.2 韻母方面

2.2.1 沒有舌面前圓唇閉元音 y 系韻母。

廣州話是有舌面前圓唇閉元音 y 系韻母字，茂生村舡語一律讀作 i。

	柱遇合三	專山合三	奪山合一	穴山合四
廣州	tʃʰy¹³	tʃyn⁵⁵	tʃyt²	jyt²
茂生	tʃʰi¹³	tʃin⁵⁵	tʃit²	jit²

2.2.2 部分古宕開一、宕開三、宕合一、宕合三、江開二、梗開二、梗合一、梗合二、曾合一、通合一 ɔŋ、ɔk 韻母讀作 œŋ、œk。這個變異可能是受到中山沙田話特點影響而出現的變異。

	榜宕開一	爽宕開三	黃宕合一	江江開二
廣州	pɔŋ³⁵	ʃɔŋ³⁵	wɔŋ²¹	kɔŋ⁵⁵
茂生	pœŋ³⁵	ʃœŋ³⁵	wœŋ⁴²	kœŋ⁵⁵

	莫宕開一	霍宕合一	角江開二	國曾合一
廣州	mɔk²	fɔk³	kɔk³	kwɔk³
茂生	mœk²	fœk³	kœk³	kœk³

2.2.3　咸攝開口一等見母、影母、匣母、溪母字，廣州話陽聲韻讀 ɐm，入聲韻讀 ɐp，茂生舡語前者讀 om，後者讀 op。這一點與佛山市南海沙頭話、三水西南、順德陳村陸上話和舡語相近，也與中山市沙田話一致。

	敢咸開一見	甘咸開一見	暗咸開一影	合咸開一匣
廣州	kɐm^{35}	kɐm^{55}	ɐm^{33}	hɐm^{21}
茂生	kom^{35}	kom^{55}	om^{33}	hom^{42}

	盒咸開一匣	合咸開一匣	鴿咸開一見	恰咸開二溪
廣州	hɐp^{2}	hɐp^{2}	kɐp^{3}	hɐp^{5}
茂生	hop^{2}	hop^{2}	kop^{3}	hop^{5}

2.2.4　部分古止攝開口三等、止合攝三等字在廣州話韻母讀 ei，茂生舡語跟沙田話、跟南海、順德話一樣讀作 i，但茂生舡語只限於與見組 k kʰ h 相拼成則讀作 i，與其他聲母相拼時，依舊讀 ei。

	己止開三	旗止開三	起止開三	尾止合三
廣州	kei^{35}	kʰei^{21}	hei^{35}	mei^{13}
茂生	ki^{35}	kʰi^{42}	hi^{35}	mi^{13}

2.3　聲調方面

聲調絕大部分跟廣州話一樣，變調也一致的。差異之處是廣州話陽平 21，茂生話則讀作 42。

	文	移	陳	窮
廣州	men²¹	ji²¹	tʃʰɐn²¹	kʰoŋ²¹
茂生	men⁴²	ji⁴²	tʃʰɐn⁴²	kʰoŋ⁴²

五 民眾漁村疍語音系特點

本文調查合作人分別是何煥英（1972年）、王澤林（1949年），本文所描寫的語音系統以何煥英為準，王澤林只用作參考，因他受廣州話影響太大。

1 聲韻調系統

1.1 聲母 19 個，零聲母包括在內

p 補步品壁	pʰ 普排編撇	m 暮美文慢	
			f 灰苦法湖
t 到丁洞定	tʰ 土天談挺	l 路李了泥	
tʃ 井捉支逐	tʃʰ 此闖尺程		ʃ 私色試甚
			j 愉影仍月
k 古幾共江	kʰ 頃揭求劇	ŋ 蛾捱銀外	
kw 瓜貴橘掘	kwʰ 誇坤群規		w 和宏蛙韻
			h 孔客香項
ø 毆安握矮			

1.2 韻母

韻母表（韻母 50 個，包括 2 個鼻韻韻母）

單元音	複元音		鼻尾韻			塞尾韻		
a 馬加牙掛	ai 大戒佳槐	au 飽稍搞孖	am 耽三衫鹹	an 日產慢患	aŋ 烹坑橙橫	ap 納塌狹蛺	at 辣襪猾發	ak 或拆客隔
(ɐ)	ɐi 世米軌費	ɐu 歐後浮游	ɐm 暗針琴音	ɐn 根賓婚刪	ɐŋ 等耿牲宏	ɐp 洽執十泣	ɐt 七日窟勿	ɐk 墨特則黑
ε 些車蛇野					εŋ 病鏡餅鄭			εk 隻尺笛吃
(e)	ei 皮理氣飛				eŋ 升京廷泳			ek 壐夕的析
i 椅自耳雨	iu 表少要條		im 染劍醃甜	in 面件天元		ip 葉摺貼協	it 別舌歇結	
ɔ 左科未助	ɔi 來豸哀外			ɔn 肝漢韓按	ɔŋ 幫光防兩		ɔt 喝葛渴割	ɔk 托樂撲著
(o)		ou 菩肚到好			oŋ 東公終容			ok 獨谷腹局
u 故污抹父	ui 培每恢會			un 半灌碗門			ut 潑抹活沒	
œ 靴					œŋ 涼精羊桑			œk 雀腳藥作
(ɵ)		øy 女句隊水		ɵn 進論春甩			ɵt 律朮術述	

鼻韻　m̩ 唔　ŋ̩ 吾五梧午

1.3 聲調 9 個

調類		調值	例字
陰平		55	三超專初
陰上		35	丑比手展
陰去		33	怕帳變唱
陽平		21	文如平扶
陽上		13	武野倍厚
陽去		22	健罪弄代
上	陰入	5	竹惜福筆
下		3	答百刷割
陽入		2	入物白俗

2 語音特點

2.1 聲母方面

2.1.1 古泥母、來母字 n、l 相混,南藍不分,諾落不分。例如:

	南(泥)		藍(來)		諾(泥)		落(來)
廣州	nam^{21}	≠	lam^{21}	廣州	$nɔk^2$	≠	$lɔk^2$
民眾	lam^{21}	=	lam^{21}	民眾	$lɔk^2$	=	$lɔk^2$

2.1.2 部分民眾漁村舡語匣母在遇攝合口一等字讀作齒唇擦音 f-。
這一點有點像中山農舡沙田話。

	胡遇合一匣	互遇合一匣	壺遇合一匣	狐遇合一匣
廣州	wu^{21}	wu^{22}	wu^{21}	wu^{21}
民眾	fu^{21}	fu^{22}	fu^{21}	fu^{21}

2.2　韻母方面

2.2.1　沒有舌面前圓唇閉元音 y 系韻母。

廣州話是有舌面前圓唇閉元音 y 系韻母字，民眾舡語一律讀作 i。

	雨遇合三	元山合三	粵山合三	穴山合四
廣州	jy^{13}	jyn^{21}	jyt^{2}	jyt^{2}
民眾	ji^{13}	jin^{21}	jit^{2}	jit^{2}

2.2.2　民眾舡語部分舌面前圓唇半開元音 œ 為主要元音一系列韻母中 œŋ、œk 會讀作 ɔŋ、ɔk。

	良宕開三	昌宕開三	削宕開三	啄江開二
廣州	lœŋ^{21}	tʃʰœŋ^{55}	ʃœk^{3}	tœk^{3}
民眾	lɔŋ^{21}	tʃʰɔŋ^{53}	ʃɔk^{3}	tɔk^{3}

2.2.3　部分宕開一、宕開二、宕合一、宕合三、江開二、梗開三 ɔŋ、ɔk 韻母讀作 œŋ、œk。然而又不是所有 ɔŋ、ɔk 韻母讀作 œŋ、œk，有不少是不變的，這個變異特點是說明民眾舡語可能受了中山沙田話特點而出現一點變異。

	幫宕開一	光宕合一	蚌梗開二	邦江開二
廣州	pɔŋ⁵⁵	kwɔŋ⁵⁵	pʰɔŋ³⁵	pɔŋ⁵⁵
民眾	pœŋ⁵³	kwœŋ⁵³	pʰœŋ³⁵	pœŋ⁵³

	諾宕開一	國曾合一	落宕開一	撲通合一
廣州	nɔk²	kwɔk³	lɔk²	pʰɔk³
民眾	lœk²	kwœk³	lœk²	pʰœk³

2.3 聲調方面

聲調方面，民眾水上話與老廣州白話沒有差異，聲調共 9 個，入
聲有 3 個，分別是上陰入、下陰入、陽入。陰入按元音長短分成兩
個，下陰入字的主要元音是長元音。

六 坦洲新合村疍語音系特點

本文調查合作人是郭容帶（1960年），大涌口漁村水上人，今此
村已歸入新合村。吳金彩（1950年），十四村人，從坦洲裕洲村遷來
此村到她已四代；黎玉芳（1961年），七村人；容展好（1945年），坦
洲村人。以上三人極強調自己是沙田人，說的是沙田話，不是水上
話。本文以郭容帶為主，其餘各人只作參考。郭容帶強調自己是水上
人，也叫做蜑家佬，不是沙田人，卻稱自己的口音與沙田話沒有區別。

新合村位於坦洲鎮最南端，與珠海市接壤，東至裕洲村，西北至
群聯村，東北至聯一村，離鎮區較遠，是一條偏遠村，沒有工業，商
業也不發達，主要以農為主。下轄 30 個村民小組，人口約 5,780 人，

1,266 戶，其中 160 戶 800 人為漁民。它於 2001 年 11 月由原建新村、永合村、大涌口漁村三村合併組建而成。

坦洲的粵語（廣州話）為全鎮的通用語言。其中又以疍家話（水上話）為主，主要分布在鎮中、低圍片[33]，2000 年統計，有 50,352 人使用。坦洲鎮 80% 以上講疍家話（圍口話、沙田話）。餘下 20% 是說其他方言。在鎮北部山區片，有 7 千多人講客家話。此外部分講閩南話的以及新會荷塘方言，禮樂方言的散居於合勝、七村、永二及墟鎮上。[34]

1　聲韻調系統

1.1　聲母 16 個，零聲母包括在內

p　補步品邊	pʰ　普排鄙拼	m 模無味媽	
			f 貨苦富互
t　大低豆敵	tʰ　拖天逃填	l 羅利另泥	
tʃ　井捉支逐	tʃʰ　且楚尺陳	ʃ 修師試臣	
			j 已於仁月
k　古幾共瓜	kʰ　卻級求規		
			w 禾宏蛙位
		h 考坑香咸	
ø　奧安握晏			

<small>33　名詞，負海拔的意思。</small>

<small>34　以上資料由坦洲鎮方誌辦提供。資料比中山市坦洲鎮地方誌編纂委員會編：《中山市坦洲鎮誌》（廣州市：廣東人民出版社，2014年12月）頁919選要清楚交代。</small>

1.2 韻母

韻母表（韻母46個，包括1個鼻韻韻母）

單元音	複元音		鼻尾韻			塞尾韻		
a 馬加下話	ai 帶戒街拉	au 跑炒較孝	am 參談杉讒	an 坦產慢彎	aŋ 盲坑橙橫	ap 答蠟閘鴨	at 辣入刮髮	ak 或白客革
(ɐ)	ɐi 黎低偽揮	ɐu 投口流游	ɐm 甘針今音	ɐn 根賓婚訓	ɐŋ 燈幸笙宏	ɐp 合執入吸	ɐt 疾室核勿	ɐk 默得則克
ε 姐車社耶					ɛŋ 頸鏡病餅			ɛk 雙石踢吃
(e)	ei 卑四非輝				eŋ 冰明另傾			ek 力亦的激
i 是次子惡		iu 表韶要了	im 沾劍尖念	in 面件年聯		ip 摺頁貼協	it 列折歇脫	
ɔ 多果禾楚	ɔi 代改愛內			ɔn 竿罕汗案	ɔŋ 忙皇匡良		ɔt 割葛喝渴	ɔk 作角國略
(o)		ou 布圖抱號			oŋ 通公中恐			ok 族哭竹局
u 姑互赴附	ui 背媒灰女			un 半貫腕門			ut 潑括闊沒	
œ 襄鋤螺								
(ə)				en 津論春順			et 律咄出述	

鼻韻 m̩ 唔吾五梧

1.3　聲調 9 個

調類		調值	例字
陰平		55	開商專知
陰上		35	口手走紙
陰去		33	對怕正帳[35]
陽平		42	人如平扶
陽上		13	五有距舅
陽去		22	弟杜用害
上	陰入	5	急惜福曲
下		3	答百刷割
陽入		2	六藥食服

2　語音特點

2.1　聲母方面

2.1.1　古泥母、來母字 n、l 相混，南藍不分，諾落不分。例如：

	囊（泥）		郎（來）		諾（泥）		落（來）
廣州	$nɔŋ^{21}$	≠	$lɔŋ^{21}$	廣州	$nɔk^2$	≠	$lɔk^2$
新合	$lɔŋ^{42}$	=	$lɔŋ^{42}$	新合	$lɔk^2$	=	$lɔk^2$

---

35 郭容帶強調「意」與「異」是不同的音，「意」不能讀成「移」，「異」也不能讀成
　「移」。這是表示了其調值與《中山市坦洲鎮誌》（頁 920）之水上話調值不同。鎮
　誌的水上話只有去聲，不分陰陽，調值是 21。

2.1.2　新合村疍語部分匣母、影母、云母在遇攝合口一三等字讀作
　　　　齒唇擦音 f-。這一點有點像中山農疍沙田話。

	湖遇合一匣	戶遇合一匣	污遇合一影	芋遇合三云
廣州	wu^{21}	wu^{22}	wu^{55}	wu^{22}
新合	fu^{42}	fu^{22}	fu^{55}	fu^{22}

2.1.3　沒有兩個舌根唇音聲母 kw、kw^{h}，出現 kw、kw^{h} 與 k、k^{h}
　　　　不分。

	過果合一		個果開一			瓜假合二		加假開二
廣州	kwɔ^{33}	≠	kɔ^{33}	廣州		kwa^{55}	≠	ka^{55}
新合	kɔ^{33}	=	kɔ^{33}	新合		ka^{55}	=	ka^{55}

	乖蟹合二		佳蟹開二			規止合三		溪蟹開四
廣州	kwai^{55}	≠	kai^{55}	廣州		kw^{h}ɐi^{55}	≠	k^{h}ɐi^{55}
新合	kai^{55}	=	kai^{55}	新合		k^{h}ɐi^{55}	=	k^{h}ɐi^{55}

2.1.4　中古疑母洪音 ŋ- 聲母合併到中古影母 ø- 裡去。
　　　　古疑母字遇上洪音韻母時，廣州話一律讀成 ŋ-，新合疍語這
　　　　個 ŋ 聲母早已消失而合併到零聲母 ø 當中。

	眼	艾	硬	牛
廣州	ŋan^{13}	ŋai^{22}	ŋaŋ^{22}	ŋɐu^{21}
新合	an^{13}	ai^{22}	aŋ^{22}	ɐu^{42}

2.2　韻母方面

2.2.1　沒有舌面前圓唇閉元音 y 系韻母。

廣州話是有舌面前圓唇閉元音 y 系韻母字，新合舡語一律讀作 i。

	雨遇合三	原山合三	悅山合三	乙臻開三
廣州	jy¹³	jyn²¹	jyt²	jyt²
新合	ji¹³	jin⁴²	jit²	jit²

2.2.2　新合舡語舌面前圓唇半開元音 œ 為主要元音一系列韻母中的 œŋ、œk 讀作 ɔŋ、ɔk。

	娘宕開三	將宕開三	若宕開三	卻宕開三
廣州	nœŋ²¹	tʃœŋ⁵⁵	jœk²	kʰœk³
新合	lɔŋ⁴²	tʃɔŋ⁵⁵	jɔk²	kʰɔk³

2.2.3　古遇攝合口三等與見組、曉組系相拼時，廣州話韻母唸 ɵy，新合舡語則唸 ei；古遇攝合口三等、蟹攝合口一等、蟹攝合口二、三等與非見系字相拼時，廣州話唸 ɵy，新合舡語則讀 ui。

	居遇合三見	駒遇合三見	許遇合三曉	巨遇合三群
廣州	kɵy⁵⁵	kʰɵy⁵⁵	hɵy³⁵	kɵy²²
新合	kei⁵⁵	kʰei⁵⁵	hei³⁵	kei²²

	女_{遇合三泥}	徐_{遇合三邪}	腿_{蟹合一透}	銳_{蟹合三以}
廣州	nɐy¹³	tʃʰɵy²¹	tʰɵy³⁵	jɵy²²
新合	lui¹³	tʃʰui⁴²	tʰui³⁵	jui²²

2.2.4 新合疍語舌面前圓唇半開元音 œ 比廣州話略多一點。[36]

	蓑_{果合一}	螺_{果合一}	鋤_{遇合三}
廣州	ʃɔ⁵⁵	lɔ²¹	tʃʰɔ²¹
新合	ʃœ⁵⁵	lœ⁴²	tʃʰœ⁴²

2.2.5 聲化韻ŋ̩多歸併入m̩。

「吳、蜈、吾、梧、五、伍、午、誤、悟」九個字，廣州話為[ŋ̩]，新合疍語把這類聲化韻[ŋ̩]字已歸併入[m̩]。

	吳_{遇合一}	五_{遇合一}	午_{遇合一}	誤_{遇合一}
廣州	ŋ̩²¹	ŋ̩¹³	ŋ̩¹³	ŋ̩²²
新合	m̩⁴²	m̩¹³	m̩¹³	m̩²²

2.3 聲調方面

聲調絕大部分跟廣州話一樣，變調也一致的。差異之處是廣州話陽平 21，新合話則讀作 42。

	雲	人	時	寒
廣州	wɐn²¹	jɐn²¹	ʃi²¹	hɔn²¹
新合	wɐn⁴²	jɐn⁴²	ʃi⁴²	hɔn⁴²

---

36 建新漁民是不說靴，只稱水鞋。

第四節 佛山市

一 三水區蘆苞舡語音系特點

三水區蘆苞，合作人陳有根、陳貴釗、陳感坤、王三牛（1928年）、陳森（1935年）、林帶有（1937年）[37]，以上各人除了陳有根的舡語保留舡語音系特點，其他便是操省城廣州話，雖還有其他特點，但這些特點，是佛山方言地區特點，不是舡語的特點。蘆苞所描寫的舡語音系是以陳有根先生的語音為準，陳有根沒有報上個人資料。

---

[37] 筆者多次到佛山調查。第一、二次前來調查於2002年和2003年，先後帶著不同學生前來進行調查。2012年，筆者前來調查，調查結果與學生所調查一致，就是佛山舡語嚴重受了省城廣州話的讀音影響，除了有少許佛山方言特點，幾乎說成廣州話。方言調查點如下：

1. 順德區陳村勒竹吉洲沙，合作人分別是黃滿深（1948年）、何蘇蝦（1966年）、盧熾光（1943年）、吳樹榮（1943年）。
2. 南海區鹽步鄭合村，合作人是郭潮（1938年）。
3. 南海官窰東風大隊，合作人是吳愛蓮（1954年），她於此出生，父亦然。
4. 禪城區汾江鎮安，合作人是吳澤恆（1932年）。廣州話陽平字讀21，鎮安舡語是42。
5. 三水區西南水邊村，合作人是吳根成（1944年）。
6. 三水區蘆苞，合作人陳有根、陳貴釗、陳感坤、王三牛（1928年）、陳森（1935年）、林帶有（1937年）。
7. 三水區白泥崗頭村，合作人是何彬（1937年），三代人於崗頭。
8. 三水區南邊鎮黃塘村，合作人是梁財（1963年）。
9. 高明區三洲，合作人是何有勝，不報年歲。

1 聲韻調系統

1.1 聲母 20 個，零聲母包括在內

p	補部品邊	pʰ	普琵編拼	m 模巫尾媽			
						f 火苦飛胡	
t	大店洞狄	tʰ	拖替投亭	n 那你念糯	l 路利另了		
tʃ	祭賣折逐	tʃʰ	雌楚吊車			ʃ 修所水臣	
							j 由音仍玉
k	歌己共江	kʰ	驅級求窮	ŋ 我顏牛外			
kw	乖均鬼郡	kwʰ	誇困茵規				w 和話蛙威
						h 可腔香項	
ø	阿安握鴉						

1.2 韻母

韻母表（韻母 53 個，包括 2 個鼻韻韻母）

單元音	複元音	複元音	鼻尾韻	鼻尾韻	鼻尾韻	塞尾韻	塞尾韻	塞尾韻
a 把查架化	ai 大皆派槐	au 包爪爻效	am 耽藍三站	an 丹山頒關	aŋ 烹坑橙橫	ap 答喝插甲	at 押擦八滑	ak 伯格革或
(ɐ)	ɐi 矮米規貴	ɐu 偷夠琉誘	ɐm 岑林針金	ɐn 吞彬身文	ɐŋ 登庚幸轟	ɐp 立粒拾及	ɐt 伐匹卹勿	ɐk 北刻側陌
ɛ 姐謝捨耶					ɛŋ 病頸井鄭			ɛk 劇尺笛吃
(e)	ei 皮四誓既				eŋ 升平庭永			ek 力僻的億
i 是私司衣	iu 表少橋條		im 尖掩欠店	in 棉展天現		ip 接業碟協	it 別舌傑結	
ɔ 多果阻所	ɔi 代才哀外			ɔn 肝看韓鞍	ɔŋ 榜荒旺香		ɔt 渴割噶喝	ɔk 岳樸學腳
(o)		ou 布徒報好	om 啱庵		oŋ 東宗馮勇	op 合盒		ok 木屋足浴
u 姑烏付副	ui 輩媒回會			un 半館換門			ut 撥抹活沒	
œ 靴朵螺攞								
(ø)	øy 居須對水			øn 津盾春潤			øt 律恤出述	
y 豬煮鼠蜍				yn 短捲犬村			yt 脫說越血	

鼻韻 m̩ 唔　ŋ̩ 吳梧午悟

1.3 聲調 9 個

調類		調值	例字
陰平		55	知邊初三
陰上		35	古短口楚
陰去		33	蓋醉愛怕
陽平		42	鵝如唐扶
陽上		13	五武距厚
陽去		22	岸大自在
上	陰入	5	一那福曲
下		3	答桌刷割
陽入		2	入藥白服

2 語音特點

2.1 聲母方面

與廣州話一致。

2.2 韻母方面

2.2.1 廣州話的 œ 系韻母的 œŋ、œk，在三水蘆苞艇語全部歸入 ɔŋ、ɔk，這是艇語的最大特點。

	窗江開二	香宕開三	約宕開三	腳宕開三
廣州	tʃʰœŋ⁵⁵	hœŋ⁵⁵	jœk²	kœk³
蘆苞	tʃʰɔŋ⁵⁵	hɔŋ⁵⁵	jɔk²	kɔk³

2.2.2　古咸攝開口一等字匣母、見母,廣州話陽聲韻讀 ɐm,入聲
　　　　韻讀 ɐp,蘆苞疍語前者讀 om,後者讀 op,這一類字並不
　　　　多。這一點特點與南海沙頭話、中山橫欄四沙話相近。

	礐咸開一溪	撼咸開一匣	盒咸開一匣	合咸開一匣
廣州	hɐm³³	hɐm²²	hɐp²	hɐp²
蘆苞	hom³	hom²²	hop²	hop²

2.3　聲調方面

　　聲調方面,蘆苞疍語與老廣州白話沒有差異,聲調共 9 個,入聲
有 3 個,分別是上陰入、下陰入、陽入。陰入按元音長短分成兩個,
下陰入字的主要元音是長元音。跟廣州話不同之處是蘆苞疍語陽平調
值為 42,與順德大良話一致。

二　三水區西南河口疍語音系特點

　　本音系主要合作人是譚榮遠(1953年),河口社區居委會書記。
祖輩是從南海官窰遷來,到他已數代以上。譚麗娥(1960年),大專
文化,曾當西南副鎮長,現在西南當幹部。譚麗娥稱祖先是來自西
南,拜祖也在西南,遷到河口到她最少三代。這兩位合作人,很清楚
過去河口疍語是如何說的,能一一道來。其餘協助人有梁永昌(1947
年),從三水蘆苞遷來到他已五代了。郭文(1946年),從南海九江遷
來到他已四代。
　　西南街道河口漁業村概況,三水區西南街道河口水上漁業村於
1964 年從河口船民協會解體成為漁業大隊(即現時漁業村),成立時

戶數 62 戶，人口 326 人，無可耕作的土地，均以捕魚為生，居住在
水上的捕魚艇上，從 1967 年起分批上岸定居，到 1975 年全部上岸定
居。由於環境問題，魚類越來越少，大部分勞動力都轉行其他工作，
實際從事捕魚工作 34 戶，人數 68 人，現漁業村戶口數 126 戶，人數
為 658 人。

1 聲韻調系統

1.1 聲母 19 個，零聲母包括在內

p	貝步胖閉	pʰ	頗蚌鄙批	m 暮無未媽	
					f 謊苦非芋
t	大頂代定	tʰ	他踢談挺	l 來鄰禮泥	
tʃ	積捉證張	tʃʰ	侵瘡綽程	ʃ 修師試臣	
					j 由因仍逆
k	個幾共甲	kʰ	傾級期劇	ŋ 我捱偽偶	
kw	怪均鬼郡	kwʰ	誇困菌愧	w 活獲蛙韻	
					h 可坑香野
ø	阿安握晏				

1.2 韻母

韻母表（韻母58個，包括2個鼻韻韻母）

單元音	複元音	複元音	鼻尾韻	鼻尾韻	鼻尾韻	塞尾韻	塞尾韻	塞尾韻
a 把加啞掛	ai 懶戒佳傣	au 抓吵搞孝	am 男衫藍蘸	an 丹山懶慢	aŋ 彭擇橙橫	ap 鈉臘狹匣	at 達軋刷髮	ak 或矺客革
(ɐ)	ɐi 世批軌威	ɐu 某偶劉游	ɐm 堪針爸音	ɐn 吞賓婚訓	ɐŋ 能耿粳宏	ɐp 合緝急吸	ɐt 密失突屈	ɐk 墨得則克
ɛ 借奢扯野		ɛu 苗教交抄	ɛm 斬辯減餡	ɛn 邊間閑關	ɛŋ 頸病餅鏡	ɛp 夾	ɛt 扒挬刮八	ɛk 隻尺笛吃
(e)	ei 弊離眉尾				eŋ 乘京另冰			ek 力惜嫡析
i 知池紙旗		iu 表蹺橋條	im 漸劍醃念	in 面然田見		ip 接怯貼協	it 別憋歇竭	
ɔ 多果禍梳	ɔi 再載哀內		om 柑甘庵敢	ɔn 乾竿韓安	ɔŋ 忙黃堂香	op 盒鴿合	ɔt 割葛渴喝	ɔk 作樂國腳
(o)		ou 部圖到好			oŋ 通洞終用			ok 族哭叔竹逐
u 股虎府附	ui 配梅灰會			un 半貫婉悶			ut 撥抹豁沒	
œ 靴螺糯朶								
(ø)	øy 女序淚水			øn 信囤準順			øt 率术出述	
y 恕與虛司				yn 短專縣存			yt 奪說越訣	

鼻韻 m 唔 ŋ 吾五梧午

1.3 聲調 9 個

調類		調值	例字
陰平		55	邊商剛知
陰上		35	楚走比古
陰去		33	變唱帳醉
陽平		21	麻如唐時
陽上		13	老有倍厚
陽去		22	怒弄助代
上	陰入	5	即曲出竹
下		3	答說刷割
陽入		2	納落食服

2 語音特點

2.1. 聲母方面

2.1.1 古泥（娘）母字廣州話基本 n、l 不混，河口舡語把 n、l 相混，結果南藍不分，諾落不分。

	南（泥）		藍（來）		諾（泥）		落（來）
廣州	nam^{21}	≠	lam^{21}	廣州	nɔk^2	≠	lɔk^2
河口	lam^{21}	=	lam^{21}	河口	lɔk^2	=	lɔk^2

2.1.2 河口舡語匣母、云母在遇攝合口一三等字時讀作齒唇擦音 f-。

	互_{遇合一匣}	狐_{遇合一匣}	湖_{遇合一匣}	芋_{遇合三云}
廣州	wu^{22}	wu^{21}	wu^{21}	wu^{22}
河口	fu^{22}	fu^{21}	fu^{21}	fu^{22}

2.1.3 古喻母在廣州話裡讀半元音濁擦音 j，河口舡語裡，古喻母
字聲母有唸為 h 的現象。[38]這種現象也見於中山沙朗廣豐圍
沙田話。

	野（以）	雨（云）	圓（云）	遠（云）
廣州	jɛ^{13}	jy^{13}	jyn^{21}	jyn^{13}
河口	hɛ^{13}	hy^{13}	hyn^{21}	hyn^{13}

2.2 韻母方面

2.2.1 古止攝開口三等韻與精、莊兩組聲母相拼時，這些字在廣州
話韻母是讀 i，河口大部分韻母讀作 y。

	次（精組）	自（精組）	史（莊組）	士（莊組）
廣州話	tʃʰi^{33}	tʃi^{22}	ʃi^{35}	ʃi^{22}
河口	tʃʰy^{33}	tʃy^{22}	ʃy^{35}	ʃy^{22}

2.2.2 舌面前圓唇半開元音 œ 比廣州話多一點點。廣州話的 œ 系
韻母 œŋ、œk 歸入 ɔŋ、ɔk，部分字受了廣州話影響讀成 œŋ、
œk。
河口舌面前圓唇半開元音œ比廣州話稍多少許。

38　彭小川：〈廣東南海（沙頭）方言音系〉，頁22。沙頭話也有這種現象。
　　參看《廣東方言概要》，頁126。

	朵果合一	糯果合一	螺果合一
廣州話	$tɔ^{35}$	$nɔ^{22}$	$lɔ^{21}$
河口	$tœ^{35}$	$lœ^{22}$	$lœ^{55}/jœ^{55}$

œŋ、œk 歸入 ɔŋ、ɔk。

	倡宕開三	香宕開三	約宕開三	腳宕開三
廣州	$tʃʰœŋ^{33}$	$hœŋ^{55}$	$jœk^2$	$kœk^3$
河口	$tʃʰɔŋ^{33}$	$hɔŋ^{55}$	$jɔk^3$	$kɔk^3$

2.2.3 古止攝開口三等字在廣州話韻母讀 ei，河口話與見組、曉母相拼成則讀作 i，與其他聲母相拼時，依舊讀 ei。

	紀止開三見	旗止開三群	氣止開三溪	希止開三曉
廣州話	kei^{35}	$kʰei^{21}$	hei^{33}	hei^{55}
河口	ki^{35}	$kʰi^{33}$	hi^{33}	hi^{55}

2.2.4 古遇攝三等見系，廣州話讀 ɵy，河口則讀 y。

	舉遇合三見	句遇合三見	駒遇合三見	懼遇合三群
廣州話	$kɵy^{35}$	$kɵy^{33}$	$kʰɵy^{55}$	$kɵy^{22}$
河口	ky^{35}	ky^{33}	$kʰy^{53}$	ky^{22}

2.2.5 古咸攝開口一等影母、匣母、見母的字，廣州話陽聲韻讀 ɐm，入聲韻讀 ɐp，河口前者讀 om，後者讀 op，這一類字並不多。這一點特點與順德、南海沙頭話相近。

	庵咸開一影	暗咸開一影	甘咸開一見	敢咸開一見
廣州話	ɐm⁵⁵	ɐm³³	kɐm⁵⁵	kɐm³⁵
河口	om⁵³	om³³	kom⁵³	kom³⁵

	盒咸開一匣	合咸開一匣	鴿咸開一見
廣州話	hɐp²	hɐp²	kɐp³
河口	hop²	hop²	kop³

2.2.6　古效攝開口二等字，口語部分字讀音為 ɛu。

	苗效開三	抄效開二	交效開二	貓效開二
廣州話	miu²¹	tʃʰau⁵⁵	kau⁵⁵	mau⁵⁵
河口	mɛu²¹	tʃʰɛu⁵³	kɛu⁵³	mɛu⁵⁵

2.2.7　古山攝開口二、四等，合口二、四等為主的白讀字讀作 ɛn
ɛt。

	閑山開二	間山開二	邊山開四	關山合二
廣州話	han²¹	kan⁵⁵	pin⁵⁵	kwan⁵⁵
河口	hɛn²¹	kɛn⁵⁵	pɛn⁵⁵	kwɛn⁵⁵

	八山開二	拔山開二	捏山開四	挖山合二
廣州話	pat³	pɐt²	nip²	kwat³
河口	pɛt³	pɛt²	lɛt²	kwɛt³

2.2.8　古咸攝開口一、二等讀作 ɛm ɛp。

	斬咸開二	餡咸開二	鹹咸開二	減咸開二
廣州話	tʃam³⁵	ham³⁵	ham²¹	kam³⁵
河口	tʃɛm³⁵	hɛm³⁵	hɛm³³	kɛm³⁵

	夾咸開二	合咸開一	盒咸開一	鴿咸開一
廣州話	kap³	hɐp²	hap²	kɐp³
河口	kɛp³	hɛp²	hɛp²	kɛp³

2.3　聲調方面

　　聲調方面，河口舡語與老廣州白話沒有差異，聲調共 9 個，入聲有 3 個，分別是上陰入、下陰入、陽入。陰入按元音長短分成兩個，下陰入字的主要元音是長元音。

三　順德區陳村勒竹吉洲沙舡語音系特點

　　合作人分別是黃滿深（1948年）、何蘇蝦（1966年）、盧熾光（1943年）、吳樹榮（1943年）。何蘇蝦稱有族譜，十代以前，先輩從廣州沙灣遷來。本文主要合作人是黃滿深，他宣稱他應是第三代或以上居此水涌邊。

1　聲韻調系統

1.1　聲母 20 個，零聲母包括在內

p 補部品邊　　pʰ 普琵編拼　　m 模巫尾媽

　　　　　　　　　　　　　　　　　　　　　　　f 火苦飛胡

t 大店洞狄　　tʰ 拖替投亨　　n 那你念糯　l 路利另了

tʃ 祭責折逐　　tʃʰ 雌楚吊車　　　　　　　　　ʃ 修所水臣

　　　　　　　　　　　　　　　　　　　　　　　　　　j 由音仍玉

k 歌己共江　　kʰ 驅級求窮　　ŋ 我顏牛外

kw 乖均鬼郡　kwʰ 誇困茵規　　　　　　　　　　w 和話蛙威

　　　　　　　　　　　　　　　　　　　　　　h 可腔香項

ø 阿安握鴉

1.2 韻母

韻母表（韻母 53 個，包括 2 個鼻韻韻母）

單元音	複元音		鼻尾韻			塞尾韻		
a 把查架化	ai 大皆派槐	au 包爪交效	am 耽藍三站	an 丹山頒關	aŋ 烹坑橙橫	ap 答塌插甲	at 押擦八滑	ak 伯格革或
(ɐ)	ɐi 矮米規貴	ɐu 偷夠流誘	ɐm 岑林針金	ɐn 吞彬身文	ɐŋ 登庚幸轟	ɐp 立粒拾及	ɐt 伐匹不切	ɐk 北刻則陌
ɛ 姐謝捨耶					ɛŋ 病頸井鄭			ɛk 劇尺笛吃
(e)	ei 皮四誓既				eŋ 升平庭永			ek 力劈的億
i 是私司衣	iu 表少搖條		im 尖掩欠店	in 棉天現		ip 接業喋協	it 別舌傑結	
ɔ 多果阻所	ɔi 代才衰外			ɔn 肝看韓鞍	ɔŋ 榜荒幫香		ɔt 渴割葛喝	ɔk 岳㰖學腳
(o)	ou 布徒報好		om 噷㖭		oŋ 東宗馮勇	op 合盒		ok 木屋足浴
u 姑烏付副	ui 輩煤回會			un 半館換門			ut 撥抹活沒	
œ 靴朵螺縮								
(ə)	øy 居須對水			øn 津盾春潤			øt 律恤出述	
y 豬煮鼠蛛				yn 短捲犬村			yt 脫說越血	

鼻韻 m 唔 ŋ 吾午梧吳

1.3　聲調 9 個

調類		調值	例字
陰平		55	知邊初三
陰上		35	古短口楚
陰去		33	蓋醉愛怕
陽平		42	鵝如唐扶
陽上		13	五武距厚
陽去		22	岸大自在
上	陰入	5	一那福曲
下		3	答桌刷割
陽入		2	入藥白服

2　語音特點

2.1　聲母方面

2.1.1　吉洲沙舡語在匣母、云母於遇攝合口一三等字時讀作齒唇擦音 f-。這個特點也見於中山橫欄沙田話、順德陳村話。

	芋遇合三云	互遇合一匣	壺遇合一匣	狐遇合一匣
廣州	wu^{22}	wu^{22}	wu^{21}	wu^{21}
吉洲沙	fu^{22}	fu^{22}	fu^{21}	fu^{21}

2.1.2　部分古全濁聲母船讀為 tʃʰ，與廣州話讀ʃ不同。

	船（船母）	蛇（船母）
廣州	ʃyn²¹	ʃɛ²¹
吉洲沙	tʃʰyn⁴²	tʃʰɛ⁴²

2.2 韻母方面

2.2.1 古咸攝開口一等字影母、匣母、見母的韻母，廣州話陽聲韻讀 ɐm，入聲韻讀 ɐp，吉洲沙舡語前者讀 om，後者讀 op，這一類字並不多。這一點特點與南海沙頭話、中山橫欄四沙話相近。

	庵咸開一影	暗咸開一影	甘咸開一見	盒咸開一匣	合咸開一匣
廣州	ɐm⁵⁵	ɐm³³	kɐm⁵⁵	hɐp²	hɐp²
吉洲沙	om⁵⁵	om³³	kom⁵⁵	hop²	hop²

2.2.2 吉洲沙舌面前圓唇半開元音 œ 比廣州話多點點。

	糯果合一	朵果合一	螺果合一
廣州	nɔ²²	tɔ³⁵	lɔ²¹
吉洲沙	nœ⁵⁵	tœ³⁵	lœ⁴²

2.2.3 廣州話的 œ 系韻母的 œŋ、œk，吉洲沙舡語大部分歸入 ɔŋ、ɔk，部分人受了廣州話影響，部分字韻母已讀成 œŋ、œk。

	唱宕開三	香宕開三	弱宕開三	腳宕開三
廣州	tʃʰœŋ³³	hœŋ⁵⁵	jœk²	kœk³
吉洲沙	tʃʰɔŋ³³	hɔŋ⁵⁵	jɔk²	kɔk³

2.3　聲調方面

聲調方面，吉洲沙舟卢語與老廣州白話一樣共有聲調共 9 個，入聲有 3 個，分別是上陰入、下陰入、陽入。陰入按元音長短分成兩個，下陰入字的主要元音是長元音。跟廣州話不同之處是吉洲沙舟卢語陽平調值為 42。

	船	蛇	螺	牆
廣州	ʃyn²¹	ʃɛ²¹	lɔ²¹	tʃʰœŋ²¹
吉洲沙	tʃʰyn⁴²	tʃʰɛ⁴²	lœ⁴²	tʃʰɔŋ⁴²

四　禪城區汾江鎮安舟卢語音系特點

合作人是吳澤恆（1932年），接受過幾個月教育。

鎮安在城區 1.5 公里，原是由佛山涌淤積成陸，因地處柵下涌，曾建文塔鎮之，遂取名鎮安。

1 聲韻調系統

1.1 聲母 20 個，零聲母包括在內

p 跛部品壁　　pʰ 鋪排編片　　m 魔務聞慢

　　　　　　　　　　　　　　　　　　　f 婚苦法煩

t 大低豆敵　　tʰ 他天投亭　　n 念你泥那　l 路李了禮

tʃ 醉爭證逐　　tʃʰ 請闖尺程　　　　　　　　　ʃ 盈師水時

　　　　　　　　　　　　　　　　　　　　　　j 油憶耳逆

k 甘幾件江　　kʰ 曲級茄強　　ŋ 呆捱蟻岸

kw 瓜均鬼櫃　　kwʰ 誇困裙規　　　　　　　　　w 黃橫蛙韻

　　　　　　　　　　　　　　　　　　　h 孔坑喜咸

ø 奧屋丫鴉

1.2 韻母

韻母表（韻母 53 個，包括 2 個鼻韻韻母）

單元音	複元音	鼻尾韻	塞尾韻
a 他稱架花	ai 乃介買機　au 胞找狡冇	am 耽藍慚減　an 丹山斑還　aŋ 硬横橙	ap 踏蠟插集　at 壓藥扎挖　ak 帕拍格劃
(ɐ)	ɐi 薮米規鬼　ɐu 賀狗柳幼	ɐm 砍林枕襟　ɐn 跟貧晨吻　ɐŋ 彭庚耿更	ɐp 立粒拾及　ɐt 掘漆一失　ɐk 北德則脈
ɛ 借者寫夜		ɛŋ 頸鄭餅柄	ɛk 劇尺笛劈
(e)	ei 披肌機非	eŋ 承鳴廷榮	ek 力惜的域
i 致夷治詩	iu 票少要跳	im 佔炎劍店　in 連扁田現	ip 接拉帖協　it 別設揭結
ɔ 把果未疏	ɔi 抬採柰内	ɔn 肝岸旱案　ɔŋ 忙黄況香	ɔt 渴喝葛割　ɔk 托駁國腳
(o)	ou 布徒毛告	om 含甘柑淹　oŋ 東末中容	op 合盒　ok 木哭綠玉
u 姑互斧父	ui 貝倍回會	un 搬滿換門	ut 末抹活勃
œ 靴朵螺坐			
(ø)	ey 除趣推誰	ən 進鈍蠢潤	ət 律汍述出
y 處駐汭事		yn 短船大存	yt 奪說月缺

鼻韻　m̩ 唔　ŋ̍ 梧五娛午

1.3　聲調 9 個

調類		調值	例字
陰平		55	剛專初三
陰上		35	紙比丑手
陰去		33	帳變唱怕
陽平		42	人文才唐
陽上		13	老遠瓦蟹
陽去		22	岸用大巨
上	陰入	5	一惜福曲
下		3	接百各刷
陽入		2	麥落合服

2　語音特點

2.1　聲母方面

與廣州話一致。

2.2　韻母方面

2.2.1　古咸攝開口一等字影母、匣母、見母的韻母，廣州話陽聲韻讀 ɐm，入聲韻讀 ɐp，鎮安舡語前者讀 om，後者讀 op，這一類字並不多。這個特點與南海沙頭話、中山橫欄話相近。

	庵咸開一影	暗咸開一影	甘咸開一見	盒咸開一匣	合咸開一匣
廣州話	ɐm⁵⁵	ɐm³³	kɐm⁵⁵	hɐp²	hɐp²
鎮安	om⁵⁵	om³³	kom⁵⁵	hop²	hop²

2.2.2　鎮安舌面前圓唇半開元音 œ 比廣州話稍多點點。

	糯果合一	朵果合一	螺果合一
廣州話	nɔ²²	tɔ³⁵	lɔ²¹
鎮安	nœ⁵⁵	tœ³⁵	lœ⁴²

2.2.3　廣州話的 œ 系韻母的 œŋ、œk，鎮安舡語大部分歸入 ɔŋ、
　　　　ɔk，部分人受了廣州話影響，部分字韻母已讀成 œŋ、œk。

	唱宕開三	香宕開三	弱宕開三	腳宕開三
廣州	tʃʰœŋ³³	hœŋ⁵⁵	jœk²	kœk³
鎮安	tʃʰɔŋ³³	hɔŋ⁵⁵	jɔk²	kɔk³

2.2.4　古止攝開口三等韻與精、莊兩組聲母相拼時，這此字在廣州
　　　　話韻母是讀 i，但鎮安大部分韻母讀作 y。

	次（精組）	自（精組）	史（莊組）	士（莊組）
廣州話	tʃʰi³³	tʃi²²	ʃi³⁵	ʃi²²
鎮安	tʃʰy³³	tʃy²²	ʃy³⁵	ʃy²²

2.3　聲調方面

　　聲調方面，鎮安舡語與老廣州白話一樣共有聲調共 9 個，入聲有
3 個，分別是上陰入、下陰入、陽入。陰入按元音長短分成兩個，下

陰入字的主要元音是長元音。跟廣州話不同之處是鎮安舡語陽平調值
為 42。

	人	文	才	唐
廣州	jen^{21}	men^{21}	tʃʰɔi^{21}	tʰɔŋ^{21}
鎮安	jen^{42}	men^{42}	tʃʰɔi^{42}	tʰɔŋ^{42}

第五節　珠海市、澳門

一　香洲區擔杆鎮伶仃村舡語音系特點

本文調查合作人陳慧娟（1951年）、鄭少華（1966年），兩人都是
三代以上居於伶仃，打魚為生。鄭少華則開茶樓於伶仃，其舡語已稍
廣州話化。本文調查以陳慧娟為主，鄭少華只作輔助參考。

擔杆鎮政府是設於外伶仃島上，下轄擔杆頭村、廟灣村、外伶仃
村。陳慧娟表示島上居民本以捕魚為生，到了九〇年代因海洋污染，
島上漁民子弟便前往香洲市區就業，現在島上的漁民都是上了年紀的。

1　聲韻調系統

1.1　聲母 18 個，零聲母包括在內

p 菠薄玻閉	pʰ 浦排鄙撇	m 模務尾麥		
				f 貨褲飛俸
t 都釘豆弟	tʰ 他挑投亭		l 郎呂禮泥	
tʃ 寺責證逐	tʃʰ 侵初串陳			ʃ 些色世市
				j 耶影仁玉
k 歌己局甲	kʰ 曲級期強			
kw 瓜貴季櫃	kwʰ 誇困葵愧			w 狐環蛙永
				h 可坑許效
ø 哀屋握矮				

1.2 韻母

韻母表（韻母49個，包括1個鼻韻韻母）

單元音	複元音		鼻尾韻			塞尾韻		
a 把家嫁罅攞	ai 乃諧債快	au 拋炒摘校	am 譚衝陷鑑	an 旦產慢彎	aŋ 膨冷棚橫	ap 雜䶀夾甲	at 擦軋刷發	ak 惑白額革
(ɐ)	ɐi 世迷軌費	ɐu 某叩鬥游	ɐm 甘針金音	ɐn 吞民婚訓	ɐŋ 等筝哽氹	ɐp 合執拾及	ɐt 匹失忽屈	ɐk 北特則黑
ɛ 且車射耶					ɛŋ 餅鄭病鏡			ɛk 屐尺笛鑊
(e)	ei 彼理希未				eŋ 乘命定營			ek 力亦剔擊
i 是自字以		iu 苗紹僑聊		in 綿連年尖			it 列折傑妾	
ɔ 個科海梳	ɔi 代該海外			ɔn 肝岸汗案	ɔŋ 忙汪望娘		ɔt 喝葛渴割	ɔk 博角撲弱
(o)		ou 菩肚到好			oŋ 車公豐共			ok 獨屋目束
u 顧戶赴附	ui 背媒灰吹			un 盤賞碗門			ut 潑抹活勃	
œ 靴					œŋ 將相疆陽			œk 雀閣藥桌
(ə)				en 津論春順			et 率朮蟀秫	
y 書余住雨				yn 短船玄存			yt 奪悅越決	

鼻韻 m̩ 唔吾五梧

1.3　聲調 8 個

調類		調值	例字
陰平		55	開三專知
陰上		35	丑楚走古
陰去		33	唱愛醉蓋
陽平		21	鵝人寒樹
陽上		13	女野距婢
上	陰入	5	出竹福筆
下		3	接鐵刷割
陽入		2	入律食服

2　語音特點

2.1　聲母方面

2.1.1　古泥母、來母字 n、l 相混，南藍不分，諾落不分。

	濃（泥）		龍（來）		諾（泥）		落（來）
廣州	noŋ²¹	≠	loŋ²¹	廣州	nɔk²	≠	lɔk²
伶仃	loŋ²¹	=	loŋ²¹	伶仃	lɔk²	=	lɔk²

2.1.2　中古疑母洪音 ŋ- 聲母合併到中古影母 ø- 裡去。
古疑母字遇上洪音韻母時，廣州話一律讀成 ŋ-，伶仃舡語這
個 ŋ 聲母早已消失而合併到零聲母 ø 當中。

	眼	艾	硬	牛
廣州	ŋan¹³	ŋai²²	ŋaŋ²²	ŋɐu²¹
伶仃	an¹³	ai²¹	aŋ²¹	ɐu²¹

2.2 韻母方面

2.2.1 伶仃舡語舌面前圓唇半開元音 œ 為主要元音一系列韻母中的 œŋ、œk，舉凡聲母是見系、泥母、來母、日母方依舊維持舡語的特點讀作 ɔŋ、ɔk。但不少字是讀作 œŋ、œk，可能是伶仃村太接近香港，受了廣州話的影響。

	娘宕開三泥	兩宕開三來	弱宕開三日	略宕開三來
廣州	nœŋ²¹	lœŋ¹³	jœk²	lœk²
伶仃	lɔŋ²¹	lɔŋ¹³	jɔk²	lɔk²

2.2.2 古遇攝三等泥母、來母、精系、見系、曉母字，廣州話讀 ɵy，伶仃水上白話則讀 ui。

	女遇合三泥	呂遇合三來	舉遇合三見	許遇合三曉
廣州	nɵy¹³	lɵy¹³	kɵy³⁵	hɵy³⁵
伶仃	lui¹³	lui¹³	kui³⁵	hui³⁵

2.2.3 古咸開口三、咸開四等尾韻的變異。
伶仃舡語只有古咸開口三、咸開四等尾韻出現變異，讀成舌尖鼻音尾韻 n 和舌尖塞音尾韻 t。

	廉咸開三	儉咸開三	點咸開四	謙咸開四
廣州	lim²¹	kim²²	tim³⁵	him⁵⁵
伶仃	lin²¹	kin²²	tin³⁵	hin⁵⁵

	獵咸開三	劫咸開三	碟咸開四	協咸開四
廣州	lip²	kip³	tip²	hip³
伶仃	lit²	kit³	tit²	hit³

2.2.4 聲化韻ŋ̍ 多歸併入 m̩。

「吳、蜈、吾、梧、五、伍、午、誤、悟」九個字，廣州話為 [ŋ̍]，伶仃舡語把這類聲化韻 [ŋ̍] 字已歸併入 [m̩]。

	吳遇合一	五遇合一	午遇合一	誤遇合一
廣州	ŋ̍²¹	ŋ̍¹³	ŋ̍¹³	ŋ̍²²
伶仃	m̩²¹	m̩¹³	m̩¹³	m̩²¹

2.3 聲調方面

聲調絕大部分跟廣州話一樣，變調也一致的。差異之處是廣州話陽去 22，伶仃話則讀作 21，與陽平相合。

	漸	樹	亂	累
廣州	tʃim²²	ʃy²²	lyn²²	løy²²
伶仃	tʃin²¹	ʃy²¹	lyn²¹	lui²¹

二 香洲區萬山鎮萬山村舡語音系特點

張樹德（1946年），不知道先輩從何處遷來，卻知道到他在萬山已九代，九代人也於萬山生活和打魚。

張樹德稱萬山村坐落於萬山鎮，萬山面向珠江口漁場，水產資源豐富。萬山鎮是珠海市的一個海島鎮，全鎮管轄大萬山島、小萬山島、白瀝島、竹洲島等 18 個大小島嶼。距珠海市區 26 海里，東北距香港 32 海里，全鎮現有流動漁民 1,200 人，當地漁民不多。

1 聲韻調系統

1.1 聲母 17 個，零聲母包括在內

p	補簿品邊	pʰ	頗排編片	m 模巫味媽			
						f 火婚法互	
t	多典洞定	tʰ	土天談亭		l 路李另泥		
tʃ	俗責舟住	tʃʰ	雌楚處柱			ʃ 須色身時	
						j 已於耳月	
k	歌巾局桂	kʰ	曲襟求規	ŋ 呆捱牛偶			
						w 回獲汪詠	
						h 看客香行	
ø	奧安握鴨						

1.2 韻母

韻母表（韻母 48 個，包括 2 個鼻韻韻母）

單元音	複元音		鼻尾韻			塞尾韻		
a 爬沙下話	ai 態戒擺拉	au 跑稍搞效	am 南三站嚴	an 日山班患	aŋ 彭坑棚橫	ap 雜纖夾甲	at 達軋滑發	ak 或白宅革
(ɐ)	ɐi 世米規威	ɐu 投口流幼	ɐm 甘心金音	ɐn 根真婚津	ɐŋ 登歌笙宏	ɐp 盒粒入吸	ɐt 七日核律	ɐk 默得則黑
ɛ 寫謝社靴					ɛŋ 鄭餅鏡病			ɛk 隻尺踢吃
(e)	ei 碑李希訴				eŋ 冰明丁兄			ek 力碧的續
i 移資字以		iu 表少要挑	im 染劍尖兼	in 煎件田現		ip 聶頁貼協	it 列折傑切	
ɔ 左課禍所	ɔi 來在哀內			ɔn 趕刊汗安	ɔŋ 忙皇亡相		ɔt 渴割喝割	ɔk 作岳國腳
(o)		ou 部吐毛好			oŋ 東匆豐恐			ok 木谷六足
u 姑湖府附	ui 培媒灰退			un 半館玩本			ut 潑括活沒	
(ø)	øy 女居水具							
y 豬茶株注				yn 短川縣存			yt 脫悅越缺	

鼻韻 m̩ 唔 ŋ̍ 吾五悟午

1.3 聲調 9 個

調類	調值	例字
陰平	55(53)	衫巾蕉蚊（邊商專剛）
陰上	35	比走手古
陰去	33	帳抗唱對
陽平	42	娘如唐時
陽上	13	武努瓦厚
陽去	22	望弄大代
上 陰入	5	惜筆一竹
下	3	桌刷割甲
陽入	2	入物宅合

2 語音特點

2.1 聲母方面

2.1.1 古泥母、來母字 n、l 相混，南藍不分，諾落不分。例如：

	娘（泥）		良（來）		諾（泥）		落（來）
廣州	$nœŋ^{21}$	≠	$lœŋ^{21}$	廣州	$nɔk^2$	≠	$lɔk^2$
萬山	$lɔŋ^{42}$	=	$lɔŋ^{42}$	萬山	$lɔk^2$	=	$lɔk^2$

2.1.2 萬山村舡語匣母、影母在遇攝合口一等字讀作齒唇擦音 f-。珠海是從中山分出來，所以這一點便跟中山農舡沙田話一致。

	護遇合一匣	戶遇合一匣	湖遇合一匣	污遇合一影
廣州	wu²²	wu²²	wu²¹	wu⁵⁵
萬山	fu²²	fu²²	fu⁴²	fu⁵⁵

2.1.3　沒有兩個舌根唇音聲母 kw、kwʰ，出現 kw、kwʰ 與 k、kʰ 不分。

	過果合一		個果開一			瓜假合二		加假開二
廣州	kwɔ³³	≠	kɔ³³	廣州		kwa⁵⁵	≠	ka⁵⁵
萬山	kɔ³³	=	kɔ³³	萬山		ka⁵⁵	=	ka⁵⁵

	乖蟹合二		佳蟹開二			規止合三		溪蟹開四
廣州	kwai⁵⁵	≠	kai⁵⁵	廣州		kwʰɐi⁵⁵	≠	kʰɐi⁵⁵
萬山	kai⁵⁵	=	kai⁵⁵	萬山		kʰɐi⁵⁵	=	kʰɐi⁵⁵

2.2　韻母方面

差不多沒有舌面前圓唇半開元音 œ（ɵ）為主要元音一系列韻母。這類韻母多屬中古音裡的三等韻。廣州話的 œ 系韻母 œ、œŋ、œk、ɵn、ɵt、ɵy 在萬山舡語分別歸入 ɛ、ɔŋ、ɔk、ɐn、ɐt、ei、ui。

沒有圓唇韻母 œ，œŋ、œk，歸入 ɛ、ɔŋ、ɔk。

	靴果合三	娘宕開三	香宕開三	雀宕開三	腳宕開三
廣州	hœ⁵⁵	nœŋ²¹	hœŋ⁵⁵	tʃœk³	kœk³
萬山	hɛ⁵⁵	lɔŋ⁴²	hɔŋ⁵⁵	tʃɔk³	kɔk³

沒有 ɵn、ɵt 韻母，分別讀成 ɐn、ɐt。

	鱗臻開三	准臻合三	栗臻開三	蟀臻合三
廣州	lɵn²¹	tʃɵn³⁵	lɵt²	ʃɵt⁵
萬山	lɐn⁴²	tʃɐn³⁵	lɐt²	ʃɐt⁵

萬山舡語少數 ɵy 韻母與見系、曉母搭配時，則讀成 ei，這組字只有許、巨是如此說的。部分與章組、莊組、精組、知組、端組、來母聲母相拼，則讀成 ui。其餘讀音與廣州話皆讀作 ɵy。

	許遇合三曉	巨遇合三群
廣州	hɵy³⁵	kɵy²²
萬山	hei³⁵	kei²²

	累止合三來	退蟹合一透	帥止合三生	綴蟹合三知
廣州	lɵy²²	tʰɵy³³	ʃɵy³³	tʃʰɵy³³
萬山	lui²²	tʰui³³	ʃui³³	tʃʰui³³

2.3 聲調方面

聲調絕大部分跟廣州話一樣，變調也是一致的。差異之處是廣州話陽平 21，萬山話則讀作 42。

	龍	人	唐	寒
廣州	lɔŋ²¹	jɐn²¹	tʰɔŋ²¹	hɔn²¹
萬山	lɔŋ⁴²	jɐn⁴²	tʰɔŋ⁴²	hɔn⁴²

三　香洲區桂山鎮桂海村艇語音系特點

桂海屬桂山鎮，234 人。清初成村。因地處桂山島，且該村居民多出海打魚，故 1984 年命名為桂海。島上以漁業為主。[39]

張齊帶（1943年），其祖父於佛山大良遷來，其父桂山漁村出世，合作人亦然；冼仕文（1960年），祖父於番禺遷來，其父與合作人也於桂山出生。本音系主要合作人是張齊帶。

1　聲韻調系統

1.1　聲母 18 個，零聲母包括在內

p 補瀑玻閉	pʰ 鋪琶編批	m 磨無味慢		
				f 灰苦富肥
t 多丁洞電	tʰ 太聽投填	n 那泥內念	l 來利禮歷	
tʃ 寺責種逐	tʃʰ 次闖綽程			ʃ 私色失上
				j 姚因肉玉
k 哥己件貴	kʰ 企揭拒窺	ŋ 我硬銀岸		
				w 和宏汪韻
		h 可坑香項		
ø 哀安鴨握				

---

39 《廣東省珠海市地名誌》總纂委員會編：《廣東省珠海市地名誌》（廣州市：廣東科技出版社，1989年），頁64-65。

1.2 韻母

韻母表（韻母 44 個，包括 2 個鼻韻韻母）

單元音	複元音	鼻尾韻	塞尾韻
a 馬叉也蛙	ai 孩界街快　au 包稍教效	an 丹山慢譚　aŋ 彭坑橙橫	at 擦札刮甲　ak 或百客隔
(ɐ)	ɐi 世低偽輝　ɐu 投後流幼	ɐn 吞辛燈心	ɐt 漆室北合
ɛ 借扯耶嗲	ei 皮你希尾	ɛŋ 鄭頸鏡餅	ɛk 隻尺笛吃
(e)		eŋ 凝京另頂	ek 力惜的績
i 儀自司羽	iu 表擾要釣	in 便件全廉	it 別折乙葉
ɔ 多坐禍初	ɔi 來改蔡內	ɔn 乾漢汗案　ɔŋ 忙皇望強	ɔt 喝割葛渴　ɔk 博角國略
(o)	ou 布圖到好	oŋ 蓬送瓮容	ok 族谷目束
u 古污敷附	ui 背枚恢會	un 半館碗門	ut 撥括活沒
œ 靴		œŋ 槍豪羊窗	
(ɵ)	ɵy 女狗隊追	ɵn 鄰論進順	et 革屹術秫
y 書於朱注		yn 短全淵存	yt 脫說奪訣

鼻韻　m̩ 唔　ŋ̩ 吾五梧午

1.3 聲調 9 個

調類	調值	例字
陰平	55	剛丁超商
陰上	35	古手走比
陰去	33	帳對唱怕
陽平	21	龍如平寒[40]
陽上	13	染武有野
陽去	22	怒浪助代
上 陰入	5	竹七即筆
下	3	答百各刷
陽入	2	六藥白俗

2 語音特點

2.1 聲母方面

沒有兩個舌根唇音聲母 kw、kwʰ，出現 kw、kwʰ 與 k、kʰ 不分。

	過果合一		個果開一			瓜假合二		加假開二
廣州	kwɔ³³	≠	kɔ³³		廣州	kwa⁵⁵	≠	ka⁵⁵
桂海	kɔ³³	=	kɔ³³		桂海	ka⁵⁵	=	ka⁵⁵

	乖蟹合二		佳蟹開二			規止合三		溪蟹開四
廣州	kwai⁵⁵	≠	kai⁵⁵		廣州	kwʰɐi⁵⁵	≠	kʰɐi⁵⁵
桂海	kai⁵⁵	=	kai⁵⁵		桂海	kʰɐi⁵⁵	=	kʰɐi⁵⁵

---

40 強調讀成42是中山人，認為自己是讀成21，跟香港一致。

2.2　韻母方面

2.2.1　古咸攝開口各等，深攝三等尾韻的變異。

桂海舡語在古咸攝各等、深攝三等尾韻 m、p，讀成舌尖鼻音尾韻 n 和舌尖塞音尾韻 t。

	探咸開一	衫咸開二	尖咸開三	店咸開四	林深開三
廣州	tʰam³³	ʃam⁵⁵	tʃim⁵⁵	tim³³	lɛm²¹
桂海	tʰan³³	ʃan⁵⁵	tʃin⁵⁵	tin³³	lɛn²¹

	搭咸開一	峽咸開二	葉咸開三	蝶咸開四	粒深開三
廣州	tap³	kap³	jip²	tip³	lɛp⁵
桂海	tat³	kat³	jit²	tit³	lɛt⁵

2.2.2　古曾攝開口一三等，合口一等，梗攝開口二三等、梗攝合二等的舌根鼻音尾韻 ŋ 和舌根塞尾韻 k，讀成舌尖鼻音尾韻 ɐn 和舌尖塞音尾韻 ɐt。

	登曾開一	行梗開二	爭梗開二	轟梗合二
廣州	tɐŋ⁵⁵	hɐŋ²¹	tʃɐŋ⁵⁵	kwɐŋ⁵⁵
桂海	tɐn⁵⁵	hɐn²¹	tʃɐn⁵⁵	kɐn⁵⁵

	墨曾開一	刻曾開一	陌梗開二	麥梗開二
廣州	mɐk²	hɐk⁵	mɐk²	mɐk⁵
桂海	mɐt⁵	hɐt⁵	mɐt²	mɐt⁵

2.2.3　部分舌面前圓唇半開元音 œ 為主要元音一系列韻母中的

œŋ、œk 會讀作 ɔŋ、ɔk，這個是水上族群舡語的特點，但
桂海舡語的 œŋ 部分讀作 ɔŋ，主要集中於泥母、見系聲母；
而 œk 這個部分卻是全部讀作 ɔk。這個特點，兩位合作人是
一致的。

	娘宕開三泥	釀宕開三泥	強宕開三群	腳宕開三見
廣州	nœŋ^{21}	jœŋ^{21}	kœŋ^{21}	tœk^{3}
桂海	lɔŋ^{21}	jɔŋ^{21}	kɔŋ^{21}	tɔk^{3}

2.2.4　部分舌面前圓唇閉元音 y 系韻母讀作 i。
　　　廣州話是有 y 系韻母字，桂海部分會讀作 i。

	豬遇合三	犬山合四	缺山合四	乙臻開三
廣州	tʃy^{55}	hyn^{35}	kʰyt^{3}	jyt^{2}
桂海	tʃi^{55}	hin^{35}	kʰit^{3}	jit^{2}

2.3　聲調方面

聲調方面，桂海舡語與老廣州白話沒有差異，聲調共 9 個，入聲
有 3 個，分別是上陰入、下陰入、陽入。陰入按元音長短分成兩個，
下陰入字的主要元音是長元音。

四　香洲區衛星村舡語音系特點

本文調查合作人分別是周華雄（1941年）、周志忠（1971年，周
華雄為其大伯父）。周華雄三代居於此，祖父從珠海唐家灣遷來。本
音系主要合作人是周華雄。衛星村，解放前稱後背仔。

1 聲韻調系統

1.1 聲母 17 個，零聲母包括在內

p	補步胖壁	pʰ	頗排鄙批	m 模無味麻			
						f 火蚪夫互	
t	多帝洞定	tʰ	拖替投亭		l 來李另泥		
tʃ	祭寨支追	tʃʰ	且楚串陳			ʃ 些色水樹	
							j 由憶入月
k	歌巾極龜	kʰ	卻襟拒葵	ŋ 呆顏蟻偶			
							w 回話蛙位
						h 看恰香械	
ø	毆安丫坳						

1.2 韻母

韻母表（韻母 48 個，包括 2 個鼻韻韻母）

韻腹	單元音	複元音			鼻尾韻			塞尾韻		
a	a 拿加眼罷罷	ai 孩派佳快	au 胞吵搞貓		am 南銜衫鹹	an 丹山班騙	aŋ 烹冷棚橫	ap 峇塌夾押	at 薩札刷髮	ak 或白客革
(ɐ)		ɐi 例低規增	ɐu 某叩流游		ɐm 暗針金音	ɐn 跟辛婚普		ɐp 合粒拾急	ɐt 匹實核得	
ɛ	ɛ 寫謝潷野						ɛŋ 病餅鏡鄭			ɛk 值績的析
(e)		ei 被器希尾					eŋ 勝荊鈴泳			ek 值績的析
i	i 移自耳輪		iu 秒照妖調		im 檢姿療甜	in 面然田見		ip 接摺貼歉	it 列舌歇結	
ɔ	ɔ 多臥買助	ɔi 栽賽哀外				ɔn 稈刊旱乾	ɔŋ 堂慌防香		ɔt 渴喝割葛	ɔk 諾角國腳
(o)			ou 步徒到號				oŋ 通聰蟲用			ok 鹿督竹辱
u	u 故護敷附	ui 背每吹匯				un 潘館歡盆			ut 末沫豁沒	
(ə)				ey 居句碎睡		øn 鄰痛脣順			øt 佳率出述	
y	y 諸語點附					yn 短絹縣存			yt 奪說越決	

鼻韻 m̩ 唔 ŋ̩ 吾五梧午

1.3　聲調 9 個

調類	調值	例字
陰平	55(53)	衫巾蕉蚊（專初三知）
陰上	35	口手走紙
陰去	33	醉變唱怕
陽平	21	人龍唐詳[41]
陽上	13	老野距舅
陽去	22	杜技用大
上　陰入	5	急出福曲
下	3	答桌各刷
陽入	2	宅白舌服

陰平調有 55 和 53 兩個調值，正文一律標 55。

2　語音特點

2.1　聲母方面

2.1.1　古泥母、來母字 n、l 相混，南藍不分，諾落不分。

	年（泥）		連（來）		諾（泥）		落（來）
廣州	nin^{21}	≠	lin^{21}	廣州	$nɔk^2$	≠	$lɔk^2$
衛星	lin^{21}	=	lin^{21}	衛星	$lɔk^2$	=	$lɔk^2$

2.1.2　衛星村舡語匣母、影母在遇攝合口一等字時讀作齒唇擦音 f-。

---

41 強調他的村是讀成21，讀成42是別處的人。

	互_{遇合一匣}	戶_{遇合一匣}	胡_{遇合一匣}	污_{遇合一影}
廣州	wu^{22}	wu^{22}	wu^{21}	wu^{22}
衛星	fu^{22}	fu^{22}	fu^{21}	fu^{22}

2.1.3　沒有兩個舌根唇音聲母 kw、kw^h，出現 kw、kw^h 與 k、k^h
不分。

	過_{果合一}		個_{果開一}		瓜_{假合二}		加_{假開二}
廣州	kwɔ^{33}	≠	kɔ^{33}	廣州	kwa^{55}	≠	ka^{55}
衛星	kɔ^{33}	=	kɔ^{33}	衛星	ka^{55}	=	ka^{55}

	乖_{蟹合二}		佳_{蟹開二}		規_{止合三}		溪_{蟹開四}
廣州	kwai^{55}	≠	kai^{55}	廣州	kw^{h}ɐi^{55}	≠	k^{h}ɐi^{55}
衛星	kai^{55}	=	kai^{55}	衛星	k^{h}ɐi^{55}	=	k^{h}ɐi^{55}

2.2　韻母方面

2.2.1　古曾攝開口一三等，合口一等，梗攝開口二三等、梗攝合二
等的舌根鼻音尾韻 ŋ 和舌根塞尾韻 k，讀成舌尖鼻音尾韻 ɐn
和舌尖塞音尾韻 ɐt。

	等_{曾開一}	生_{梗開二}	行_{梗開二}	宏_{梗合二}
廣州	tɐŋ^{35}	ʃɐŋ^{55}	hɐŋ^{21}	wɐŋ^{21}
衛星	tɐn^{35}	ʃɐn^{55}	hɐn^{21}	wɐn^{21}

	北 曾開一	特 曾開一	陌 梗開二	脈 梗開二
廣州	$pɐk^5$	$tɐk^2$	$mɐk^2$	$mɐk^2$
衛星	$pɐt^5$	$tɐt^2$	$mɐt^2$	$mɐt^2$

2.2.2 舌面前圓唇半開元音 œ 為主要元音一系列韻母中的 œŋ、œk
讀作 ɔŋ、ɔk，這個是舡語的特點，衛星舡語也是如此。[42]

	娘 宕開三	將 宕開三	著 宕開三	腳 宕開三
廣州	$nœŋ^{21}$	$t\int œŋ^{35}$	$t\int œk^3$	$kœk^3$
衛星	$lɔŋ^{21}$	$t\int ɔŋ^{35}$	$t\int ɔk^3$	$kɔk^3$

2.2.3 部分舌面前圓唇閉元音 y 系韻母讀作 i。
廣州話是有舌面前圓唇閉元音 y 系韻母字，周華雄只有
「輸、殊」兩字讀作 i。

	輸 遇合三	殊 遇合三
廣州	$\int y^{55}$	$\int y^{21}$
衛星	$\int i^{55}$	$\int i^{21}$

2.3 聲調方面

聲調方面，衛星舡語與老廣州白話沒有差異，聲調共 9 個，入聲
有 3 個，分別是上陰入、下陰入、陽入。陰入按元音長短分成兩個，
下陰入字的主要元音是長元音。

---

42 中年人周志忠方面，已跟廣州話比較接近，絕大部分讀作 œŋ、œk，œŋ 讀作 ɔŋ 只
有四個字（良、獎、槍、相），而 œk 讀作 ɔk 只有四個字（雀、削、著、腳，腳字
可以讀作 œk 或 ɔk，不產生意義上的對立）。

五　澳門舡語音系特點

　　本文調查合作人分別是陳帶根（1955年），文盲，數代居於澳門，以捕魚維生。

1　聲韻調系統

1.1　聲母 17 個，零聲母包括在內

p 玻板部怖	pʰ 坡爬編拼	m 磨務馬味		
				f 非翻父呼
t 刀的大敵	tʰ 他塔談弟		l 來魯林奴	
tʃ 祭找照集	tʃʰ 此初處廚			ʃ 寫篩世視
				j 由於儒魚
k 歌居巨瓜	kʰ 驅拘炬葵	ŋ 蛾牙危昂		w 和幻蛙位
				h 可巧險項
ø 阿啞握屋				

1.2 韻母

韻母表（韻母 47 個，包括 1 個鼻韻韻母）

	單元音	複元音		鼻尾韻			塞尾韻		
a	a 芭炸嫁花	ai 皆拜派稼准	au 胞爪嘅孝	am 探覽暫杉	an 丹山板環	aŋ 彭棚橫生	ap 答蠟閘甲	at 壓擦八刷	ak 伯格隔百
(ɐ)		ɐi 幣低齊貴	ɐu 偷夠留幼	ɐm 庵臨枕禁	ɐn 根賓辰君	ɐŋ 等庚莘轟	ɐp 合汁十給	ɐt 匹七吉物	ɐk 北德則麥
ɛ	ɛ 蔗瀉餷夜					ɛŋ 病餅鄭頸			ɛk 劇石踢笛
(e)		ei 避肌豈肥				eŋ 興評亭泳			ek 力積的碧
i	i 是娇司衣	iu 漂燒要跳		im 尖艷點舌	in 面腸天現		ip 接葉蝶協	it 別設熱結	
ɔ	ɔ 多科和靴	ɔi 袋菜愛外				ɔŋ 康光汗傷			ɔk 作穀割桌
(o)			ou 布吐毛母			oŋ 東馮鄉碗			ok 獨哭焗出
u	u 姑污竹富	ui 陪妹回繪			un 半歡本門			ut 撥抹活沒	
(ø)		ey 居須對水			øn 津論春順			øt 率恤蟀䬄	
y	y 豬瀦噓柱				yn 短捲嫩孫			yt 脫說奪缺	

鼻韻　m̩ 唔午㗢舌

1.3　聲調 9 個

調類		調值	例字
陰平		55	知丁開初
陰上		35	紙比丑手
陰去		33	醉變抗唱
陽平		21	人文才扶
陽上		13	老有倍舅
陽去		22	望雁自杜
上	陰入	5	急出福曲
下		3	甲桌鐵各
陽入		2	物弱白服

2　語音特點

2.1　聲母方面

2.1.1　古泥母、來母字 n、l 相混，南藍不分，諾落不分。例如：

	囊（泥）		郎（來）		諾（泥）		落（來）
廣州	nɔŋ²¹	≠	lɔŋ²¹	廣州	nɔk²	≠	lɔk²
澳門	lɔŋ²¹	=	lɔŋ²¹	澳門	lɔk²	=	lɔk²

2.1.2　沒有兩個舌根唇音聲母 kw、kwʰ，出現 kw、kwʰ 與 k、kʰ 不分。

	過果合一			個果開一		瓜假合二			加假開二
廣州	kwɔ³³	≠	kɔ³³	廣州	kwa⁵⁵	≠	ka⁵⁵
澳門	kɔ³³	=	kɔ³³	澳門	ka⁵⁵	=	ka⁵⁵

	乖蟹合二			佳蟹開二		鈎臻合三			斤臻開三
廣州	kwai⁵⁵	≠	kai⁵⁵	廣州	kwɐn⁵⁵	≠	kɐn⁵⁵
澳門	kai⁵⁵	=	kai⁵⁵	澳門	kɐn⁵⁵	=	kɐn⁵⁵

2.2 韻母方面

2.2.1 舌面前圓唇半開元音 œ 為主要元音一系列韻母中的 œŋ、œk 全讀作 ɔŋ、ɔk，這個是舡語的最大特點。

	良宕開三	獎宕開三	削宕開三	腳宕開三
廣州	lœŋ²¹	tʃœŋ³⁵	ʃœk³	kœk³
澳門	lɔŋ²¹	tʃɔŋ³⁵	ʃɔk³	kɔk³

部分 ɵn、ɵt 讀作 ɔŋ、ok，只找到兩個。

	閏臻合三	出臻合三
廣州	jɵn²²	tʃʰɵt⁵
澳門	jɔŋ²²	tʃʰok⁵

2.2.2 部分 un 韻母中讀作 oŋ，只找到兩個。

	門臻合一	碗山合一
廣州	mun²¹	wun³⁵
澳門	moŋ²¹	woŋ³⁵

2.2.3　聲化韻 ŋ̍ 多歸併入 m̩。

「吳、蜈、吾、梧、五、伍、午、誤、悟」九個字，廣州話為 [ŋ̍]，澳門舡語把這類聲化韻 [ŋ̍] 字已歸併入 [m̩]。

	吳遇合一	五遇合一	午遇合一	誤遇合一
廣州	ŋ̍²¹	ŋ̍¹³	ŋ̍¹³	ŋ̍²²
澳門	m̩²¹	m̩¹³	m̩¹³	m̩²²

2.3　聲調方面

聲調方面，澳門水上話與老廣州白話沒有差異，聲調共 9 個，入聲有 3 個，分別是上陰入、下陰入、陽入。陰入按元音長短分成兩個，下陰入字的主要元音是長元音。

第六節　東莞市、深圳、江門市、肇慶市

一　東莞道滘鎮厚德坊舡語音系特點

何仔（1940年）稱聽長輩說，知道其曾祖父時已在道滘打魚為生，到他已是第四於道滘。小一文化程度，認字率卻很高。

1 聲韻調系統

1.1 聲母 20 個，零聲母包括在內

p 具部品閉	pʰ 普排編片	m 磨無味麥	
			f 火科非胡
t 多典杜定	tʰ 拖天肚填	n 糯那內你　l 羅拉良另	
tʃ 姐爪支竹	tʃʰ 此初尺柱		ʃ 修梳水臣
			j 由因仁玉
k 歌幾局江	kʰ 企拘拒劇	ŋ 我顏牛岸	
kw 瓜貴鬼跪	kwʰ 誇困裙規		w 和話汪韻
			h 可恰兄下
ø 哀安鴨拗			

1.2 韻母

韻母表（韻母 33 個，包括 2 個鼻韻韻母）

單元音	複元音		鼻尾韻		塞尾韻	
a 馬加下話	ai 拜擺街快	au 包找教矛	an 丹山班三	aŋ 盲冷棚橫	at 達八發搭	ak 或白客策
(ɐ)	ɐi 幣半軌威	ɐu 某叩流幼	ɐn 吞燈凼鄰		ɐt 漆北合凸	
ε 粗車社靴	ei 皮基希以			εŋ 病餅鄭鏡		εk 雙尺踢吃
(e)				eŋ 冰明定永		ek 力昔戲析
i 移資絲遲		iu 標鏪廟僑了	in 連尖全半		it 列揲脫抹	
ɔ 朵鎖利所				ɔŋ 忙皇港娘		ɔk 博岳摸雀
(o)		ou 布土到好		oŋ 東送中恭		ok 僕哭六束
u 古戶扶附	ui 杯輩代女		un 觀貫腕肝		ut 括闊活割	

鼻韻　m 唔　ŋ 吾五吳悟

1.3 聲調 9 個

調類		調值	例字
陰平		55	知開三商
陰上		35	口手走古
陰去		33	正控唱帳
陽平		21	娘如床扶
陽上		13	老有瓦怠
陽去		22	用弄共在
上	陰入	5	出惜筆竹
下		3	說各割答
陽入		2	六律宅服

2 語音特點

2.1 聲母方面

道滘舡語在匣母、云母於遇攝合口一三等字時讀作齒唇擦音 f-。
這個特點也見於中山橫欄沙田話、順德陳村話和陳村舡語。

	芋遇合三云	互遇合一匣	壺遇合一匣	狐遇合一匣
廣州	wu^{22}	wu^{22}	wu^{21}	wu^{21}
道滘	fu^{22}	fu^{22}	fu^{21}	fu^{21}

2.2　韻母方面

2.2.1　沒有舌面前圓唇閉元音 y 系韻母。

廣州話舌面前圓唇閉元音 y 系韻母字，道滘疍語一律讀作 i。

	遇遇合三	全山合三	脫山合一	臀臻合一
廣州	jy^{22}	$t\int^h yn^{21}$	$t\int^h yt^3$	$t^h yn^{21}$
道滘	ji^{22}	$t\int^h in^{21}$	$t\int^h it^3$	$t^h in^{21}$

2.2.2　古咸攝開口各等，深攝三等尾韻的變異。

道滘舡語在古咸攝各等、深攝開口三等尾韻，讀成舌尖鼻音尾韻 n 和舌尖塞音尾韻 t。

	耽咸開一	減咸開二	佔咸開三	點咸開四	森深開三
廣州	tam^{55}	kam^{35}	$t\int im^{33}$	tim^{21}	$\int em^{55}$
道滘	tan^{55}	kan^{35}	$t\int in^{33}$	tin^{21}	$\int en^{55}$

	搭咸開一	胛咸開二	頁咸開三	貼咸開四	笠深開三
廣州	tap^3	kap^3	jip^2	$t^h ip^3$	$lɐp^5$
道滘	tat^3	kat^3	jit^2	$t^h it^3$	let^5

2.2.3　古曾攝開口一三等，合口一等，梗攝開口二三等、梗攝合二等的舌根鼻音尾韻 ŋ 和舌根塞尾韻 k，讀成舌尖鼻音尾韻 ɐn 和舌尖塞音尾韻 ɐt。

	等曾開一	更梗開二	耿梗開二	宏梗合二
廣州	$tɐŋ^{35}$	$kɐŋ^{33}$	$\int ɐŋ^{35}$	$wɐŋ^{21}$
道滘	$tɐn^{35}$	$kɐn^{33}$	$\int ɐn^{35}$	$wɐn^{21}$

	墨曾開一	特曾開一	麥梗開二	扼梗開二
廣州	mɐk²	tɐk²	mɐk²	ɐk⁵
道滘	mɐt²	tɐt²	mɐt²	ɐt⁵

2.2.4 沒有舌面前圓唇半開元音 œ（ɵ）為主要元音一系列韻母。
這類韻母多屬中古音裡三等韻。廣州話的 œ 系韻母 œ、
œŋ、œk、ɵn、ɵt、ɵy 在道滘舡語中分別歸入 ɛ、ɔŋ、ɔk、
ɐn、ɐt、ui。

沒有圓唇韻母 œ，沒有 œŋ、œk 韻母，一律讀成 ɔŋ、ɔk。

	靴果合三	良宕開三	香宕開三	藥宕開三	腳宕開三
廣州	hœ⁵⁵	lœŋ²¹	hœŋ⁵⁵	jœk²	kœk³
道滘	hɛ⁵⁵	lɔŋ²¹	hɔŋ⁵⁵	jɔk²	kɔk³

沒有 ɵn、ɵt 韻母，一律讀成 ɐn、ɐt。

	鄰臻開三	筍臻合三	栗臻開三	出臻合三
廣州	lɵn²¹	ʃɵn³⁵	lɵt²	tʃʰɵt⁵
道滘	lɐn²¹	ʃɐn³⁵	lɐt²	tʃʰɐt⁵

沒有 ɵy，一律讀成 ui。

	敘遇合三	懼遇合三	需遇合三	誰止合三
廣州	tʃɵy²²	kɵy²²	ʃɵy⁵⁵	ʃɵy²¹
道滘	tʃui²²	kui²²	ʃui⁵⁵	ʃui²¹

2.2.5　廣州話蟹開一、蟹合一的 ɔi，一律讀成 ui。

	台蟹開一	栽蟹開一	採蟹開一	外蟹合一
廣州	tʰɔi²¹	tʃɔi³⁵	tʃʰɔi³⁵	ŋɔi²²
道滘	tʰui²¹	tʃui³⁵	tʃʰui³⁵	ŋui²²

2.2.6　廣州話山開一的 ɔn、ɔt，一律讀成 un、ut。

	肝山開一	看山開一	安山開一	安山開一
廣州	kɔn⁵⁵	hɔn³³	ɔn⁵⁵	ɔn³³
道滘	kun⁵⁵	hun³³	un⁵⁵	un³³

	割山開一	喝山開一	葛山開一	渴山開一
廣州	kɔt³	hɔt³	kɔt³	hɔt³
道滘	kut³	hut³	kut³	hut³

2.3　聲調方面

　　道滘舡語聲調共 9 個，入聲有 3 個，分別是上陰入、下陰入、陽入。陰入按元音長短分成兩個，下陰入字的主要元音是長元音。

二　深圳南澳鎮南漁村舡語音系特點

　　李容根，生於 1933 年，南漁村前書記，是第一任書記。老書記表示其先人起初是在香港新界離島高流灣作業（那兒今天還是漁村），後遷到深圳南漁村一帶水邊生活。老書記稱只知他和父親是在南漁村海邊出生，母親是香港西貢漁民。郭來發，生於 1930 年，先輩來此到他最少三代人。本文語音系以李容根的語音為主，郭來發為輔助參考。李容根的調查於 2002 年進行，郭來發的調查是在 2014 年 7 月。

　　老書記表示村裡多姓石，香港的吉澳、筲箕灣的石氏漁民，基本是從南漁村遷出的。筆者調查吉澳時，也發現吉澳島上石氏人口是最多的。

　　南澳南漁村是深圳大鵬半島的小漁港，是漁家文化小村，南漁村也有海上魚排。老書記稱 60 多年前，南漁村還不是一個村，因為所有人都住在漁船上，漁船就是他們的家。上世紀六〇年代，當時寶安縣委看見漁民居無定所，在南澳碼頭附近批了一塊地為他們建了 30 套集體屋，1962 年 8 月，100 多戶漁民從船上搬進岸上一排兩層高的矮樓裏，漁民在岸上有了第一個家。在南漁村不遠處，步行約半小時就到了另一條漁村，就是東漁村，村人是操鶴佬話（閩語）。這是當年安置漁民上岸時已根據其方言而立村。

1　聲韻調系統

1.1　聲母 18 個，零聲母包括在內

p　具步品邊　　pʰ　頗排鄙批　　m 模務文慢

　　　　　　　　　　　　　　　　　　　　　　f 貨苦飛煩

t　多低豆弟　　tʰ　他替談艇　　n 糯那泥內　l 來利另內

tʃ　姐閘舟逐　　tʃʰ　雌楚綽長　　　　　　　　ʃ 私色失市

　　　　　　　　　　　　　　　　　　　　　　j 耶因仁逆

k　古己共怪　　kʰ　卻級期規　　ŋ 呆硬牛外

　　　　　　　　　　　　　　　　　　　　　　w 禾話蛙韻

　　　　　　　　　　　　　　　　　　　　　h 開坑許下

ø　奧安鴨晏

1.2 韻母

韻母表（韻母 39 個，包括 2 個鼻韻韻母）

單元音	複元音		鼻尾韻			塞尾韻		
a 巴家價炸	ai 猜界佳快	au 考抄膠茅	am 技欖三杉	an 範山班環	aŋ 樺坑橫硬	ap 踏臘閘鴨	at 法薩察滑	ak 握伯客革
(ɐ)	ɐi 弊低委輝	ɐu 偷口琉幼	ɐm 含侵枕岑	ɐn 跟頻臣閩	ɐŋ 登更萌正	ɐp 合粒拾吸	ɐt 伐膝乞出	ɐk 北特克息
ɛ 姐車捨夜					ɛŋ 病餅鄭頸			ɛk 劇石笛吃
(e)	ei 皮器幾鵝							
i 支師除豬	iu 標少搖調		im 簾焰點蟬	in 便偏田專		ip 攝葉蝶協	it 別揭必缺	
ɔ 羅果阻靴					ɔŋ 當光江香			ɔk 洛駁縛腳
(o)	ou 普吐毛好				oŋ 東宗夠用			ok 木福束沃
u 姑夫付負	ui 杯妹菜女			un 般換官漢			ut 潑抹活割	

鼻韻　m 唔　ŋ 五午誤吾

1.3 聲調 9 個

調類		調值	例字
陰平		55	剛知專丁
陰上		35	古展紙比
陰去		33	正醉對唱
陽平		21	娘文床時
陽上		13	五女舅厚
陽去		22	岸助大杜
上	陰入	5	出惜即筆
下		3	甲說鐵刷
陽入		2	入律宅俗

2 語音特點

2.1 聲母方面

kw、kw^h 與 k、k^h 不分

唇化音聲母 kw、kw^h 與 $ɔ$ 系韻母相拼，南漁村舡語便消失圓唇 w，讀成 k、k^h，因此是「過個」不分，「國角」不分。

	過果合一		個果開一		國曾合一		角江開二
廣州	$kwɔ^{33}$	≠	$kɔ^{33}$	廣州	$kwɔk^3$	≠	$kɔk^3$
南漁村	$kɔ^{33}$	=	$kɔ^{33}$	南漁村	$kɔk^3$	=	$kɔk^3$

	乖蟹合二		佳蟹開二		規止合三		溪蟹開四
廣州	kwai⁵⁵	≠	kai⁵⁵	廣州	kwʰɐi⁵⁵	≠	kʰɐi⁵⁵
南漁村	kai⁵⁵	=	kai⁵⁵	南漁村	kʰɐi⁵⁵	=	kʰɐi⁵⁵

2.2　韻母方面

2.2.1　沒有舌面前圓唇閉元音 y 系韻母。

廣州話舌面前圓唇閉元音 y 系韻母字，南漁村舡語一律讀作 i。

	書遇合三	算山合一	存山合一	越山合三
廣州	ʃy⁵⁵	ʃyn³³	tʃʰyn²¹	jyt²
南漁村	ʃi⁵⁵	ʃin³³	tʃʰin²¹	jit²

2.2.2　沒有舌面前圓唇半開元音 œ（ɵ）為主要元音一系列韻母。

這類韻母多屬中古音裡的三等韻。廣州話的 œ 系韻母 œ、ɵy、œŋ、œk、ɵn、ɵt 在南漁村舡語分別歸入 ɔ、ui、ɔŋ、ɔk、ɐn、ɐt。

沒有圓唇韻母 œ，œŋ、œk，歸入 ɔ、ɔŋ、ɔk。

	靴果合三	量宕開三	疆宕開三	腳宕開三
廣州	hœ⁵⁵	lœŋ²²	kœŋ⁵⁵	kœk³
南漁村	hɔ⁵⁵	lɔŋ²²	kɔŋ⁵⁵	kɔk³

沒有 ɵn、ɵt 韻母，一律讀成 ɐn、ɐt。

	訊_{臻開三}	準_{臻合三}	律_{臻開三}	恤_{臻合三}
廣州	ʃɵn³³	tʃɵn³⁵	lɵt²	ʃɵt⁵
南漁村	ʃɐn³³	tʃɐn³⁵	lɐt²	ʃɐt⁵

沒有 ɵy 韻母，一律讀成 ui。

	女_{遇合三泥}	徐_{遇合三邪}	腿_{蟹合一透}	銳_{蟹合三以}
廣州	nɵy¹³	tʃʰɵy²¹	tʰɵy³⁵	jɵy²²
南漁村	lui¹³	tʃʰui²¹	tʰui³⁵	jui²²

2.2.3　古曾開三；梗開二、三、四等和梗合三四等 eŋ、ek 尾韻的
字，讀成舌根鼻音韻尾 ɐŋ 和舌根塞音韻尾 ɐk。

	冰_{曾開三}	明_{梗開三}	兄_{梗合三}	螢_{梗合四}
廣州	peŋ⁵⁵	meŋ²¹	heŋ⁵⁵	weŋ²¹
南漁村	pɐŋ⁵⁵	mɐŋ²¹	hɐŋ⁵⁵²	wɐŋ²¹

	力_{曾開三}	碧_{梗開三}	滴_{梗開四}	役_{梗合三}
廣州	lek²	pek⁵	tek²	jek²
南漁村	lɐk²	pɐk⁵	tɐk²	jɐk²

2.2.4　古山開一等字 ɔn、ɔt，歸入 un、ut。

	肝_{山開一}	韓_{山開一}	割_{山開一}	渴_{山開一}
廣州	kɔn⁵⁵	hɔn²¹	kɔt³	hɔt³
南漁村	kun⁵⁵	hun²¹	kut³	hut³

2.2.5　古蟹開一和蟹合一 ɔi 歸入 ui。

	海蟹開一	財蟹開一	蓋蟹開一	外蟹合一
廣州	hɔi³⁵	tʃʰɔi²¹	kɔi³³	ŋɔi²²
南漁村	hui³⁵	tʃʰui²¹	kui³³	ŋui²²

2.3　聲調方面

　　南漁村疍語聲調共 9 個，入聲有 3 個，分別是上陰入、下陰入、陽入。陰入按元音長短分成兩個，下陰入字的主要元音是長元音。

三　江門市台山赤溪鎮涌口村疍語音系特點

　　在赤溪鎮裡有兩條漁村，一條在涌口，一條在南灣村[43]，南灣村是在涌口對岸。由於涌口是純漁村，便以涌口作為主要調查對象。

　　本文調查合作人是黎佛根（1944年），祖父輩從香港仔遷來到他已經三代。

　　涌口漁村在鎮區赤溪城東1公里處。東臨黃茅海，西北鄰沙田。清同治年間（1562-1874年），梁姓始建。村近大坑涌口，居民以捕魚為業，故名「涌口漁村」。聚落沿大坑涌北岸堤頂由西南向東北延

43　謝偉毛主編：《赤溪鎮誌》（台山：赤溪鎮修志辦公室，2005年），頁86：南灣村人，因其先輩多是來自今珠海市屬的各個海島和以後的婚姻嫁娶關係，因此，南灣村有一種特有語言——南灣話。南灣語既不同涌口漁民話，也不同台山話，而是多帶高欄、荷包、三灶等地的口音。村民在村中基本是講南灣話，但往來赤田地區則講客家話。南灣村屬漁農村區，漁業尤為重要。謝偉毛稱此書是內部出版，沒有出版社，沒有書號。

伸，呈長方形。[44]

涌口是純漁民村，位於鎮東北 18.6 公里，是因在赤溪涌的出口處，故名為「涌口村」。村東為海域。赤溪涌很早以前就是舸民船艇的灣泊地，所以曾經也稱為「蜑家涌」。赤溪涌口漁民的先輩，多是來自新會，以及珠海市屬沿海一帶。[45]

抗日戰爭前，正常的情況下在赤溪涌灣泊的漁船，只不過三、四十艘小艇，岸上也只有疏疏落落的低矮小茅棚，又名「蜑家寮」。抗戰爆發後，漁民同樣慘遭日軍蹂躪，在四處逃難中，先後又有相當人逃來赤溪涌口。於是小小河涌增加百多號漁船灣泊，岸上搭蓋小茅棚也多了起來，逐步形成一條漁村。雖說是一條漁村，但極其簡陋，既沒有公共設施，也沒有學校，兒童幾乎全部失學。

涌口漁村有梁、黎、陳、鐘、何、姜、崔、李、吳、彭、郭、徐、古、林 14 個姓氏。

這裡的漁船，現在可以到深海捕撈，漁輪有 83 艘，其中 100 匹馬力以上有 58 艘。最大的有 8 艘，其功率分別為 530、400、320 匹馬力。負載能力分別為 100 噸、80 噸、50 噸不等。[46]

---

44 林永年主編：《江門市地名誌》（廣州市：廣東省地圖出版社，1991年），頁166。

45 黎佛根稱涌口水上人從珠海來的，一般來自南水和灣仔；從新會來的，一般來自崖南和崖西。涌口村漁民多與赤溪大襟島南灣村漁民通婚，南灣村漁民是從珠海市高欄、三灶、鐵爐等海島遷來。黎佛根老書記和南灣村主任賴師仁稱南灣本是農村，後來因事故變成半漁農村，水上人口跟涌口不同，基本是珠海高欄、三灶、鐵爐口音為主。南灣村村民從高欄遷來為主，鐵爐次之，三灶最少。至於兩條漁村何時形成，黎佛根老書記也說不出來。南灣村村人稱涌口漁民的方言為漁民話，強調南灣村不是漁民話，也不會把香港說成 hoŋ⁵⁵koŋ³⁵。

參看了范濤：《孤獨的島嶼與大海的呼喚：台山大襟島南灣村的變遷》（廣州市：廣東人民出版社，2008年），頁65-66。

46 《赤溪鎮誌》，頁84-85。

1 聲韻調系統

1.1 聲母 17 個，零聲母包括在內

p	波薄怖馮	pʰ	普排鄙拼	m 模務文麥		
						f 貨褲富復
t	多店洞電	tʰ	拖體投填		l 羅利歷泥	
tʃ	借爭種逐	tʃʰ	此瘡綽陳			ʃ 修色試市
						j 由因仍月
k	歌己共國	kʰ	卻襟拒葵	ŋ 蛾硬偽偶		
						w 禾宏蛙圍
						h 開恰香下
ø	阿安鴨握					

1.2 韻母

韻母表（韻母44個，包括2個鼻韻韻母）

單元音	複元音		鼻尾韻			塞尾韻		
a 馬加牙話	ai 帶戒佳快	au 包樂教效	am 探談衫餡	an 丹簡慢還	aŋ 彭冷橙橫	ap 鈉臘插峽	at 探紮擦發	ak 或白客革
(ɐ)	ɐi 例米危暉	ɐu 剖鬧劉游	ɐm 暗心金禁	ɐn 根真棍吻	ɐŋ 用更享宏	ɐp 譜笠拾恰	ɐt 筆窒室怨	ɐk 墨特塞黑
ɛ 姐車蛇耶					ɛŋ 病餅頸鄭			ɛk 屐尺踢吃
(e)	ei 皮悠希尾				eŋ 冰明蜻營			ek 力亦的激
i 是自思豬		iu 表謬要調	im 佔劍瞻嫌	in 綿然田澱		ip 聶頁疊協	it 列折揭缺	
ɔ 左科禍梳	oi 代該愛內			ɔn 乾漢韓按	ɔŋ 忙黃網香		ɔt 割喝葛渴	ɔk 博學國腳
(o)		ou 布徒到告			oŋ 董莽終勇			ok 木篤竹局
u 孤湖扶附	ui 培每灰徐			un 半啱腕卵			ut 撥括活律	

鼻韻 m 唔，ŋ 吾五梧午

1.3 聲調 9 個

調類		調值	例字
陰平		55	專商邊知
陰上		35	展紙手短
陰去		33	帳對唱怕
陽平		21	人龍床時
陽上		13	老野瓦婢
陽去		22	怒弄共大
上	陰入	5	竹出筆曲
下		3	甲桌各刷
陽入		2	入藥宅俗

2 語音特點

2.1 聲母方面

2.1.1 古泥（娘）母字廣州話基本 n、l 不混，涌口舡語把 n、l 相混，結果南藍不分，諾落不分。

	南（泥）		藍（來）		諾（泥）		落（來）
廣州	nam²¹	≠	lam²¹	廣州	nɔk²	≠	lɔk²
涌口	lam²¹	=	lam²¹	涌口	lɔk²	=	lɔk²

2.1.2 沒有兩個舌根唇音聲母 kw、kwʰ，出現 kw、kwʰ 與 k、kʰ 不分。

	過果合一		個果開一			瓜假合二		加假開二
廣州	$kw\mathfrak{o}^{33}$	≠	$k\mathfrak{o}^{33}$	廣州		kwa^{55}	≠	ka^{55}
涌口	$k\mathfrak{o}^{33}$	=	$k\mathfrak{o}^{33}$	涌口		ka^{55}	=	ka^{55}

	乖蟹合二		佳蟹開二			規止合三		溪蟹開四
廣州	$kwai^{55}$	≠	kai^{55}	廣州		$kw^h\mathfrak{e}i^{55}$	≠	$k^h\mathfrak{e}i^{55}$
涌口	kai^{55}	=	kai^{55}	涌口		$k^h\mathfrak{e}i^{55}$	=	$k^h\mathfrak{e}i^{55}$

2.1.3　今廣州話輕脣音字，在涌口有一字讀作雙脣音。

	馮
廣州	$fo\eta^{21}$
涌口	$p^ho\eta^{21}$

2.2　韻母方面

2.2.1　沒有舌面前圓脣閉元音 y 系韻母。
　　　廣州話舌面前圓脣閉元音 y 系韻母字，涌口舡語一律讀作 i。

	豬遇合三	緣山合三	臀臻合一	血山合四
廣州	$t\mathfrak{f}y^{55}$	jyn^{21}	t^hyn^{21}	hyt^3
涌口	$t\mathfrak{f}i^{55}$	jin^{21}	t^hin^{21}	hit^3

2.2.2　差不多沒有舌面前圓脣半開元音 œ（ɵ）為主要元音一系列
　　　韻母。這類韻母多屬中古音裡的三等韻。廣州話的 œ 系韻
　　　母 œ、œŋ、œk、ɵn、ɵt、ɵy 在涌口舡語中分別歸入 ɔ、
　　　ɔŋ、ɔk、un、ut、ui。

沒有圓唇韻母 œ，œŋ、œk 韻母，歸入 ɔ、ɔŋ、ɔk。

	靴_{果合三}	娘_{宕開三}	香_{宕開三}	雀_{宕開三}	腳_{宕開三}
廣州	hœ⁵⁵	nœŋ²¹	hœŋ⁵⁵	tʃœk³	kœk³
涌口	hɔ⁵⁵	lɔŋ²¹	hɔŋ⁵⁵	tʃɔk³	kɔk³

沒有 ɵn、ɵt 韻母，分別讀成 un、ut。

	鱗_{臻開三}	准_{臻合三}	栗_{臻開三}	蟀_{臻合三}
廣州	lɵn²¹	tʃɵn³⁵	lɵt²	ʃɵt⁵
涌口	lun²¹	tʃun³⁵	lut²	ʃut⁵

廣州話 ɵy 韻母，涌口舡語一律讀作 ui。

	序_{遇合三}	對_{蟹合一}	醉_{止合三}	水_{止合三}
廣州	tʃɵy²²	tɵy³³	tʃɵy³³	ʃɵy³⁵
涌口	tʃui²²	tui³³	tʃui³³	ʃui³⁵

2.3 聲調方面

聲調方面，涌口舡語與老廣州白話沒有差異，聲調共 9 個，入聲有 3 個，分別是上陰入、下陰入、陽入。陰入按元音長短分成兩個，下陰入字的主要元音是長元音。

四 江門市新會區大鰲鎮東衛村舡語音系特點

李鳳年（1964年），東衛村人，是本文主要合作人。輔助者有梁帶照（1949年），大鰲鎮南沙村人；黃潤文（1960年），大鰲鎮新聯村人。大鰲鎮是一個島，全島各村都是水上人。他們都稱其方音為水鄉話。

東衛村委會位於大鰲鎮中部，鄰近鎮中心位置，交通方便。全村有 6 個村民小組，有常住人口 1,761 人，農戶 495 戶，文明戶 445 戶，全村有耕地面積 2,332 畝，其中水稻面積 352 畝，魚塘面積 1,937 畝，其他農作物面積 43 畝。

南沙村下設七個村民小組，共 580 戶。全村共有耕地面積 2,569 畝，其中水稻種植面積 445 畝，魚塘面積 1,725 畝，工業區用地 399 畝。

新聯村位於大鰲鎮南部，下設 4 個村民小組，常住戶口有 1,112 人，戶籍戶數 285 戶。全村共有耕地面積 1,888.9 畝，其中水稻種植面積有 233.6 畝，魚塘面積有 1,602 畝，其他耕地面積有 53.3 畝。[47]

---

47 資料由大鰲鎮宣傳辦提供。

1 聲韻調系統

1.1 聲母 19 個，零聲母包括在內

p	波薄怖邊	pʰ	頗排編片	m 模務文麥			
						f 火褲富戶	
t	多丁代定	tʰ	拖天談挺		l 羅利另尼		
tʃ	祭責種逐	tʃʰ	此廁尺陳			ʃ 修色失甚	
						j 由益仍玉	
k	歌己共江	kʰ	驅級及劇	ŋ 蛾顏牛礙			
kw	瓜貴鬼倔	kwʰ	誇困菌規			w 和宏蛙旺	
						h 可恰香項	
ø	阿安丫握						

1.2 韻母

韻母表（韻母 51 個，包括 2 個鼻韻韻母）

單元音	複元音		鼻尾韻			塞尾韻		
a 巴加也打	ai 大譜街拉	au 胞爪郊效	am 探三衫讒	an 丹柬慢患	aŋ 彭坑棚橙	ap 答塌夾鴨	at 達殺刷髮	ak 或百客革
(ɐ)	ɐi 世米軌嬋	ɐu 剖口流幼	ɐm 感杯今音	ɐn 吞彬棍訓	ɐŋ 朋肯亨宏	ɐp 恰輯十吸	ɐt 筆窒忽掘	ɐk 北得則克
ɛ 姐車社靴	ɛi 碑李氣尾	ɛu 飽爆刨貓	ɛm 減僭餡喊	ɛn 邊贏眼還	ɛŋ 病鏡餅頸	ɛp 鴿夾盒峆	ɛt 八刮挖滑	ɛk 隻尺笛吃
(e)					eŋ 冰明另頃			ek 逼夕剔析
i 是恥爐豬	iu 標紹喬丁		im 漸拈尖念	in 便件盆卷		ip 業怯碟協	it 別舌末缺	
ɔ 多果禾草	oi 台薈愛內			ɔn 肝漢汗案	ɔŋ		ɔt 喝割渴葛	
(o)		ou 保早布杜			oŋ 通公中用			ok 樂毒竹局
u 姑護起附	ui 陪枚灰繪			un 叛滿經罐			ut 括活闊潑	
œ 靴		ey 女須隊追						
(ə)				en 津頓準順			et 律术出述	

鼻韻　m̩ 唔　ŋ̩ 梧五娛牛

1.3　聲調 9 個

調類		調值	例字
陰平		55	剛邊初三
陰上		35	古展楚手
陰去		33	帳正對怕
陽平		42	人文平寒
陽上		13	五有倍舅
陽去		22	望巨大自
上	陰入	5	竹一出七
下		3	甲桌各割
陽入		2	六落宅服

2　語音特點

2.1　聲母方面

2.1.1　無舌尖鼻音 n，古泥母、來母字今音聲母均讀作 l。
　　　古泥（娘）母字廣州話基本 n、l 不混，鎮區部分人卻是 n、l 相混，結果南藍不分，諾落不分。

	南（泥）		藍（來）		娘（泥）		良（來）
廣州	nam²¹	≠	lam²¹	廣州	nœŋ²¹	≠	lœŋ²¹
東衛村	lam⁴²	=	lam⁴²	東衛村	lœŋ⁴²	=	lœŋ⁴²

2.1.2　古遇攝合口一等字，在廣州話聲母一般讀作雙唇舌根半元音 w-，但東衛村部分匣母、云母與遇攝合口一三等字相拼，

讀作齒唇擦音 f-。大鰲鎮在一九四九年是屬於中山橫欄鎮一
部分，所以有中山沙田話這個特點。

	湖遇合一匣	護遇合一匣	戶遇合一匣	芋遇合三云
廣州	wu^{21}	wu^{22}	wu^{22}	wu^{22}
東衛村	fu^{42}	fu^{21}	fu^{21}	fu^{21}

2.1.3　kw k 不分和 kw' k' 不分。

唇化音聲母 kw kw' 與 ɔ 系韻母相拼，消失圓唇 w，讀成 k
k'。

戈 = 哥 kɔ^{53}　　　　　　　　國 = 角 kœk^{3}
礦 = 抗 k'œŋ^{33}　　　　　廓 = 確 k'œk^{3}

2.2　韻母方面

2.2.1　古效攝開口一等字的韻母在廣州話是讀作 ou，東衛村部分
讀作 ɔ，這是南海、順德的特點。[48]

	刀效開一	帽效開一	老效開一	桃效開一
廣州	tou^{55}	mou^{35}	lou^{13}	t^{h}ou^{21}
東衛村	tɔ^{55}	mɔ^{35}	lɔ^{13}	t^{h}ɔ^{42}

2.2.2　un ut 與幫組相拼，便唸成 in it。

	搬	門	末	沒
廣州	pun^{55}	mun^{21}	mut^{2}	mut^{2}
東衛村	pin^{55}	min^{42}	mit^{2}	mit^{2}

48　參看詹伯慧主編：《廣東粵方言概要》，頁129。

這個特點只見於中山市沙朗廣豐圍沙田話。

2.2.3　沒有舌面前圓唇閉元音 y 系韻母。
　　　　廣州話是有舌面前圓唇閉元音 y 系韻母字，東衛村一律讀
　　　　作 i。

	語遇合三	源山合三	閱山合三	乙臻開三
廣州	jy¹³	jyn²¹	jyt²	jyt²
東衛村	ji¹³	jin⁴²	jit²	jit²

2.2.4　東衛村話的舌面前圓唇半開元音 œ 為主要元音一系列韻母
　　　　中的 œŋ、œk 讀作 ɔŋ、ɔk。

	良宕開三	獎宕開三	約宕開三	腳宕開三
廣州	lœŋ²¹	tʃœŋ⁵⁵	jœk²	kœk³
東衛村	lɔŋ⁴²	tʃɔŋ⁵⁵	jɔk²	kɔk³

2.2.5　古遇攝三等見組、曉組，廣州話讀 ɵy，東衛村話則讀 i。

	居遇合三見	拘遇合三見	具遇合三群	墟遇合三曉
廣州	kɵy⁵⁵	kʰɵy⁵⁵	kɵy²²	hɵy⁵⁵
東衛村	ki⁵⁵	kʰi⁵⁵	ki²²	hi⁵⁵

2.2.7　古效攝開口二等字，口語部分字讀音為 ɛu。[49]

---

[49] 參看彭小川：〈廣東南海（沙頭）方言音系〉，頁23。
　　參看甘于恩、吳芳：〈廣東順德（陳村）話調查紀略〉，《粵語研究》（澳門：粵語研究，2007年）第二期，頁43。
　　參看甘于恩：〈三水西南方言音系概述〉，頁102。

	教效開二	飽效開二	咬效開二	拋效開二
廣州	kau^{33}	pau^{35}	ŋau^{13}	p^{h}au^{55}
東衛村	kɛu^{33}	pɛu^{35}	ŋɛu^{13}	p^{h}ɛu^{55}

2.2.8　古山攝開口二、四等，合口二等為主的白讀字讀作 ɛn ɛt。[50]

	邊山開四	閑山開二	還山合二	繭山開二
廣州	pin^{55}	han^{21}	wan^{21}	kan^{35}
東衛村	pɛn^{55}	hɛn^{42}	wɛn^{42}	kɛn^{35}

	八山開二	滑山合二	刮山合二	挖山合二
廣州	pat^{3}	wat^{2}	kwat^{3}	kwat^{3}
東衛村	pɛt^{3}	wɛt^{2}	kwɛt^{3}	kwɛt^{3}

2.2.9　古咸攝開口一、二等讀作 ɛm ɛp。[51]

	減咸開二	蠶咸開一	咸（咸豐）咸開二	喊咸開一
廣州	kam^{35}	tʃ^{h}am^{21}	ham^{21}	ham^{33}
東衛村	kɛm^{35}	tʃ^{h}ɛm^{42}	hɛm^{42}	hɛm^{33}

---

50 參看彭小川：〈廣東南海（沙頭）方言音系〉，《方言》，頁23。
　　參看甘于恩、吳芳：〈廣東順德（陳村）話調查紀略〉《粵語研究》，頁43。
　　參看甘于恩：〈三水西南方言音系概述〉，《第二屆國際粵方言研討會論文集》，頁102。
51 參看彭小川：〈廣東南海（沙頭）方言音系〉，《方言》，頁23。
　　參看甘于恩、吳芳：〈廣東順德（陳村）話調查紀略〉，《粵語研究》，頁43。
　　參看甘于恩：〈三水西南方言音系概述〉，《第二屆國際粵方言研討會論文集》，頁102。

	夾咸開二	蛤咸開一	鴿咸開一	盒咸開一
廣州	kap³	kɛp³	kɛp³	hɛp²
東衛村	kɛp³	kɛp³	kɛp³	hɛp²

2.3　聲調方面

聲調部分跟廣州話一樣，變調也一致的。差異之處是陽平字唸作42。

	閑	含	還	咸
廣州	han²¹	hɛm²¹	wan²¹	ham²¹
東衛村	hɛn⁴²	hɛm⁴²	wɛn⁴²	hɛm⁴²

五　肇慶市端州區城南廠排舡語音系特點

合作人是梁鑽（1955年）、彭慧卿（1976年）。梁鑽，從端州沙浦遷來，到她已是第三代人；彭慧卿自幼跟外公生活和長大，外公是廠排水上人，約十代人居此西江邊打魚。本文所描寫的語音系統以彭慧卿的語音為準，梁鑽是彭慧卿的姨母，其水上話已出現許多變異，是她年輕時與廣府人交際多有關。因此，筆者便不選她作代表。彭慧卿熱愛舡民文化的鹹水歌和方言，說的廠排舡語十分標準，好像沒有受過廣州話洗禮一般。她還是鹹水歌承傳人代表。

筆者曾於2002年帶領學生到肇慶進行調查，先後到過江口、圍坦、二塔、小湘、德勝進行水上人風俗和方言調查。端州二塔合作人是梁樹林（1943年），高小，從高要沙步遷來四代；端州小湘彭銀（1922年）；德慶德勝鎮林港威（1933年）；江口、圍坦資料已失。以上數人舡語受了省城廣州話影響很大。

1　聲韻調系統

1.1　聲母 20 個，零聲母包括在內

p 補部品邊　pʰ 普琵編拼　m 模巫尾媽

　　　　　　　　　　　　　　　　　　f 火苦飛胡

t　大店洞狄　tʰ 拖替投亭　n 那你念糯　l 路利另了

tʃ 祭責折逐　tʃʰ 雌楚吊車　　　　　　　ʃ 修所水臣

　　　　　　　　　　　　　　　　　　j 由音仍玉

k　歌己共江　kʰ 驅級求窮　ŋ 我顏牛外

kw 刮均季郡　kwʰ 垮困菌規　　　　　　w 和話蛙威

　　　　　　　　　　　　　　　　　　h 可腔香五

ø　哀安握鴉

韻母表（韻母 41 個，包括 1 個鼻韻韻母）

	單元音	複元音		鼻尾韻			塞尾韻		
a 把查架化	a	ai 大皆派槐	au 包爪交效	am 耽藍三站	an 丹山頒關	aŋ 烹坑橙橫	ap 答塌揷甲	at 押擦八滑	ak 伯格革或
(ɐ)		ɐi 矮米規貴	ɐu 偷夠流誘	ɐm 岑林針金	ɐn 吞彬身春		ɐp 立歃拾及	ɐt 伐疋不筆	
ɛ 姐謝捨耶	ɛ					ɛŋ 病頸井鄭			ɛk 劇尺笛吃
(e)		ei 皮四喜既				eŋ 升平庭等			ek 力辟的得
i 是私司衣	i	iu 表少搖條		im 尖掩欠佔	in 棉展天現		ip 接業碟協	it 別舌傑結	
ɔ 多果阻靴	ɔ					ɔŋ 榜荒旺香			ɔk 岳撲學腳
(o)		ou 布徒報好				oŋ 東宗馮伍			ok 木屋足浴
u 姑烏付副	u	ui 盃妹海吹			un 肝看韓鞍			ut 渴割葛喝	
y 豬著鼠蛛	y				yn 短捲犬本			yt 脫說越活	

鼻韻　m 唔

1.3　聲調 9 個

調類	調值	例字
陰平	55	知邊初三
陰上	35	古短口楚
陰去	33	蓋醉愛怕
陽平	21	鵝如唐扶
陽上	13	五武距厚
陽去	22	岸大自在
上 陰入	5	一那福曲
下	3	答桌刷割
陽入	2	入藥白服

2　語音特點

2.1　聲母方面

與廣州話一致。

2.2　韻母方面

2.2.1　廣州話蟹開一、蟹合一的 ɔi，一律讀成 ui。

	抬蟹開一	宰蟹開一	菜蟹開一	外蟹合一
廣州	$t^hɔi^{21}$	$tʃɔi^{35}$	$tʃ^hɔi^{33}$	$ŋɔi^{22}$
廠排	t^hui^{21}	$tʃui^{35}$	$tʃ^hui^{33}$	$ŋui^{22}$

2.2.2　廣州話山開一的 ɔn、ɔt，一律讀成 un、ut。

	乾山開一	看山開一	案山開一	汗山開一
廣州	kɔn⁵⁵	hɔn³³	ɔn³³	ɔn²²
廠排	kun⁵⁵	hun³³	un³³	un²²

	割山開一	喝山開一	葛山開一	渴山開一
廣州	kɔt³	hɔt³	kɔt³	hɔt³
廠排	kut³	hut³	kut³	hut³

2.2.3　沒有舌面前圓唇半開元音 œ（ɵ）為主要元音一系列韻母，
　　　　廣州話的 œ 系韻母 œ、œŋ、œk、ɵn、ɵt、ey 在廠排疍語歸
　　　　入 ɔ、ɔŋ、ɔk、ɐn、ɐt、ui。

　　　沒有圓唇韻母 œ，œŋ，œk，歸入 ɔ、ɔŋ、ɔk。

	靴果合三	唱宕開三	香宕開三	弱宕開三	腳宕開三
廣州	hœ⁵⁵	tʃʰœŋ³³	hœŋ⁵⁵	jœk²	kœk³
廠排	hɔ⁵⁵	tʃʰɔŋ³³	hɔŋ⁵⁵	jɔk²	kɔk³

　　　沒有 ɵn、ɵt，分別歸入 ɐn、ɐt。

	進臻開三	崙臻合一	俊臻合三	閏臻合三
廣州	tʃɵn³³	lɵn²¹	tʃɵn³³	jɵn²²
廠排	tʃɐn³³	lɐn²¹	tʃɐn³³	jɐn²²

	律臻開三	尤臻合三	出臻合三	述臻合三
廣州	løt²	ʃøt²	tʃʰøt⁵	ʃøt²
廠排	lɐt²	ʃɐt²	tʃʰɐt⁵	ʃɐt²

沒有 øy，一律讀成 ui。

	序遇合三	具遇合三	隧止合三	水止合三
廣州	tʃøy²²	køy²²	ʃøy²²	ʃøy³⁵
廠排	tʃui²²	kui²²	ʃui²²	ʃui³⁵

2.2.4　古曾攝開口一三等，合口一等，梗攝開口二三等、梗攝合二等的舌根鼻音尾韻 ŋ 和舌根塞尾韻 k，分別歸入 eŋ、ek。

	登曾開一	增曾開一	箏梗開二	宏梗合二
廣州	tɐŋ⁵⁵	tʃɐŋ⁵⁵	tʃɐŋ⁵⁵	wɐŋ²¹
廠排	teŋ⁵⁵	tʃeŋ⁵⁵	tʃeŋ⁵⁵	weŋ²¹

	德曾開一	黑曾開一	脈梗開二	扼梗開二
廣州	tɐk⁵	hɐk⁵	mɐk²	ɐk⁵
廠排	tek⁵	hek⁵	mek²	ek⁵

2.2.5　古山合一、臻合一的韻尾 un、ut，分別歸人 yn、yt。

	搬山合一	罐山合一	本臻合一	門臻合一
廣州	pun⁵⁵	kun³³	pun³⁵	mun²¹
廠排	pyn⁵⁵	kyn³³	pyn³⁵	myn²¹

	活山合一	潑山合一	沒臻合一	勃臻合一
廣州	wut²	pʰut³	mut²	put²
廠排	wyt²	pʰyt³	myt²	pyt²

2.2.6 廣州話有一個聲化韻ŋ̍，廠排疍語歸入通合一、三等 oŋ，這個特點與高要疍語、陸上白話一致。

	五遇合一	吳遇合一	午遇合一	蜈遇合一
廣州	ŋ̍¹³	ŋ̍²¹	ŋ̍¹³	ŋ̍²¹
廠排	hoŋ¹³	hoŋ²¹	hoŋ¹³	hoŋ²¹

2.2.7 聲化韻只有一個 m̩

唔 m̩

2.3 聲調方面

聲調方面，廠排疍語與老廣州白話沒有差異，聲調共 9 個，入聲有 3 個，分別是上陰入、下陰入、陽入。陰入按元音長短分成兩個，下陰入字的主要元音是長元音。

六 肇慶市鼎湖區廣利疍語音系特點

合作人是梁均生（1944年），到他已是第五代人在廣利一帶打魚，現已上岸居住。

1　聲韻調系統

1.1　聲母 20 個，零聲母包括在內

p 補瀑品邊　　pʰ 鋪排編鄙　　m 魔無味麥

　　　　　　　　　　　　　　　　　　　　　　　f 苦法褲肥

t 多丁杜弟　　tʰ 拖天談填　　n 那泥你念　　l 羅良呂另

tʃ 祭爪舟逐　　tʃʰ 此瘡吹陳　　　　　　　　　ʃ 修所水甚

　　　　　　　　　　　　　　　　　　　　　　　j 由於仁月

k 歌居極甲　　kʰ 驅級茄求　　ŋ 蛾捱牛外

kw 瓜貴國倔　　kwʰ 誇困菌規　　　　　　　　　w 和環污花

　　　　　　　　　　　　　　　　　　h 可五兩延

ø 阿安丫坳

1.2 韻母

韻母表（韻母 50 個，包括 1 個鼻韻韻母）

單元音	複元音		鼻尾韻			塞尾韻		
a 巴家也話	ai 大派街拉	au 包炒摘貓	am 耽三衫攙	an 炭山慢彎	aŋ 彭坑橙橫	ap 答塔夾鴨	at 辣札刷發	ak 或摘客革
(ɐ)	ɐi 祭米偽費	ɐu 剖偶謅蹂	ɐm 感心金音	ɐn 吞敏婚訓	ɐŋ 崩耿萌宏	ɐp 合輯入吸	ɐt 畢失忽勿	ɐk 墨特則黑
ɛ 姐㧒社耶					ɛŋ 病鏡餅頸			ɛk 劇尺笛躑
(e)	ei 皮你氣尾				eŋ 冰柄寧傾			ek 力夕的析
i 是姊絲己	iu 表少妖條		im 漸炎尖兼	in 便伴田先		ip 業頁貼協	it 別折揭結	
ɔ 多科和所	ɔi 抬在衰內			ɔn 乾看汗安	ɔŋ 幫荒方香		ɔt 割葛喝渴	ɔk 博角國腳
(o)	ou 補土刀好				oŋ 東公中			ok 卜屋目六
u 姑戶付附	ui 輩背灰匯			un 般官玩門			ut 潑抹活沒	
œ 靴								
(ɵ)	ɵy 女聚對水			ɵn 津頓俊順			ɵt 律術出述	
y 豬於柱注				yn 短川縣村			yt 脫悅奪穴	

鼻韻　m 唔

1.3　聲調 9 個

調類		調值	例字
陰平		55	剛丁邊三
陰上		35	古展口手
陰去		33	帳對擾怕
陽平		21	人才時蚊（蚊不讀超平調）
陽上		13	染有倍舅
陽去		52	戶望共自
上	陰入	5	急七即曲
下		3	答說鐵各
陽入		2	局讀俗服

2　語音特點

2.1　聲母方面

2.1.1　古喻母在廣州話裡讀半元音濁擦音 j，鼎湖舡語裡，古喻母
　　　字聲母有唸為 h 的現象。[52]

	延（以）	雨（云）
廣州	jin²¹	jy¹³
鼎湖	hin¹³	hɵy¹³

---

52 彭小川：〈廣東南海（沙頭）方言音系〉，頁22。沙頭話也有這種現象。參看《廣東
　方言概要》，頁126。

2.1.2 古曉母合口一二等字，大部分讀 f 聲母，但個別別曉母合口
字不讀 f 聲母，讀作 w。

	花（曉合）	昏（曉合）	輝（曉合）	忽（曉合）	慌（曉合）	火（曉合）	化（曉合）
廣州	fa⁵⁵	fɐn⁵⁵	fei⁵⁵	fɐt⁵	fɔŋ⁵⁵	fɔ³⁵	fa³³
鼎湖	wa⁵⁵	wɐn⁵⁵	wei⁵⁵	wɐt⁵	wɔŋ⁵⁵	wɔ³⁵	wa³³

2.2 韻母方面

2.2.1 沒有舌面前圓唇半開元音 œ（ɵ）為主要元音一系列韻母，
廣州話的 œ 系韻母的 œŋ、œk 在鼎湖舡語歸入 ɔŋ、ɔk。

	窗江開二	香宕開三	略宕開三	腳宕開三
廣州	tʃʰœŋ⁵⁵	hœŋ⁵⁵	lœk²	kœk³
鼎湖	tʃʰɔŋ⁵⁵	hɔŋ⁵⁵	lɔk²	kɔk³

2.2.2 廣州話有一個聲化韻 ŋ̩，鼎湖舡語歸入通合一、三等 oŋ，這
個特點與高要、廠排舡語、陸上白話一致。

	五遇合一	梧遇合一	誤遇合一	蜈遇合一
廣州	ŋ̩¹³	ŋ̩²¹	ŋ̩²²	ŋ̩²²
鼎湖	hoŋ¹³	hoŋ²¹	oŋ⁵²	hoŋ⁵²

2.2.3 聲化韻只有一個 m̩

唔 m̩

2.3　聲調方面

　　聲調方面，鼎湖舡語與老廣州白話大致一致，聲調共 9 個，入聲有 3 個，分別是上陰入、下陰入、陽入。陰入按元音長短分成兩個，下陰入字的主要元音是長元音。分別之處是陽去，廣州話是 22，鼎湖舡語是 52。

	放	助	大	用
廣州	koŋ²²	tʃɔ²²	tʃai²²	joŋ²²
鼎湖	koŋ⁵²	tʃɔ⁵²	tʃai⁵²	joŋ⁵²

第四章
珠三角舡語的歸屬

　　本章主要拿《廣東粵方言概要》第三章〈廣東粵方言的一致性與差異性〉配合進行論述。

第一節　舡語與粵海片的一致性

一　聲母方面

1　粵海片粵語中古日母、影母、云母、以母字及疑母細音字的聲母，
　多讀成半元音性的濁擦音聲母 j，珠三角舡語也是如此。

	擾（效開三日）	揖（深開三影）	炎（咸開三云）	容（通合三以）	逆（梗開三疑）
廣州[1]	jiu^{13}	jɐp^5	jim^{21}	joŋ^{21}	jek^2
香港石排灣	jiu^{13}	jɐt^5	jin^{21}	joŋ^{21}	jek^2
中山涌口門	jiu^{13}	jɐp^5	jim^{21}	joŋ^{21}	jek^2
珠海萬山	jiu^{13}	jɐp^5	jim^{42}	joŋ^{42}	jek^2
澳門	jiu^{13}	jɐp^5	jim^{21}	joŋ^{21}	jek^2
廣州河南尾	jiu^{13}	jɐt^5	jin^{21}	joŋ^{21}	jek^2

1　交代「廣州」與「廣州河南尾」的區別。前者之音指廣州話，後者之音指水上話。
　廣州之音，根據自詹伯慧、張日昇主編：《珠江三角洲方言字音對照》（廣州市：廣
　東人民出版社，1987年）。

	擾（效開三日）	揖（深開三影）	炎（咸開三云）	容（通合三以）	逆（梗開三疑）
東莞道滘	jiu¹³	jɐt⁵	jin²¹	joŋ²¹	jek²
深圳南澳	jiu¹³	jɐp⁵	jim²¹	joŋ²¹	jek²
肇慶城南	jiu¹³	jɐp⁵	jim²¹	joŋ²¹	jek²
佛山汾江	jiu¹³	jɐp⁵	jim²¹	joŋ²¹	jek²
江門赤溪	jiu¹³	jɐp⁵	jim²¹	joŋ²¹	jek²

2 粵海片粵語中古次濁微、明母字的聲母讀 m，珠三角舡語也是如此。

	萬（山合三微）	霧（遇合三微）	悶（臻合一明）	馬（假開二明）
廣州	man²²	mou²²	mun²²	ma¹³
香港石排灣	maŋ²²	mou²²	mun²²	ma¹³
中山涌口門	man²²	mou²²	mun²²	ma¹³
珠海萬山	man²²	mou²²	mun²²	ma¹³
澳門	man²²	mou²²	mun²²	ma¹³
廣州河南尾	maŋ²²	mou²²	mun²²	ma¹³
東莞道滘	man²²	mou²²	mun²²	ma¹³
深圳南澳	man²²	mou²²	mun²²	ma¹³
肇慶城南	man²²	mou²²	myn²²	ma¹³
佛山汾江	man²²	mou²²	mun²²	ma¹³
江門赤溪	man²²	mou²²	mun²²	ma¹³

3 粵海片粵語特點之一是古精、莊、知、章四組聲母合流，都讀舌葉音 tʃ、tʃʰ、ʃ，珠三角舡語也是如此。

	左（精母）	猜（清母）	寫（心母）
廣州	tʃɔ³⁵	tʃʰai⁵⁵	ʃɛ³⁵
香港石排灣	tʃɔ³⁵	tʃʰai⁵⁵	ʃɛ³⁵
中山涌口門	tʃɔ³⁵	tʃʰai⁵⁵	ʃɛ³⁵
珠海萬山	tʃɔ³⁵	tʃʰai⁵⁵	ʃɛ³⁵
澳門	tʃɔ³⁵	tʃʰai⁵⁵	ʃɛ³⁵
廣州河南尾	tʃɔ³⁵	tʃʰai⁵⁵	ʃɛ³⁵
東莞道滘	tʃɔ³⁵	tʃʰai⁵⁵	ʃɛ³⁵
深圳南澳	tʃɔ³⁵	tʃʰai⁵⁵	ʃɛ³⁵
肇慶城南	tʃɔ³⁵	tʃʰai⁵⁵	ʃɛ³⁵
佛山汾江	tʃɔ³⁵	tʃʰai⁵⁵	ʃɛ³⁵
江門赤溪	tʃɔ³⁵	tʃʰai⁵⁵	ʃɛ³⁵

	冢（知母）	偵（徹母）	重（澄母）
廣州	tʃʰoŋ³⁵	tʃeŋ⁵⁵	tʃʰoŋ²¹
香港石排灣	tʃʰoŋ³⁵	tʃeŋ⁵⁵	tʃʰoŋ²¹
中山涌口門	tʃʰoŋ³⁵	tʃeŋ⁵⁵	tʃʰoŋ²¹
珠海萬山	tʃʰoŋ³⁵	tʃeŋ⁵⁵	tʃʰoŋ²¹
澳門	tʃʰoŋ³⁵	tʃeŋ⁵⁵	tʃʰoŋ²¹
廣州河南尾	tʃʰoŋ³⁵	tʃeŋ⁵⁵	tʃʰoŋ²¹
東莞道滘	tʃʰoŋ³⁵	tʃeŋ⁵⁵	tʃʰoŋ²¹
深圳南澳	tʃʰoŋ³⁵	tʃɐŋ⁵⁵	tʃʰoŋ²¹
肇慶城南	tʃʰoŋ³⁵	tʃeŋ⁵⁵	tʃʰoŋ²¹
佛山汾江	tʃʰoŋ³⁵	tʃeŋ⁵⁵	tʃʰoŋ⁴²
江門赤溪	tʃʰoŋ³⁵	tʃeŋ⁵⁵	tʃʰoŋ²¹

	齋（莊母）	巢（崇母）	紗（生母）
廣州	tʃai⁵⁵	tʃʰau²¹	ʃa⁵⁵
香港石排灣	tʃai⁵⁵	tʃʰau²¹	ʃa⁵⁵
中山涌口門	tʃai⁵⁵	tʃʰau²¹	ʃa⁵⁵
珠海萬山	tʃai⁵⁵	tʃʰau⁴²	ʃa⁵⁵
澳門	tʃai⁵⁵	tʃʰau²¹	ʃa⁵⁵
廣州河南尾	tʃai⁵⁵	tʃʰau²¹	ʃa⁵⁵
東莞道滘	tʃai⁵⁵	tʃʰau²¹	ʃa⁵⁵
深圳南澳	tʃai⁵⁵	tʃʰau²¹	ʃa⁵⁵
肇慶城南	tʃai⁵⁵	tʃʰau²¹	ʃa⁵⁵
佛山汾江	tʃai⁵⁵	tʃʰau⁴²	ʃa⁵⁵
江門赤溪	tʃai⁵⁵	tʃʰau²¹	ʃa⁵⁵

	正（章母）	扯（昌母）	身（書母）
廣州	tʃeŋ³³	tʃʰɛ³⁵	ʃɐn⁵⁵
香港石排灣	tʃeŋ³³	tʃʰɛ³⁵	ʃɐn⁵⁵
中山涌口門	tʃeŋ³³	tʃʰɛ³⁵	ʃɐn⁵⁵
珠海萬山	tʃeŋ³³	tʃʰɛ³⁵	ʃɐn⁵⁵
澳門	tʃeŋ³³	tʃʰɛ³⁵	ʃɐn⁵⁵
廣州河南尾	tʃeŋ³³	tʃʰɛ³⁵	ʃɐn⁵⁵
東莞道滘	tʃeŋ³³	tʃʰɛ³⁵	ʃɐn⁵⁵
深圳南澳	tʃeŋ³³	tʃʰɛ³⁵	ʃɐn⁵⁵
肇慶城南	tʃeŋ³³	tʃʰɛ³⁵	ʃɐn⁵⁵
佛山汾江	tʃeŋ³³	tʃʰɛ³⁵	ʃɐn⁵⁵
江門赤溪	tʃeŋ³³	tʃʰɛ³⁵	ʃɐn⁵⁵

4 粵海片粵語無濁塞音聲母、濁塞擦音聲母，塞音聲母和塞擦音聲母
只有清音不送氣和清音不送氣之分而無清音和濁音之分。如有 p、
pʰ 而無 b，有 t、tʰ 而無 d，有 k、kʰ 而無 g，有 tʃ、tʃʰ 而無 dʒ。
粵海片粵語裡的古濁聲母大部分轉成相應的清聲母字，於是平聲送
氣，仄聲不送氣。

珠三角舺語也是如此。

	婆（並母）	部（並母）	途（定母）	代（定母）
廣州	pʰɔ²¹	pou²²	tʰou²¹	tɔi²²
香港石排灣	pʰɔ²¹	pou²²	tʰou²¹	tɔi²²
中山涌口門	pʰɔ²¹	pou²²	tʰou²¹	tɔi²²
珠海萬山	pʰɔ²¹	pou²²	tʰou⁴²	tɔi²²
澳門	pʰɔ²¹	pou²²	tʰou²¹	tɔi²²
廣州河南尾	pʰɔ²¹	pou²²	tʰou²¹	tɔi²²
東莞道滘	pʰɔ²¹	pou²²	tʰou²¹	tɔi²²
深圳南澳	pʰɔ²¹	pou²²	tʰou²¹	tɔi²²
肇慶城南	pʰɔ²¹	pou²²	tʰou²¹	tɔi²²
佛山汾江	pʰɔ²¹	pou²²	tʰou⁴²	tɔi²²
江門赤溪	pʰɔ²¹	pou²²	tʰou²¹	tɔi²²

	虔（群母）	共（群母）	財（從母）	靜（從母上聲）
廣州	kʰin²¹	koŋ²²	tʃʰɔi²¹	tʃeŋ²²
香港石排灣	kʰin²¹	koŋ²²	tʃʰɔi²¹	tʃeŋ²²
中山涌口門	kʰin²¹	koŋ²²	tʃʰɔi²¹	tʃeŋ²²
珠海萬山	kʰin²¹	koŋ²²	tʃʰɔi⁴²	tʃeŋ²²
澳門	kʰin²¹	koŋ²²	tʃʰɔi²¹	tʃeŋ²²

	虔（群母）	共（群母）	財（從母）	靜（從母上聲）
廣州河南尾	kʰin²¹	koŋ²²	tʃʰɔi²¹	tʃɐŋ²²
東莞道滘	kʰin²¹	koŋ²²	tʃʰɔi²¹	tʃɐŋ²²
深圳南澳	kʰin²¹	koŋ²²	tʃʰɔi²¹	tʃɐŋ²²
肇慶城南	kʰin²¹	koŋ²²	tʃʰɔi²¹	tʃɐŋ²²
佛山汾江	kʰin⁴²	koŋ²²	tʃʰɔi⁴²	tʃɐŋ²²
江門赤溪	kʰin²¹	koŋ²²	tʃʰɔi²¹	tʃɐŋ²²

	鋤（崇母）	助（崇母）	茶（澄母）	紂（澄母上聲）
廣州	tʃʰɔi²¹	tʃɔ²²	tʃʰa²¹	tʃɐu²²
香港石排灣	tʃʰɔi²¹	tʃɔ²²	tʃʰa²¹	tʃɐu²²
中山涌口門	tʃʰɔi²¹	tʃɔ²²	tʃʰa²¹	tʃɐu²²
珠海萬山	tʃʰɔi²¹	tʃɔ²²	tʃʰa⁴²	tʃɐu²²
澳門	tʃʰɔi²¹	tʃɔ²²	tʃʰa²¹	tʃɐu²²
廣州河南尾	tʃʰɔi²¹	tʃɔ²²	tʃʰa²¹	tʃɐu²²
東莞道滘	tʃʰɔi²¹	tʃɔ²²	tʃʰa²¹	tʃɐu²²
深圳南澳	tʃʰɔi²¹	tʃɔ²²	tʃʰa²¹	tʃɐu²²
肇慶城南	tʃʰɔi²¹	tʃɔ²²	tʃʰa²¹	tʃɐu²²
佛山汾江	tʃʰɔi⁴²	tʃɔ²²	tʃʰa⁴²	tʃɐu²²
江門赤溪	tʃʰɔi²¹	tʃɔ²²	tʃʰa²¹	tʃɐu²²

5 粵海片粵語一部分古溪母開口字讀作清喉擦音 h 聲母，古溪母合口字一部分讀作 f 聲母。珠三角舡語也體現了這個特點。

	可（溪開）	器（溪開）	慶（溪開）
廣州	hɔ³⁵	hei³³	heŋ³³

	可（溪開）	器（溪開）	慶（溪開）
香港石排灣	hɔ³⁵	hei³³	heŋ³³
中山涌口門	hɔ³⁵	hei³³	heŋ³³
珠海萬山	hɔ³⁵	hei³³	heŋ³³
澳門	hɔ³⁵	hei³³	heŋ³³
廣州河南尾	hɔ³⁵	hei³³	hɐŋ³³
東莞道滘	hɔ³⁵	hei³³	heŋ³³
深圳南澳	hɔ³⁵	hei³³	heŋ³³
肇慶城南	hɔ³⁵	hei³³	heŋ³³
佛山汾江	hɔ³⁵	hei³³	heŋ³³
江門赤溪	hɔ³⁵	hei³³	heŋ³³

	科（溪合）	褲（溪合）	快（溪合）
廣州	fɔ⁵⁵	fu³³	fai³³
香港石排灣	fɔ⁵⁵	fu³³	fai³³
中山涌口門	fɔ⁵⁵	fu³³	fai³³
珠海萬山	fɔ⁵⁵	fu³³	fai³³
澳門	fɔ⁵⁵	fu³³	fai³³
廣州河南尾	fɔ⁵⁵	fu³³	fai³³
東莞道滘	fɔ⁵⁵	fu³³	fai³³
深圳南澳	fɔ⁵⁵	fu³³	fai³³
肇慶城南	fɔ⁵⁵	fu³³	fai³³
佛山汾江	fɔ⁵⁵	fu³³	fai³³
江門赤溪	fɔ⁵⁵	fu³³	fai³³

6 粵海片粵語的古見母、群母字不論洪細，聲母一律讀作 k、kʰ，珠
三角舡語也體現了這個特點。

	丐（蟹開一見）	局（通合三群）	揭（山開三見）	倦（山合三群）
廣州	kʰɔi³³	kok²	kʰit³	kyn²²
香港石排灣	kʰɔi³³	kok²	kʰit³	kin²²
中山涌口門	kʰɔi³³	kok²	kʰit³	kin²²
珠海萬山	kʰɔi³³	kok²	kʰit³	kyn²²
澳門	kʰɔi³³	kok²	kʰit³	kyn²²
廣州河南尾	kʰɔi³³	kok²	kʰit³	kin²²
東莞道滘	kʰɔi³³	kok²	kʰit³	kin²²
深圳南澳	kʰɔi³³	kok²	kʰit³	kin²²
肇慶城南	kʰɔi³³	kok²	kʰit³	kyn²²
佛山汾江	kʰɔi³³	kok²	kʰit³	kyn²²
江門赤溪	kʰɔi³³	kok²	kʰit³	kin²²

7 粵海片粵語的古敷、奉母字讀作 f，珠三角舡語也體現了這個特
點。

	翻（山合三敷）	覆（通合三敷）	父（遇合三奉）	罰（山合三奉）
廣州	fan⁵⁵	fok⁵	fu²²	fɐt⁵
香港石排灣	fan⁵⁵	fok⁵	fu²²	fɐt⁵
中山涌口門	fan⁵⁵	fok⁵	fu²²	fɐt⁵
珠海萬山	fan⁵⁵	fok⁵	fu²²	fɐt⁵
澳門	fan⁵⁵	fok⁵	fu²²	fɐt⁵
廣州河南尾	faŋ⁵⁵	fok⁵	fu²²	fɐt⁵

	翻（山合三敷）	覆（通合三敷）	父（遇合三奉）	罰（山合三奉）
東莞道滘	fan⁵⁵	fok⁵	fu²²	fɛt⁵
深圳南澳	fan⁵⁵	fok⁵	fu²²	fɛt⁵
肇慶城南	fan⁵⁵	fok⁵	fu²²	fɛt⁵
佛山汾江	fan⁵⁵	fok⁵	fu²²	fɛt⁵
江門赤溪	fan⁵⁵	fok⁵	fu²²	fɛt⁵

8 粵海片粵語有圓唇化的聲母 kw、kwʰ，珠三角舡語也基本體現了這個特點，只有數個漁村出現個人特點而已。

	怪（見母）	坤（溪母）	裙（群母）
廣州	kwa³³	kwʰɐn⁵⁵	kwʰɐn²¹
香港石排灣[2]	ka³³	kʰɐn⁵⁵	kʰɐn²¹
中山涌口門	kwa³³	kwʰɐn⁵⁵	kwʰɐn²¹
珠海萬山[3]	ka³³	kʰɐn⁵⁵	kʰɐn²¹
澳門	ka³³	kʰɐn⁵⁵	kʰɐn²¹
廣州河南尾	kwa³³	kwʰɐn⁵⁵	kwʰɐn²¹
東莞道滘	kwa³³	kwʰɐn⁵⁵	kwʰɐn²¹
深圳南澳	ka³³	kʰɐn⁵⁵	kʰɐn²¹
肇慶城南	kwa³³	kwʰɐn⁵⁵	kwʰɐn²¹
佛山汾江	kwa³³	kwʰɐn⁵⁵	kwʰɐn⁴²
江門赤溪	ka³³	kʰɐn⁵⁵	kʰɐn²¹

---

2 香港新界離島的吉澳保留了圓唇化的聲母 kw 、kwʰ。
3 珠海伶仃村舡語保留了圓唇化的聲母 kw、kwʰ。

二 韻母方面

1 粵海片粵語在複合元音韻母、陽聲韻尾、入聲韻尾裡，有長元音 a
跟短元音 ɐ 對立，這是粵海片最大特點。珠三角舡語也體現了這個
特點，因舡族族群本是古越人之後。

	街	— 雞	三	— 心
廣州	kai⁵⁵	kɐi⁵⁵	ʃam⁵⁵	ʃɐm⁵⁵
香港石排灣	kai⁵⁵	kɐi⁵⁵	ʃam⁵⁵	ʃɐm⁵⁵
中山涌口門	kai⁵⁵	kɐi⁵⁵	ʃam⁵⁵	ʃɐm⁵⁵
珠海萬山	kai⁵⁵	kɐi⁵⁵	ʃam⁵⁵	ʃɐm⁵⁵
澳門	kai⁵⁵	kɐi⁵⁵	ʃam⁵⁵	ʃɐm⁵⁵
廣州河南尾	kai⁵⁵	kɐi⁵⁵	ʃam⁵⁵	ʃɐm⁵⁵
東莞道滘	kai⁵⁵	kɐi⁵⁵	ʃam⁵⁵	ʃɐm⁵⁵
深圳南澳	kai⁵⁵	kɐi⁵⁵	ʃam⁵⁵	ʃɐm⁵⁵
肇慶城南	kai⁵⁵	kɐi⁵⁵	ʃam⁵⁵	ʃɐm⁵⁵
佛山汾江	kai⁵⁵	kɐi⁵⁵	ʃam⁵⁵	ʃɐm⁵⁵
江門赤溪	kai⁵⁵	kɐi⁵⁵	ʃam⁵⁵	ʃɐm⁵⁵

	蠻	— 民	彭	— 朋
廣州	man²¹	mɐn²¹	pʰaŋ²¹	pʰɐŋ²¹
香港石排灣	man²¹	mɐn²¹	pʰaŋ²¹	pʰɐŋ²¹
中山涌口門	man²¹	mɐn²¹	pʰaŋ²¹	pʰɐŋ²¹
珠海萬山	man⁴²	mɐn⁴²	pʰaŋ⁴²	pʰɐŋ⁴²
澳門	man²¹	mɐn²¹	pʰaŋ²¹	pʰɐŋ²¹

	蠻 — 民		彭 — 朋	
廣州河南尾	maŋ²¹	mɐn²¹	pʰaŋ²¹	pʰɐŋ²¹
東莞道滘	man²¹	mɐn²¹	pʰaŋ²¹	pʰɐŋ²¹
深圳南澳	man²¹	mɐn²¹	pʰaŋ²¹	pʰɐŋ²¹
肇慶城南	man²¹	mɐn²¹	pʰaŋ²¹	pʰɐŋ²¹
佛山汾江	man⁴²	mɐn⁴²	pʰaŋ⁴²	pʰɐŋ⁴²
江門赤溪	man²¹	mɐn²¹	pʰaŋ²¹	pʰɐŋ²¹

	納 — 立		甲 — 蛤	
廣州	nap²	lɐp²	kap³	kɐp³
香港石排灣	lat²	lɐt²	kat³	kɐt³
中山涌口門	nap²	lɐp²	kap³	kɐp³
珠海萬山	lap²	lɐp²	kap³	kɐp³
澳門	lap²	lɐp²	kap³	kɐp³
廣州河南尾	lak²	lɐt²	kak³	kɐt³
東莞道滘	nat²	lɐt²	kat³	kɐt³
深圳南澳	nap²	lɐp²	kap³	kɐp³
肇慶城南	nap²	lɐp²	kap³	kɐp³
佛山汾江	nap²	lɐp²	kap³	kɐp³
江門赤溪	lap²	lɐp²	kap³	kɐp³

2 粵海片粵語古蟹攝開口三、四等、止攝合口三等字多讀作ɐi。珠三角舡語也體現了這個特點。

	例（蟹開三來）	洗（蟹開四心）	揮（止合三曉）
廣州	lɐi²²	ʃɐi³⁵	fɐi⁵⁵

	例（蟹開三來）	洗（蟹開四心）	揮（止合三曉）
香港石排灣	lɐi²²	ʃɐi³⁵	fɐi⁵⁵
中山涌口門	lɐi²²	ʃɐi³⁵	fɐi⁵⁵
珠海萬山	lɐi²²	ʃɐi³⁵	fɐi⁵⁵
澳門	lɐi²²	ʃɐi³⁵	fɐi⁵⁵
廣州河南尾	lɐi²²	ʃɐi³⁵	fɐi⁵⁵
東莞道滘	lɐi²²	ʃɐi³⁵	fɐi⁵⁵
深圳南澳	lɐi²²	ʃɐi³⁵	fɐi⁵⁵
肇慶城南	lɐi²²	ʃɐi³⁵	fɐi⁵⁵
佛山汾江	lɐi²²	ʃɐi³⁵	fɐi⁵⁵
江門赤溪	lɐi²²	ʃɐi³⁵	fɐi⁵⁵

3 粵海片粵語古流攝韻母多讀成 ɐu，珠三角艇語也體現了這個特點。

	某（流開一明）	藕（流開一疑）	留（流開三來）	籌（流開三澄）
廣州	mɐu¹³	ŋɐu¹³	lɐu²¹	tʃʰɐu²¹
香港石排灣	mɐu¹³	ŋɐu¹³	lɐu²¹	tʃʰɐu²¹
中山涌口門	mɐu¹³	ŋɐu¹³	lɐu²¹	tʃʰɐu²¹
珠海萬山	mɐu¹³	ŋɐu¹³	lɐu⁴²	tʃʰɐu⁴²
澳門	mɐu¹³	ŋɐu¹³	lɐu²¹	tʃʰɐu²¹
廣州河南尾	mɐu¹³	ŋɐu¹³	lɐu²¹	tʃʰɐu²¹
東莞道滘	mɐu¹³	ŋɐu¹³	lɐu²¹	tʃʰɐu²¹
深圳南澳	mɐu¹³	ŋɐu¹³	lɐu²¹	tʃʰɐu²¹
肇慶城南	mɐu¹³	ŋɐu¹³	lɐu²¹	tʃʰɐu²¹
佛山汾江	mɐu¹³	ŋɐu¹³	lɐu⁴²	tʃʰɐu⁴²
江門赤溪	mɐu¹³	ŋɐu¹³	lɐu²¹	tʃʰɐu²¹

4 粵海片粵語有兩個自成音節的鼻化韻 m̩ 和 ŋ̍。珠三角疍語部分體
現了這個特點，但有些個別者把 ŋ̍ 讀成 m̩，這種情況，不是水上
人特點，珠江各地粵海片的老中青也會如此。

	唔	五	午	吳	誤
廣州	m̩	ŋ̍	ŋ̍	ŋ̍	ŋ̍
香港石排灣	m̩	ŋ̍	ŋ̍	ŋ̍	ŋ̍
中山涌口門	m̩	ŋ̍	ŋ̍	ŋ̍	ŋ̍
珠海萬山	m̩	ŋ̍	ŋ̍	ŋ̍	ŋ̍
澳門	m̩	m̩	m̩	m̩	m̩
廣州河南尾	m̩	m̩	m̩	m̩	m̩
東莞道滘	m̩	ŋ̍	ŋ̍	ŋ̍	ŋ̍
深圳南澳	m̩	ŋ̍	ŋ̍	ŋ̍	ŋ̍
肇慶城南	m̩	hoŋ	hoŋ	hoŋ	hoŋ
佛山汾江	m̩	ŋ̍	ŋ̍	ŋ̍	ŋ̍
江門赤溪	m̩	ŋ̍	ŋ̍	ŋ̍	ŋ̍

三　聲調方面

　　粵海片粵語的聲調特點，第一點是聲調數目最多有九個，珠三角
疍語大部分如此，只有少數地方是八個調類；第二點是保留了古四聲
的調類系統，四聲分成了陰陽，珠三角疍語也有這種體現；第三點是
入聲有上陰入、下陰入和陽入，這些特點，珠三角疍語也是與之基本
一致。

第二節　舡語與粵海片的差異

一　聲母方面

1 粵海片粵語古匣母、云母於遇攝合口一、三等字時，個別字便讀作齒唇擦 f。這個特點主要出現於中山、珠海、肇慶、佛山、東莞。中山、珠海水上人主要是從佛山順德、南海一帶遷來，所以有這個特點。至於廣州、香港、台山沒有這個特點。[4]

	糊（遇合一匣）	芋（遇合三云）	狐（遇合一匣）	互（遇合一匣）
廣州	wu²¹	wu²¹	wu²¹	wu²²
香港石排灣	wu²¹	wu²¹	wu²¹	wu²²
香港新界沙頭角	wu²¹	wu²¹	wu²¹	wu²²
香港離島吉澳	wu²¹	wu²¹	wu²¹	wu²²
香港離島塔門	wu²¹	wu²¹	wu²¹	wu²²
香港西貢布袋澳	wu²¹	wu²¹	wu²¹	wu²²
香港西貢糧船灣洲	wu²¹	wu²¹	wu²¹	wu²²
香港西貢坑口水邊村	wu²¹	wu²¹	wu²¹	wu²²
香港西貢離島滘西	wu²¹	wu²¹	wu²¹	wu²²
香港離島蒲台島	wu²¹	wu²¹	wu²¹	wu²²
香港離島大澳	wu²¹	wu²¹	wu²¹	wu²²
中山市神灣鎮定溪	wu⁴²	wu⁴²	wu⁴²	wu²²

---

4 筆者在香港調查這麼多點，沒有發現過有此特點，但筆者學生羅佩珊《香港筲箕灣與周邊水上話差異的比較研究》卻反映香港島筲箕灣有這個特點。

	糊（遇合一匣）	芋（遇合三云）	狐（遇合一匣）	互（遇合一匣）
中山南朗鎮涌口門	fu^{21}	fu^{21}	fu^{21}	fu^{22}
中山市橫欄鎮四沙	fu^{42}	fu^{42}	fu^{42}	fu^{22}
中山火炬區茂生村	fu^{42}	fu^{42}	fu^{42}	fu^{22}
中山民眾漁村	fu^{21}	fu^{21}	fu^{21}	fu^{22}
中山坦洲新合村	fu^{42}	fu^{42}	fu^{42}	fu^{22}
珠海香洲區伶仃村	wu^{21}	wu^{21}	wu^{21}	wu^{22}
珠海香洲區萬山村	fu^{42}	fu^{42}	fu^{42}	fu^{22}
珠海香洲區桂海村	wu^{21}	wu^{21}	wu^{21}	wu^{22}
珠海香洲區衛星村	fu^{21}	fu^{21}	fu^{21}	fu^{22}
澳門	wu^{21}	wu^{21}	wu^{21}	wu^{22}
廣州黃埔九沙	wu^{21}	wu^{21}	wu^{21}	wu^{22}
廣州海珠河南尾	wu^{21}	wu^{21}	wu^{21}	wu^{22}
廣州東山二沙河涌	wu^{21}	wu^{21}	wu^{21}	wu^{22}
廣州天河獵德涌	wu^{21}	wu^{21}	wu^{21}	wu^{22}
東莞道滘鎮厚德坊	fu^{21}	fu^{21}	fu^{21}	fu^{22}
深圳南澳鎮南漁村	wu^{21}	wu^{21}	wu^{21}	wu^{22}
肇慶市端州城南廠排	fu^{21}	fu^{21}	fu^{21}	fu^{22}
肇慶市鼎湖區廣利	wu^{21}	wu^{55}	wu^{21}	wu^{52}
佛山三水區蘆苞	fu^{42}	fu^{42}	fu^{42}	fu^{22}
佛山順德陳村吉洲沙	fu^{42}	fu^{42}	fu^{42}	fu^{22}
佛山市禪城區鎮安	wu^{42}	wu^{42}	wu^{42}	wu^{22}
佛山市三水西南河口	fu^{21}	fu^{21}	fu^{21}	fu^{22}
江門市台山赤溪涌口村	wu^{21}	wu^{21}	wu^{21}	wu^{22}
江門市大鰲鎮東衛村	fu^{21}	fu^{21}	fu^{21}	fu^{22}

2 古非母字的聲母，在廣州話讀齒唇擦音 f-，珠三角舡語各方言點的
   聲母也是讀 f-，但江門市台山赤溪涌口村卻保留了古無輕唇音特
   點。

	馮
廣州	$foŋ^{21}$
涌口	$p^hoŋ^{21}$

二　韻母方面

1 粵海片粵語中有以圓唇 y 為主要元音韻母，如 y、yn、yt，這是粵
   海片特點，在珠三角舡語部分漁村是沒有 y 系的韻母，這 y 系的
   韻母已演化讀作 i 系韻母。香港沙頭角、吉澳、塔門 yn、yt 讀作
   oŋ、ok。

	豬（遇合三知）	煮（遇合三章）	磚（山合三章）	月（山合三疑）
廣州	$tʃy^{55}$	$tʃy^{35}$	$tʃyn^{55}$	jyt^2
香港石排灣	$tʃi^{55}$	$tʃi^{35}$	$tʃin^{55}$	jit^2
香港沙頭角	$tʃi^{55}$	$tʃi^{35}$	$tʃoŋ^{55}$	jok^2
中山涌口門	$tʃi^{53}$	$tʃi^{35}$	$tʃin^{55}$	jit^2
珠海萬山	$tʃy^{53}$	$tʃy^{35}$	$tʃyn^{55}$	jyt^2
澳門	$tʃy^{55}$	$tʃy^{35}$	$tʃyn^{55}$	jyt^2
廣州河南尾	$tʃi^{55}$	$tʃi^{35}$	$tʃin^{55}$	jit^2
東莞道滘	$tʃi^{55}$	$tʃi^{35}$	$tʃin^{55}$	jit^2
深圳南澳	$tʃi^{55}$	$tʃi^{35}$	$tʃin^{55}$	jit^2
肇慶城南	$tʃy^{55}$	$tʃy^{35}$	$tʃyn^{55}$	jyt^2

	豬（遇合三知）	煮（遇合三章）	磚（山合三章）	月（山合三疑）
佛山汾江	tʃy⁵⁵	tʃy³⁵	tʃyn⁵⁵	jyt²
江門赤溪	tʃi⁵⁵	tʃi³⁵	tʃin⁵⁵	jit²

2　粵海片粵語裡有 œŋ、œk，珠三角疍語大部分唸作 ɔŋ、ɔk，這個
特點與粵海片不同。[5]

	娘宕開三	香宕開三	雀宕開三	腳宕開三
廣州	nœŋ²¹	hœŋ⁵⁵	tʃœk³	kœk³
香港石排灣	lɔŋ²¹	hɔŋ⁵⁵	tʃɔk³	kɔk³
沙田	lɔŋ²¹	hɔŋ⁵⁵	tʃɔk³	kɔk³
香港新界沙頭角	lɔŋ²¹	hɔŋ⁵⁵	tʃɔk³	kɔk³
香港離島吉澳	lɔŋ²¹	hɔŋ⁵⁵	tʃɔk³	kɔk³
香港離島塔門	lɔŋ²¹	hɔŋ⁵⁵	tʃɔk³	kɔk³
香港西貢布袋澳	nɔŋ²¹	hɔŋ⁵⁵	tʃɔk³	kɔk³
香港西貢糧船灣洲	lɔŋ²¹	hɔŋ⁵⁵	tʃɔk³	kɔk³
香港將軍澳水邊村	lɔŋ²¹	hɔŋ⁵⁵	tʃœk³	kɔk³
香港西貢離島滘西	nɔŋ²¹	hɔŋ⁵⁵	tʃɔk³	kɔk³
香港離島蒲台島	lɔŋ²¹	hɔŋ⁵⁵	tʃɔk³	kɔk³
香港離島大澳	lɔŋ²¹	hɔŋ⁵⁵	tʃɔk³	kɔk³
香港高流灣	lɔŋ²¹	hɔŋ⁵⁵	tʃɔk³	kɔk³
香港長洲[6]	lɔŋ²¹	hɔŋ⁵⁵	tʃɔk³	kɔk³

5　中山南朗茂生村、中山民眾漁村和廣州獵德涌，以上四個字跟廣州話一樣，不列出
　　來了。

6　駱嘉禧：《長洲蜑民粵方言的聲韻調探討》（香港：樹仁大學學位論文，2010年）。

	娘宕開三	香宕開三	雀宕開三	腳宕開三
香港筲箕灣[7]	lɔŋ²¹	hɔŋ⁵⁵	tʃɔk³	kɔk³
中山市神灣鎮定溪	lɔŋ⁴²	hɔŋ⁵³	tʃɔk³	kɔk³
中山南朗鎮橫門涌口門	nɔŋ²¹	hɔŋ⁵³	tʃɔk³	kɔk³
中山坦洲新合村	lɔŋ⁴²	hɔŋ⁵⁵	tʃɔk³	kɔk³
珠海香洲區擔杆鎮伶仃村	lɔŋ²¹	hɔŋ⁵⁵	tʃɔk³	kɔk³
珠海香洲區萬山鎮萬山村	lɔŋ⁴²	hɔŋ⁵⁵	tʃɔk³	kɔk³
珠海香洲區桂山鎮桂海村	nɔŋ²¹	hɔŋ⁵⁵	tʃɔk³	kɔk³
珠海香洲區衛星村	lɔŋ²¹	hɔŋ⁵⁵	tʃɔk³	kɔk³
澳門	lɔŋ²¹	hɔŋ⁵⁵	tʃɔk³	kɔk³
廣州黃埔大沙鎮九沙	lɔŋ²¹	hɔŋ⁵⁵	tʃɔk³	kɔk³
廣州黃埔長洲鎮江瀝海	lɔŋ²¹	hɔŋ⁵⁵	tʃɔk³	kɔk³
廣州海珠區河南尾	lɔŋ²¹	hɔŋ⁵⁵	tʃɔk³	kɔk³
廣州東山大沙頭二沙河涌	lɔŋ²¹	hœŋ⁵⁵	tʃœk³	kɔk³
廣州海珠區琶洲	lɔŋ²¹	hɔŋ⁵⁵	tʃɔk³	kɔk³
廣州番禺大石洛溪	lɔŋ²¹	hɔŋ⁵⁵	tʃɔk³	kɔk³
廣州番禺化龍沙亭	lɔŋ²¹	hɔŋ⁵⁵	tʃɔk³	kɔk³
東莞道滘鎮厚德坊	nɔŋ²¹	hɔŋ⁵⁵	tʃɔk³	kɔk³
深圳南澳鎮南漁村	nɔŋ²¹	hɔŋ⁵⁵	tʃɔk³	kɔk³
肇慶市端州區城南廠排	nɔŋ²¹	hɔŋ⁵⁵	tʃɔk³	kɔk³
肇慶市鼎湖區廣利	nɔŋ²¹	hɔŋ⁵⁵	tʃɔk³	kɔk³
佛山三水區蘆苞	nɔŋ⁴²	hɔŋ⁵⁵	tʃɔk³	kɔk³
佛山順德陳村勒竹吉洲沙	nɔŋ⁴²	hɔŋ⁵⁵	tʃɔk³	kɔk³

7 羅佩珊：《香港筲箕灣與周邊水上話差異的比較研究》（香港：樹仁大學學位論文，2015年）。

	娘宕開三	香宕開三	雀宕開三	腳宕開三
佛山市禪城區汾江鎮安	lɔŋ⁴²	hɔŋ⁵⁵	tʃɔk³	kɔk³
佛山市三水西南河口	lɔŋ²¹	hɔŋ⁵⁵	tʃɔk³	kɔk³
江門市台山赤溪鎮涌口村	lɔŋ²¹	hɔŋ⁵⁵	tʃɔk³	kɔk³
江門市新會大鰲鎮東衛村	lɔŋ²¹	hɔŋ⁵⁵	tʃɔk³	kɔk³
清遠市英德潭風角	lɔŋ²¹	hɔŋ⁵⁵	tʃɔk³	kɔk³

3 粵海片粵語完整保留了鼻音韻尾 -m -n -ŋ 和塞音韻尾 -p -t -k，在珠三角舡語裡，香港方面，出現了合併的趨勢，只有 -n -ŋ 和 -t -k；其餘地方，不少舡語因廣州化，便有 -m -n -ŋ 和 -p -t -k。例如：

	-m	-n	-ŋ	-p	-t	-k
廣州	+	+	+	+	+	+
香港石排灣		+	+		+	+
香港新界沙頭角		+	+		+	+
香港離島吉澳		+	+		+	+
香港離島塔門		+	+		+	+
香港西貢布袋澳		+	+		+	+
香港西貢糧船灣洲		+	+			
香港西貢將軍澳坑口水邊村		+	+		+	+
香港西貢離島滘西		+	+		+	+
香港離島蒲台島		+	+		+	+
香港離島大澳		+	+		+	+
中山市神灣鎮定溪	+	+	+	+	+	+

	-m	-n	-ŋ	-p	-t	-k
中山南朗鎮涌口門	+	+	+	+	+	+
中山市橫欄鎮四沙	+	+	+	+	+	+
中山南朗茂生村	+	+	+	+	+	+
中山民眾漁村	+	+	+	+	+	+
中山坦洲新合村	+	+	+	+	+	+
珠海香洲區擔杆鎮伶仃村	+	+	+	+	+	+
珠海香洲區萬山鎮萬山村	+	+	+	+	+	+
珠海香洲區桂山鎮桂海村		+	+		+	+
珠海香洲區衛星村	+	+	+	+	+	+
澳門	+	+	+	+	+	+
廣州黃埔大沙鎮九沙		+	+		+	+
廣州海珠區河南尾		+	+		+	+
廣州東山大沙頭二沙河涌	+	+	+	+	+	+
廣州天河獵德涌	+	+	+	+	+	+
東莞道滘鎮厚德坊		+	+		+	+
深圳南澳鎮南漁村	+	+	+	+	+	+
肇慶市端州區城南廠排	+	+	+	+	+	+
肇慶市鼎湖區廣利	+	+	+	+	+	+
佛山三水區蘆苞	+	+	+	+	+	+
佛山順德陳村勒竹吉洲沙	+	+	+	+	+	+
佛山市禪城區汾江鎮安	+	+	+	+	+	+
佛山市三水西南河口	+	+	+	+	+	+
江門市台山赤溪鎮涌口村	+	+	+	+	+	+
江門市新會區大鰲鎮東衛村	+	+	+	+	+	+

4 古咸攝開口一等字影匣見的韻母，佛山地區讀作 om（舒聲）和 op（入聲），這一特點又見於中山四沙沙田話。

	含	甘	柑	庵	礛	撼
廣州	hɐm²¹	kɐm⁵⁵	kɐm⁵⁵	ɐm⁵⁵	hɐm³³	hɐm²²
佛山順德陳村吉洲沙	hɐm²¹	kɐm⁵⁵	kɐm⁵⁵	ɐm⁵⁵	hom³³	hom²²
佛山市禪城汾江鎮安	hom²¹	kom⁵⁵	kom⁵⁵	om⁵⁵	hɐm³³	hɐm²²
佛山市三水西南河口	hom²¹	kom⁵⁵	kom⁵⁵	om⁵⁵	hɐm³³	hɐm²²
佛山三水區蘆苞	hɐm²¹	kɐm⁵⁵	kɐm⁵⁵	ɐm⁵⁵	hom³³	hom²²
中山市橫欄鎮四沙	hom³³	kom⁵⁵	kom⁵⁵	om⁵⁵	hom³³	hɐm²²
中山市南朗茂生村	hɐm²¹	kom⁵⁵	kɐm⁵⁴	ɐm⁵⁵	hɐm³³	hɐm²²

	合	盒	鴿	恰
廣州	hɐp²	hɐp²	kɐp³	hɐp⁵
佛山順德陳村吉洲沙	hop²	hop²	kɐp³	hɐp⁵
佛山市禪城汾江鎮安	hop²	hop²	kɐp³	hɐp⁵
佛山市三水西南河口	hop²	hop²	kop³	hɐp⁵
佛山三水區蘆苞	hop²	hop²	kɐp³	hɐp⁵
中山市橫欄鎮四沙	hop²	hop²	kop³	hɐp⁵
中山市南朗茂生村	hop²	hop²	kop³	hop⁵

5 古止攝開口三等韻與精、莊兩組聲母相拼時，這此字在廣州話韻母是讀 i，佛山部分疍語區讀作 y，但佛山蘆苞則不變。

	次（精組）	自（精組）	史（莊組）	士（莊組）
廣州話	tʃʰi³³	tʃi²²	ʃi³⁵	ʃi²²
佛山順德陳村吉洲沙	tʃʰy³³	tʃy²²	ʃy³⁵	ʃy²²
佛山市禪城汾江鎮安	tʃʰy³³	tʃy²²	ʃy³⁵	ʃy²²
佛山市三水西南河口	tʃʰy³³	tʃy²²	ʃy³⁵	ʃy²²

6 古止攝開口三等字在廣州話韻母讀 ei，河口舡語、中山市橫欄鎮
四沙沙田話、中山市南朗茂生村舡語與見組 k kʰ h 相拼時則讀作
i，與其他聲母相拼時，依舊讀 ei。例如：

	紀止開三見	旗止開三群	氣止開三溪	希止開三曉
廣州話	kei³⁵	kʰei²¹	hei³³	hei⁵⁵
佛山市三水西南河口	ki³⁵	kʰi³³	hi³³	hi⁵⁵
中山市橫欄鎮四沙	ki³⁵	kʰi⁴²	hi³³	hi⁵⁵
中山市南朗茂生村	ki³⁵	kʰi⁴²	hi³³	hi⁵⁵

三 聲調方面

珠三角舡語的聲調數目，絕大部是九個聲調，與粵海片粵語一
致，只有個別點是八個調。

1 九個聲調

香港方面，主要分布在石排灣、塔門、坑口水邊村、蒲台島、大
澳[8]；中山方面，主要分布在神灣定溪、南朗涌口門、橫欄四沙、南

---

8 周佩敏《大澳話語音調查及其與香港粵方言比較》、陳永豐：香港《大澳水上方言

朗茂生村、民眾、坦洲、新合村；珠海方面，主要分布在香洲萬山村、桂海村、衛星村；廣州方面，主要分布在黃埔九沙、海珠河南尾、東山二沙河涌、天河獵德涌；佛山方面，主要分布在三水蘆苞、西南河口、順德陳村吉洲沙、禪城鎮鎮安；江門市台山赤溪涌口村、江門市新會大鰲鎮東衛村；東莞道滘鎮厚德坊；深圳南澳南漁村；肇慶市端州城南廠排、肇慶市鼎湖區廣利；澳門。

2 八個聲調

香港方面，主要分布在沙頭角、吉澳、布袋澳、糧船灣洲、滘西；沙頭角、吉澳、布袋澳、糧船灣洲、滘西特點是陽上聲 21 歸入陰去 33；珠海伶仃，是陽去 22 歸入陽平 21。

第三節　小結

從以上的歸納來看，主要是大量存在著粵海片粵語的特徵。珠三角漁村間的族群語言（方言）雖然實在存著不一致，如香港方面，十多個方言點，音系出入有分別，但共時上作比較，一致性還卻是很強，差異性還算不很大，因此，內部上交流沒有大問題，珠三角方面也是如此。

語音說略》調查反映出來是九個調，與筆者調查一致；但吳穎欣《綜論大澳水上方言的地域性特徵》調查出來是八個調，是陽平歸入陰去。

筆者也曾與大澳梁偉英進行調查，他在陽平聲有時讀作21，有時讀作33。相處久了，陽平字以33為主。陽平讀作33，這一點與香港樹仁大學吳穎欣所寫畢業論文一致。

第五章
水上族群的文化

第一節　五行與四行命名文化

　　到現在探討過疍民的命名文化，報告部分專節提及過的有徐川《石排灣的漁業》，專題論文探討則有兩位，一位是萬小紅《從香港漁民姓名的特色看漁民文化》[1]，該論文的人名統計資料，有來自海魚養殖場（吉澳、塔門、馬灣）及已上岸漁民聚居處（大埔大元村），統計時，以 31 至 70 歲作為研究對象，但不區分白話漁民和鶴佬漁民的命名文化；另一位是陳贊康、何錦培、陳曉彬《香港四行人命名文化》[2]，四行人是指珠三角沿海的白話疍民，因其命名基本只是採用金、木、水、火四行，[3]不用土字，跟廣州一帶的內河水上人金、木、水、火、土五行並用不同。[4]《香港四行人命名文化》是採用

1　萬小紅：《從香港漁民姓名的特色看漁民文化》（香港：理工大學中文及雙語學系碩士論文，1996年，未發表論文）。

2　陳贊康、何錦培、陳曉彬：《香港四行人命名文化》（2002年，未刊報告）。筆者是指導老師。

3　見廣東省民族研究所編：《廣東疍民社會調查》（廣州市：中山大學出版社，2001年），頁82。有些陸上人叫漁民為四行仔。

4　韶關北江區北江水道上的漁民命名不用五行，只用甲、乙、丙等。如駱甲有、封甲順、駱乙貴、駱丙祥。珠三角和韶關，駱姓是水上人。關於姓駱是水上人，可參看《廣東疍民社會調查》。

《香港碑銘彙編》[5]、何格恩的〈番禺縣第三區南蒲村調查報告〉[6]、
香港漁民互助社《香港漁民互助社五十周年會慶特刊》[7]、深圳市龍
崗區南漁村漁民名單、珠海市桂山鎮漁村桂山小學 2001 至 2002 學年
度小學在校學生名冊、中山市南朗鎮橫門社區漁村村民名單、中山市
黃圃漁村村民名單、中山市小欖漁村漁村民名單等進行漁民命名拿來
研究。

在古代，有人認為自然界和人世一切現象都是由金、木、水、
火、土五種相生相剋作用推演而來的。漢以後，陰陽五行的思想普遍
於社會、醫藥、占卜、星相等，都拿陰陽的道理來解釋。[8]

宋人以五行字為偏旁的字按相生的順序組成輩份字，其用意自然
是用五行相生、循環不已的玄理象徵家族的世世代代、生生不息，取
火生土、土生金、金生水之順序。此風自宋人開其先河，歷代盛行不
衰。如明代的皇帝：明成祖朱隸、惠帝朱允炆、宣宗朱瞻基、英宗朱
祁鎮、憲宗朱見深、考宗朱祐樘、武宗朱厚照、穆宗朱載垕、神宗朱
翊鈞、光宗朱常洛、熹宗朱由校，一直沿用五行相生的順序。[9]

5 科大衛、陸鴻基、吳倫霓霞合編：《香港碑銘彙編》（第三冊）（香港博物館編製·
   香港市政局出版，1986年3月）。陳贊康、何錦培、陳曉彬也曾一一前往該碑銘廟宇
   進行核對《香港碑銘彙編》的文字資料。
6 何格恩：〈番禺縣第三區南蒲村調查報告〉，《蜑民調查報告》（香港：東亞研究所廣
   東事務，1944年）。
7 香港漁民互助社編：《香港漁民互助社五十周年會慶特刊》（香港：香港漁民互助
   社，1997年）。
8 羅香林：《中國民族史》（臺北市：中華文化出版事業社，1966年第六版），頁62-64。
9 劉宗迪：《姓氏名號面面觀》（濟南市：齊魯書社，2000年），頁133-136。

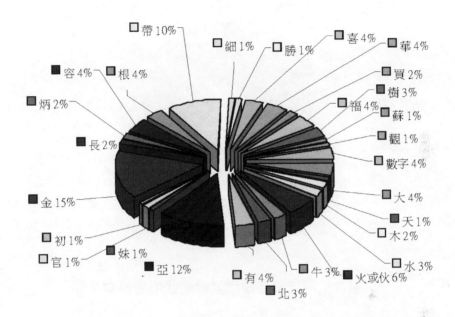

統計人數：381人（已將學名等刪除，集中漁民命名特點進行分析）

人名來源：《香港漁互助社五十周年會慶特刊》

圖五　香港漁民人名取名傾向[10]

---

10 圖五至圖六彩圖參看附錄頁。

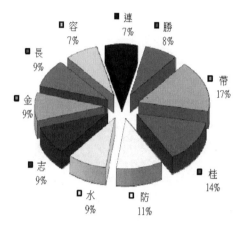

統計人數：66人
資料來源：南漁村全村人數
陳贊康等《香港四行人命名文化》，頁26

圖六　深圳南澳鎮南漁村漁民取名傾向

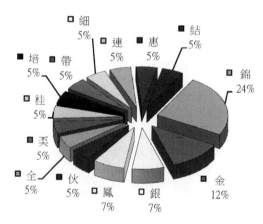

統計人數：41人
資料來源：小欖村全村人數
陳贊康等《香港四行人命名文化》，頁27

圖七　中山南朗鎮小欖村村民取名傾向

　　然而，香港水上人和珠三角的水上人，並沒有跟隨宋元明清的陸上人以五行偏旁而命名，卻依然直接以金、木，水、火、土命名。如圖五，五行中以金字使用頻率最高。如金喜、金勝、金貫、金福、金富、金興，[11]其次的高頻五行字是水和火兩字。圖五與圖六、圖七比較，可以看到五行取名的特點，香港漁民的、四行命名特點承傳自內地。

　　就以「金」字為例，他們以金字來命名，是為表達水上人父母對孩子內心的盼望，希望子女或個人富有，出人頭地和為新生者求取吉祥。以「木」字來命名，[12]是反映命名者個人的安穩追求，反映漁家父母對上蒼的祈求，木有浮在水上的特性，跟他們經常居於船內，內心總是希望船隻在海洋中得到保護，不會受到海浪吞噬，故此採用木字命名。同時「木」是屬於「五行」之一，「木」能尅「水」；以「木」為名字，也是一種取其在水中能浮起，能順應「水性」克服「水害」之意思。[13]

　　漁民因為他們的日常工作和水有關，日常生活中經常和水打交道。從水獲中取生活資料，因此便以「水」等字來命名。[14]

　　《香港四行人命名文化》談到香港水上族群不愛用「土」來命名，是因為水衝土，對他們的工作會有影響。此外，香港的水上族群是屬於海舡，只會在逝世時葬於土，故此命名時不用土字。但珠三角內河為主，水、陸很接近，所以不介意用上土字作命名。筆者在廣州黃埔九沙、長洲島江瀝海進行方言調查時，也問及當地命名特點，得知他們會以土字來命名，這是海、河五行命名的區別。

11　《香港碑銘彙編第三冊》，頁708。
12　木金、木勝、木水、木仔、木根、木嬌、木庭、木有、木金、金木。
13　陳贊康、何錦培、陳曉彬：《香港四行人命名文化》，頁22。
14　水金、水生、水勝、水喜、水貴、水好、亞水、木水、金水、水仔。

水上人愛用「火/伙」字來命名，受訪者只稱是五行欠火，有沒有更深層的意義，他們卻說不出來。[15]

四行或五行命名以外，水上族群人名也喜歡用「亞」、「帶」命名。用「亞」字命名並沒有特定含意，只是為方便父母叫喚自己的兒女，[16]如亞九、亞保、亞基、亞水、亞有、亞口、亞喜、亞金、亞福、亞房、亞根、亞妹、亞長、亞全、阿薀、阿水等。如此命名，可見他們對姓名的審美、交際功能意識低，而停留於便於呼叫實用層面。

「帶」字被選用的次數也很多，如帶喜、帶有、帶金、帶福、帶勝、帶花、帶滿。[17]「帶」是中性的名字，男女均可採用，有著「帶來」的意思，比方「帶娣」，表示父母希望下一胎能帶來一個男丁；[18]帶喜，帶來歡喜；觀帶，讓觀音為子女帶來福分。

第二節　鹹水歌

鹹水歌是舡民的民歌，又稱白話魚歌、蜑歌。水上人不單在搖船、駁艇、織網、絞纜時唱，在洞房花燭、生離死別、親友相聚時也唱起鹹水歌。[19]鹹水歌歌唱內容很多，所有的事物和情感都可以唱。唱情、唱景、唱人、唱物，連哄小孩睡覺都有歌唱。無論有沒有文化，無論大人小孩，都可以成為歌手。[20]

---

15 陳贊康等：《香港四行人命名文化》，頁38-39。
　　火金、火好、火有、火勝、火喜、火根、伙勝、伙喜、伙娣、伙妹、伙近。
16 陳贊康等：《香港四行人命名文化》，頁23。
17 萬小紅：《從香港漁民姓名的特色看漁民文化》，頁8。
18 陳贊康等：《香港四行人命名文化》，頁23。
19 楚秀紅：〈中山蜑民與鹹水歌〉，《蜑民文化研究——蜑民文化學術研討會論文集》（香港：香港出版社，2012年），頁365。
20 吳競龍：《水上情歌——中山鹹水歌》（廣州市：廣東圖書出版社，2008年），頁34。

　　鹹水歌是水上居民把在日常生活中所遇的事，隨意張口哼唱的曲子，部分內容對生活艱難或身世命運的歎息作控訴，或是唱詠男女之情，這些歌帶有濃厚的地域特色和水上風味，甚是動聽。[21]

　　這些歌取材於生活，是生活感情的直抒，他們唱出心底所仰慕的、所祈求的、所喜歡的、所怨懟的，早年水上族群的青年男女很熱衷於這種憑歌寄意的方式，所以鹹水歌裡，情歌佔了大部分，他們都把喜怒哀樂唱透。[22]

　　鹹水歌是水上人愛唱的歌，她們（婦女較愛唱）能夠匠心獨運地，隨時拿起一堆物件（尤其是花和藥材）的名詞來嵌在唱詞中，「隱比」「相關」她的意圖、期望、接受、拒絕，以至醜詆譏諷。它沒有起板、過門和固定拍節，因而也不需要任何樂器。它開始唱時緩慢地轉到急促，像一連串地可長可短，直至認為要結束時就加上一句公式化的歌後語；那句話是：女唱則叫聲「兄哥」，男唱就喚句「姑妹」。[23]

　　鹹水歌中，在文字上細分有短句鹹水歌和長句鹹水歌；在形式上分，又有「對花」、「字眼」、「乜人」、「古人」等。短句鹹水歌以七言或八言，兩句為一首，多以獨唱或對唱形式出現。長句鹹水歌，一般四、六、七、八、九言多句（可容納更多的內容），結尾文字內容簡短、概括、突出並押韻。高堂歌又有古腔高堂歌，高堂歌為七言四句一首，一、二、四句押韻；古腔高堂歌一般句——六句一首，字數不等，間隔和尾句押韻，也可全押韻，多數以一問一答及對唱形式出現。[24]

21 劉介民：〈蛋民民俗藝術的文化內涵〉，《蛋民文化研究——蛋民文化學術研討會論文集》，頁334。
22 徐贊源、胡國年：〈澳門漁民婚嫁禮俗〉，《蜑民文化研究——蜑民文化學術研討會論文集》，頁288。
23 陳卓瑩：《粵曲寫唱研究》（廣州市：花城出版社，2007年），頁342。
24 馮林潤：《沙田民俗》（廣州市：廣東旅遊出版社，2008年），頁221。

關於中山鹹水歌的唱腔。鹹水歌是珠江三角洲地區人民（漁疍和農疍）用廣州方言來演唱的一種漁歌。歌詞分為上下句結構，同節（上下句）同韻，換節可以換韻，鹹水歌的旋律是以第一、二樂句為基本形態作旋律發展，除了歌頭、中間的停頓和歌尾基本固定外，中間的旋律構成多數是「因字落腔」（問字攞腔），服從於語言聲調的高低，處理比較機動靈活。因此，同是一個唱腔的「鹹水歌」第一段詞的旋律和第二段詞的旋律會有所不同，只是它的歌頭、歌尾或拖腔不變，這就形成了「鹹水歌」的特點。[25]

按演唱歌曲的情緒劃分，又可分為「歡歌」和「苦歌」兩種。「歡歌」往往樂意陶陶、喜氣洋溢；而「苦歌」多描寫生活艱辛及離愁別恨，催人淚下。按歌曲曲調劃分，則可分為「歎」和「唱」兩大類。現在，按照坦洲鹹水歌調式調性的傳統自然分類法，大致可以分為鹹水歌、高堂歌、大曹歌、姑妹歌、歎歌（歎家姐）、暖仔歌、放鴨歌和擔傘調等八個大種類。鹹水歌又分短句鹹水歌和長句鹹水歌。短句鹹水歌每段歌詞由兩個七字句或八字句組成，為上下句結構。演唱形式以對唱為主，具有獨特的演唱風格。如若是男女對唱，每一首歌均以「妹好啊哩」或「弟好啊哩」等稱謂詞作歌頭襯腔，唱完上句後，以「好你妹啊哆晦呀」，或「好你弟啊哆晦呀」作拖腔。接唱完下句後，則以「囉—晦」襯腔結尾。長句鹹水歌多數用於敘事和抒情獨唱。其歌詞結構很特別，開頭是一個四言短句，由兩個疊詞或兩個聯合片語構成。接著交替運用四言、六言、七言或以上的句子，以排比句式，用生動風趣的語言敘事，每段歌詞結束時，一定要用短句鹹水歌結尾。鹹水歌對唱，多是彼此即興而唱，水上人稱之為「爆

---

25 馮林潤：〈鹹水歌韻唱古詩〉，《疍民文化研究——疍民文化學術研討會論文集》，頁417。馮林潤強調中山沙田區的老百姓就是農疍，是從明清時的漁疍轉到今天的農疍。他常強調自己是一個農疍。

肚」。「爆肚」演唱的歌手演唱每段鹹水歌都加上許多活動句，打破上、下句結構的格局，直至把要表達的內容唱完，才唱結束句的尾腔。歌手在演唱長句鹹水歌時，一般喜歡用短句鹹水歌歌頭的襯腔「哥好阿哩」或「妹好阿哩」作歌引。長句鹹水歌兼有敍事和抒情兩個功能，需要容納更多的內容。因此，一般以四、五、六、七、八、九言為一樂句，並視歌唱內容由多個樂句組成一個單樂段體，每一句的結尾音講究押韻。曲調悠揚，善於抒情而且顯得通俗易懂、悅耳動聽，由於句式比較自由演唱時有的歌手採用民間理語俗句還顯得相當諧趣。長句鹹水歌多數用於敍事和抒情獨唱。其歌詞結構很特別，開頭是一個四言短句，由兩個疊詞或兩個聯合片語構成。接著交替運用四言、六言、七言或以上的句子，以排比句式，用生動風趣的語言敍事，每段歌詞結束時，一定要用短句鹹水歌結尾。[26]

鹹水歌主要分布在坦洲、神灣、板芙、東升、古鎮、黃圃、民眾、三角、橫欄、張家邊等沙田區域，當中以坦洲作為珠三角地區鹹水歌的代表。[27]以下是一些鹹水歌的作品。

如《對花》：
乜嘢開花一供供，乜嘢開花滿樹紅，
乜嘢開花浦水面，乜嘢開花住在涌邊。
龍眼開花一供供，荔枝開花滿樹紅，
菱角開花浦水面，兩仔[28]開花住在涌邊。

---

26 吳競龍：《水上情歌──中山鹹水歌》，頁46-47。
27 楚秀紅：〈中山疍民與鹹水歌〉，《疍民文化研究──疍民文化學術研討會論文集》，頁365。
28 兩仔就是蘆葦。

《送哥一條花手巾》：

送哥一條花手巾，送比我哥去參軍。

手巾繡埋七個字，叫哥應徵莫多疑。

《十唱香港》：

一唱香港好地方，門口有個大漁場。魚蝦蟹螺數不盡，漁船
歸來魚滿倉。

二唱香港好地方，座座大廈顯輝煌。世界遊客來來往，國際
地位日高漲。

三唱香港好地方，地鐵遷越破山崗。公路好像蜘蛛網，大車
小車一行行。

四唱香港好地方，會議大廈在海傍。計劃建造數碼港，手握
藍圖迎朝陽。

五唱香港好地方，一流水準飛機場。世界各地過香港，飛機
大船作橋樑。

六唱香港好地方，人民軍隊守邊疆。日夜巡過海防線，保家
衛國人平安。

七唱香港好地方，大佛慈善佑珠江。濤濤珠江浪打浪，國際
金融響噹噹。

八唱香港好地方，新聞影視及時放。跑馬場上比膽量，拼搏
精神共提倡。

再唱香港好地方，郊野公園人舒暢。各路燈牌更瞭亮，晚霞
落日映珠江。

十唱香港好地方，核心指導有方向。高材輩出有力量，再造
香港更輝煌。[29]

---

29 以上三首鹹水歌是由筆者友人提供，他是中山橫門涌口漁村吳桂友。《十唱香港》

　　現在的中山鹹水歌相對其他珠三角地方來說，保留得較好，可惜，流行外來文化的大量湧入，而年輕一代已不操疍語，也與其文化意識的改變，價值取向的改變有關，導致鹹水歌的生態環境也發生了很大的變化。當地也有些人不知鹹水歌為何物，中山的鹹水歌已進入瀕危狀況，[30]珠三角的鹹水歌與疍語比較，鹹水歌可說已很早進入消亡階段。

第三節　珠三角漁家的行業用語和生活用語

一　行業用語和生活用語是一種當地自然、人文景觀的共生用語

　　珠三角的漁家，終年在海風呼嘯的南海上航行、捕撈和生活，積累了許多來自實踐的寶貴經驗，因而產生了具有濃厚的漁業氣息和漁區民俗特色的生活用語和行業用語。行業用語就是本行業中的專用用語。

　　行業語也稱行話，北京打磨廠學古堂在民國時期曾排印一本《江湖行話譜》，所輯的是當時社會各行秘語，如《行意行話》：「東為倒；西為切；南為陽；北為墨……」。[31]珠三角沿海作業的漁家行話的

是吳桂友即時創作給筆者與學生們。筆者先後兩次組織學生前往中山找吳桂友先生採訪鹹水歌，吳先生甚至安排當地一位80多歲鹹水歌老歌手周帶根給我們採訪。筆者先後多次前往中山市調查當地疍語，也是吳桂友代為安排合作人。吳桂友可以創作鹹水歌，也是業餘鹹水歌歌手。他也是鹹水歌導師，指導學員演唱鹹水歌和參與比賽。

30 楚秀紅：〈中山疍民與鹹水歌〉，頁366。楚秀紅稱流行外來文化，筆者認為宜稱作流行音樂為佳。

31 曲彥斌：《中國民俗語言學》（上海市：上海文藝出版社，1996年），頁164。

東南西北,「上」指東方,「開」指南方,「落」指西方,「埋」指北方,也是一種隱語行話。「上」實在是上東,指從珠江口往東面的汕頭、台灣那邊航行捕魚;「落」實際指落西,指從珠江口往西面的北部灣漁場等進行捕魚;「開」即是開身,專指從珠江口往西沙漁場等,泛指往南走;「埋」實際就是埋頭,是專指從西沙漁場等返回珠江口,這時漁船是往北走的,故稱漁船回航為埋頭。因此,珠三角的漁家用語的「上開落埋」,是只能流行於珠三角,跟這一帶作業地方位於南海之北,所以漁家行話僅流行於某一特定區域,與當地自然、人文景觀等共生的。[32]

二 珠三角漁家行話和生活用語[33]

---

32 參考曲彥斌:《中國民俗語言學》,頁168。
   珠三角的漁家行話的「東南西北」提供者是珠海市桂山港澳流動漁民工作辦事處梁超雄主任(原籍佛山南海,漁民子弟,還操舡語)。
33 行業語主要提供者是香港石排灣老漁民黎金喜,採訪時,聚了一班香港仔漁民互助社部分社員在圍觀,他們也提供了不少有用資料。漁會黃伙金主任也曾安排漁會朋友協助筆者作專訪調查;部分材料是超雄主任提供的;也有一部分是中山市神灣鎮漁民盧添培提供的;一部分是珠海唐家灣後環漁村漁民提供。此外,這一節的部分行業用語也參考了以下材料:
   專書方面:
   陳福保等著:《珠江水系漁具漁法》(北京市:科學出版社,1994年)。
   饒玖才:《香港地名探索》(香港:天地圖書公司,1998年)。
   楊吝,張旭豐,張鵬等著:《南海區海洋小型漁具漁法》(廣州市:廣東科技出版社,2007年)。
   期刊方面:
   潘家懿、羅黎麗:〈海陸豐沿海的蜑家人和蜑家話〉,《韓山師範學院學報》(潮州市:韓山師範學院學報編輯部,2013年)第二期。
   學術論文方面:
   郭淑華:《澳門水上人居民話調查報告》(廣州市:暨南大學碩士論文,2002年)。

　　本詞表收錄的條目約有150條，按意義大致分為天文地理、時令時間、漁季、方向位置、作業、船隻器具、風俗等七類。各類條目先行列出行話的說法，並標注國際音標，再列出普通話的相應說法。

（1）天文、地理

　　漁家的的天文地理用語，跟農村的很不同，前者跟漁業、江河、海洋有密切關係，後者與農業有關。

1　落許lɔk² hɐy³⁵：下雨。布袋澳只稱落水、落雨。
2　打石 fu³³（ta³⁵ ʃɛk² fu³³）：打雷。一些人則稱雷公響[hɔŋ³⁵]。中山神灣鎮定溪則稱響[hɔŋ³⁵]雷公。
3　天攝tʰin⁵⁵ ʃip³：閃電。香港新界西貢布袋澳諺云：東攝雨重重，南攝長流水，西攝熱頭紅，北攝晚南風。
4　天臭tʰin⁵⁵ tʃʰɐu³³：天色不佳。
5　有尾星jɐu¹³ mei¹³ ʃeŋ⁵⁵：掃把星。jɐu¹³ mei¹³ ʃeŋ⁵⁵ 是香港說法，珠三角沿海，漁民稱作jɐu¹³ mei¹³ ʃeŋ⁵⁵。[34]
6　難龍水lan²¹ loŋ²¹ ʃɐy³⁵：水龍捲。中山神灣鎮定溪則稱龍捲風。香港大澳稱難龍氣。
7　散龍風ʃan³³ loŋ²¹ foŋ⁵⁵：龍捲風。

吳穎欣：《綜論大澳水上方言的地域性特徵》（香港：樹仁大學學位論文，2007年）。
網頁資料方面：
全民挑海鮮——延伸學習《台灣漁業資源現況》http://seafood.nmmba.gov.tw/Extend Study-2.aspx
香港魚網《香港魚網》http://www.hk-fish.net/
香港文化博物館《漁家掠影》http://www.heritagemuseum.gov.hk/downloads/teaching kits/tk_tunnel4.pdf
34 內地人稱天上的星星，只說ʃɛŋ⁵⁵，不說ʃeŋ⁵⁵。在香港，星只有一個讀音，就是ʃeŋ⁵⁵。

8 落流lɔk² lɐu²¹：水退。香港布袋澳、澳門、珠海唐家灣後環漁村又
稱水乾ʃɵy³⁵ kɔn⁵⁵。

9 水大ʃɵy³⁵ tai²²：水漲。澳門稱水大滿ʃɵy³⁵ tai²² mun¹³。

10 好han²²風（hou³⁵ han²² foŋ⁵⁵）：很大風，珠海唐家灣後環漁村則稱
好hɐŋ²²風。

11 七叔tʃʰɐt⁵ ʃok⁵：即是天氣好。因每當天氣晴朗時，天上便清楚看
見有七粒的星掛在天空上。由於這七粒星連在一起，形狀似天九牌
裡的七叔，因次漁民便稱天氣好做七叔。

12 晴tʃʰɛŋ³³：微風、風平浪靜。

13 瀝lek²：香港水上人稱狹長的海道為瀝，如青洲瀝。

14 角kɔk³：突出的陸地尖端皆稱角，如黃竹角。

15 排pʰai²¹：水中礁石。海底之大石不突出水面，也稱作海排hɔi³⁵
pʰai²¹。海排就是海礁的意思。

16 石排ʃɛk² pʰai²¹：是指露出水面的礁石。石排就是石礁，因此，石
排灣就是石礁灣的意思。香港和澳門也有石排灣。

17 暗排ɐn³³ pʰai²¹：是不露出水面的礁石，即是暗礁。

18 排口pʰai²¹ hɐu³⁵：就是暗礁的俗稱。排分成石礁、泥礁、船礁三
種。石頭凸起的地方稱作「石排口」，泥土凸起的地方稱為「泥排
口」，沉船沒有被泥土埋平凸起的地方稱為「船排口」。為再造海洋
生態，部分地區會將破舊船隻投放在指定地點，這也是「船排
口」。

20 石排口ʃɛk² pʰai²¹ hɐu³⁵：海上石頭凸起的地方稱作石排口。

21 泥排口lɐi²¹ pʰai²¹ hɐu³⁵：海上泥土凸起的地方稱作泥排口。

22 船排口ʃin²¹ pʰai²¹ hɐu³⁵：沉船之地，沒有被泥土埋平而凸起的地方
稱為船排口。

23 氹tʰɐm³⁵：地面上積水的地方，或小池塘，或者海島的小灣。澳門

便有𦨭仔。

24 lɛk²²：海。香港新界布袋澳稱大海為大 lɛk²²；珠海唐家灣後環漁
　　村則稱海之深溝之處為 lɛk²²；中山神灣鎮定溪則稱 lɛk²²為海。

25 欄lan²¹：一種長形沙帶，形如海邊堤壩，如長沙欄。欄也可以指
　　礁石，如香港大嶼山愉景灣便有長沙欄。

26 潭tʰan²¹：指小海域，（香港）青衣潭（今稱青衣島），清廷於島上
　　曾設青衣潭汛。

27 轉tʃin³⁵：指水流急湍的海角，今天香港的汲水門一帶便有二轉、
　　三轉。

28 山角ʃan⁵⁵kɔk³：山崖。

29 山尖ʃan⁵⁵tʃin⁵⁵：指山峰，也可以指山頂。

30 山坑ʃan⁵haŋ⁵⁵：山谷。

31 嗰支水kɔ⁵⁵tʃi⁵⁵ʃɵy³⁵：指某一位置的水域範圍。

32 部口pou²²hɐu³⁵：目的地。

33 涌tʃʰoŋ⁵⁵：河。

34 涌尾tʃʰoŋ⁵⁵mei¹³：河的出口處。

35 基kei⁵⁵：河堤。

36 坑haŋ⁵：小溪。

（2）時令、時間

　　漁家有其獨特的時氣和時序，是與其行業有密切關係，因此，漁
家的時氣和時序與農業的各不同。

1 朝黃tʃiu⁵⁵woŋ²¹：黎明前的天亮，但太陽還未出地平線。珠海桂山
　　稱見光。

2 晚黃man¹³woŋ²¹：太陽剛剛落山，天色剛黑暗起來稱晚黃。

3 朝紅tʃiu⁵⁵hoŋ²¹：黎明前的天亮。

4 東紅水toŋ⁵⁵ hoŋ²¹ ʃɵy³⁵：黎明前的天亮。

5 黑曬頭hɐt⁵ ʃai³³ tʰɐu²¹：天黑。

6 大星起tai²² ʃɛŋ⁵⁵ hei³⁵：指破曉之時。因黎明時，天空上通常出現一顆很大的星，每當黎明時，大星便起來，他們便知道天快亮了。香港稱大星起tai²² ʃɛŋ⁵⁵ hei³⁵，珠三角其他地方舉凡指天上的星星，一定讀作ʃɛŋ⁵⁵，所以大星起會講成tai²² ʃɛŋ⁵⁵ hei³⁵。

（3）漁季（季節）

漁家不單要觀看天文，也要觀察海洋流動，海洋流動與漁季是有密切關係的。

1 水ʃɵy³⁵：指漁季，如魚慈仔水、鱠白水、黃花水。

2 鱠白水tʃʰou²¹ pak² ʃɵy³⁵：指農曆4月捕捉鱠白魚漁季。

3 魚慈仔水tʃʰi² tʃɐi³⁵ ʃɵy³⁵：指農曆6-9月捕捉魚慈仔魚漁季。

4 黃花水wɔŋ²¹ fa⁵⁵ ʃɵy³⁵：指農曆8-11月捕捉白黃花魚漁季。

5 蝦訊期ha⁵⁵ ʃɔŋ³⁵ kʰei²¹：指有大量蝦繁殖的時期。

6 漁訊期ji²¹⁵ ʃɔŋ³⁵ kʰei²¹：指有大量魚繁殖的時期。

（4）方向、位置

漁家行話裡最大的特點是方向位置有獨特的說法，這是農業行話所無的。

1 大邊tai²² pin⁵⁵：指左邊，珠海唐家灣後環漁村則稱一般是拜神的位置。

2 細邊ʃei³³ pin⁵⁵：指右邊，珠海唐家灣後環漁村則稱一般是拜小鬼的位置。

3　神口位ʃen²¹ heu³⁵ wei³⁵：漁民大多信奉神靈，因為海上的天氣難以
　　預測，漁穫也沒有保證，所以他們在船上供奉很多神像，將最重要
　　的一尊放在船的紅火那邊，即是在左邊。神位一般供奉船主信奉的
　　神像或牌位，如祖先、觀音、媽祖，甚至毛澤東。

4　紅火hoŋ²¹ fɔ³⁵：船的向行燈頂部有兩盞燈，分別是紅燈和綠燈，紅
　　燈叫做紅火，是船的海上交通標誌燈顏色，船隻航行時按燈號相互
　　避讓。紅燈是安置在船的左邊。

5　綠火lok² fɔ³⁵：「綠火」其實是船的海上交通標誌燈顏色，船隻航行
　　時燈號相互避讓。這燈是放置在船的右邊，因是綠色稱為「綠
　　火」。

6　上ʃɔŋ²²：指東方。

7　開hɔi⁵⁵：指南方。

8　落lɔk²：指西方。

9　埋mai²¹：指北方。

10　大櫓面tai²² lou¹³⁻⁵⁵ min²¹⁻³⁵：左面。珠海唐家灣後環漁村則稱大櫓
　　邊。

11　細櫓面ʃei³³ lou¹³⁻⁵⁵ min²¹⁻³⁵：右面。珠海唐家灣後環漁村則稱細櫓
　　邊。

12　漁門ji²¹ mun²¹：漁船上魚之位置。布袋澳漁民強調是在船身中央
　　駕駛艙的左端，即是舊式風帆漁船船頭第二枝樑左邊上魚之地方。

（5）作業、漁具、漁法

　　漁家作業行話，是與其在江河、海洋操作生產有關的。這裡的漁
具和漁法，只列出一少部分給讀者參看，詳細的可參看《南海區海洋

小型漁具漁法》[35]、《珠江水系漁具漁法》[36]等專業書籍。

1 下魚 ha$^{22-35}$ ji$^{21-35}$：在大海裡用桿（漁民不讀作kɔn^{55}，只說kɔŋ^{55}）釣魚。

2 他魚tʰai^{35} ji$^{21-35}$：下桿[kɔŋ^{55}]釣魚。

3 撈箕lau^{21} kʰei^{55}：撈魚的小網兒。

4 tʃak^{3}風tʃak^{3} foŋ^{55}：指漁船回灣頭（wan^{55} tʰɐu^{35}，即是避風塘、漁村、港口、漁港）避風，又稱拋風pʰau^{55} foŋ^{55}。

5 扯錠tʃɛ^{35} teŋ^{22}（tɛŋ^{33}）：起錨。錠就是錨，漁民不稱錨只說錠。錠，《集韻》稱錘舟石也。錠，澳門方面讀tɛŋ^{33}。

6 拋錠pʰau^{55} teŋ^{22}（tɛŋ^{33}）：把船上的錨拋下海裡，以穩定船身。

7 扒錠pʰa^{21} teŋ^{22}（tɛŋ^{33}）：指所拋下海的錘不足重量，讓船身出現飄流的危險。

8 燂船tʰam^{21} ʃin^{21}：用火烘乾木船船底，方便上油。燂，澳門漁民讀作ham^{21}。

9 上排ʃɔŋ^{35} pʰai^{21}：就是入船塢進行維修船隻。當船進入船塢時，在指定入口處放置大木排，待船隻駛到大木排上，隨即升起大木排，將船隻拖入船廠進行維修。這些排是一些浮排，通過放水入排兩旁的水箱，浮排自然下降，漁船就可以上排。然後通過抽水機抽空水箱裏的水，浮排上浮。整個過程就成了平時漁民所說的上排。上了排，漁船便停靠在裏面進行工人修理。

10 罟ku^{55}：魚網。

11 罟網ku^{55} mɔŋ^{13}：圍網。

35 楊吝、張旭豐、張鵬等著：《南海區海洋小型漁具漁法》（廣州市：廣東科技出版社，2007年）。

36 陳福保等著：《珠江水系漁具漁法》（北京市：科學出版社，1994年）。

12 pʰou²¹□pʰou²¹ hɐu³⁵：魚兒聚集藏身之處。

13 刺網tʃʰi³³ mɔŋ¹³：將長帶型的網設於水中，使魚刺入網目然後捕撈。

14 繒仔tʃen⁵⁵ tʃei³⁵：是近海或沿岸的捕魚作業，方法是在夜間用燈光誘集魚群，然後撒網捕魚，所以又稱火誘網。

15 摻繒tʃʰan³³ tʃen⁵⁵：在船舷兩旁設木架上懸掛長網袋伸入水中，捕捉在近水面層棲息的魚類。

16 拖網tʰɔ⁵⁵ mɔŋ¹³：一般以兩艘漁船各拉著漁網各一端，然後同時拖著漁網前進，捕撈水中漁類。

17 定置網teŋ²² tʃi³³ mɔŋ¹³：將網具設置在沿岸，一般是會放到魚類習性洄游的通道，然後使用漁網斷其通路，並誘導進入網袋。

18 流刺網lɐu²¹ tʃʰi³³ mɔŋ¹³：漁船將很長的長條刺網放置海中，等魚群自行刺入漁網。

19 上東ʃɔŋ³⁵ toŋ⁵⁵：指從珠江口往東面的汕頭、台灣那邊航行捕魚。

20 落西lɔk² ʃei⁵⁵：指從珠江口往西面的北部灣漁場等進行捕魚。

21 開身hɔi⁵⁵ ʃen⁵⁵：開船、出海，珠三角部分漁村也稱開頭，但說開身為多。開身也有專指，即是指從珠江口往西沙漁場等，即指往南走。

22 開頭hɔi⁵⁵ tʰɐu²¹⁻³⁵：就是開身之意。

23 埋頭mai²¹ tʰɐu²¹：回航。也專指從西沙漁場等返回珠江口，這時漁船是往北走的，故稱漁船回航為埋頭。

24 返灣fan⁵⁵ wan⁵⁵：漁船返回漁港、灣頭。

25 織網tʃʰɛk³ mɔŋ¹³：織魚網。織，不讀tʃek⁵，也不是讀tʃʰɛk⁵，只讀作tʃʰɛk³。

26 落雪lɔk² ʃit³：買冰塊。漁船開身前，便要到雪廠或雪艇買雪，目的讓魚穫保持新鮮。

27 機頭魚kei⁵⁵ tʰɐu²¹ ji²¹⁻³⁵：指有大量魚群在漁船船頭附近出現。

28 扒艇 p^ha^{21} $t^h\epsilon\eta^{13}$：上世紀五〇年代以前的一種流行的作業，其作業方式是圍網，又稱索罟。一般艇身長約50-60英呎，作業時間一般於農曆8-11月的「黃花水」及農曆11月到3月，8月的「鱵水」。五〇年代後，因其設計不宜機動化而被淘汰。

29 索罟 $\int\mathfrak{o}k^3$ ku^{55}：就是扒艇。

30 大尾艇 tai^{22} mei^{13} $t^h\epsilon\eta^{13}$：是一種刺網作業的漁船。艇身長約20多呎，船尾高大，作業時間主要為黃花水及農曆4月的鱠白水。作業區域，於黃花水期間，集中在大澳對開海面及珠海桂山島一帶；農曆2月以後，一部分會到三門群島，珠海擔杆群島附近，捕捉其他魚類。其後，這種漁船也漸漸衰落。

31 罟棚艇 ku^{55} $p^ha\eta^{21}$ $t^h\epsilon\eta^{13}$：罟棚艇既是拖網作業，同時也兼刺網作業，故可兒弘明（**Hiroaki Kani**）[37]把漁船分類時，把罟棚艇既列為拖網漁船，又列為刺網漁船。

32 繒仔 $t\int en^{55}$ $t\int ei^{35}$：近海、沿岸作業為主。在夜間時，會利用燈光誘集魚群共同作業。操作方法，「燈船」是負責誘魚，而「網船」負責撒網捕魚。

33 中層邊拖網 $t\int o\eta^{55}$ $t\int en^{55}$ pin^{55} $t^h\mathfrak{o}^{55}$ $m\eta^{13}$：方法是在船舷兩旁的特設木架，上懸掛長網袋，把木架和網伸入水中，捕捉在近水面層棲息的魚類。

34 定置網 $te\eta^{22}$ $t\int i^{33}$ $m\eta^{13}$：將網具設置在沿岸海域魚類經常洄游的通道上，使用長方形網遮斷其通路，並誘導進入網袋。

35 流刺網 leu^{21} $t\int^hi^{33}$ $m\eta^{13}$：船將數百甚至數千公尺的長條狀刺網放置

---

37 **Hiroaki Kani (1967).** *A general survey of the boat people in Hong Kong,* Hong Kong: Southeast Asia Studies Section, New Asia Research Institute, ChineseUniversity of Hong Kong.頁7。中文屬於提要部份，該碩士畢業論文正文部分是以英文撰寫，後由香港中文大學新亞研究所出版。

海中，遮斷水流，等到魚群自行刺入網目或纏在漁網。中山、澳門一帶水域還有不少這種小艇在操作。

36 拖網$t^h ɔ^{55}$ mɔŋ^{13}：作業的漁船利用兩塊網板張開網口，拖引漁網捕撈魚類。

37 延繩釣jin^{21} ʃeŋ^{21} tiu^{33}：由一條主要的幹繩和等間距的支繩所組成，支繩上繫上釣鉤，在海上可綿延數公里。

38 蝦九拖ha^{55} kɐu^{35} tʃ$^h ɔ^{55}$：舊式拖船，三枝桅。

39 三板（舢舨）ʃan^{55} pan^{35}：一種水上運輸的交通工具，為平底的木船，現今機動舢舨俗稱送人艇，多用於往來避風塘間的水上的土、垂釣、街渡等。舢舨是不適合遠洋捕魚。

40 敲魚hau^{55} ji$^{21-35}$：漁民首先在海上放下魚網，再在艇上以木棍敲打木板，又用鑲上木塊的長棍敲打海面，讓海中的魚類受驚而衝往魚網。

41 浸魚tʃɐn^{33} ji$^{21-35}$：漁民在海上靜靜放下魚網或魚籠，任它沉下海中，數小時或隔一晚後才回來，把網撈起，將魚兒解開放入艇中。

42 排釣p^{h}ai^{21} tiu^{33}：漁民用垂釣方法捉魚稱作排釣，也稱釣竿。方法是用一條長魚絲，在魚絲的開頭綁上鉛塊或石頭和浮標，再在魚絲每隔15呎的位置鉤上魚鉤及魚餌，將船一面開動，一面放下魚絲，整條魚絲約有數百至千多個魚鉤。當所有魚絲放下海後，約等半個小時，將船隻駛往回浮標位置，魚絲慢慢地收回，便有收成。

43 索罟ʃɔk^3 ku^{55}：索網，一種捕魚操作方式。

44 索網ʃɔk^3 mɔŋ^{13}：又稱照魚。在四、五〇年代，一般的漁船是近岸作業，一般漁船以圍網方式捕捉魚蝦，通常夜間作業，故漁民稱照魚或索罟。初時是用火水燈照明，以強光吸引魚群聚集，然後用圍網捕之。到了五〇年代，開始採用大光燈作業。當魚群在漆黑的海底看見那燈光，便從四周游過來，漁民馬上趁勢放上魚網，將這批魚捕捉。

45 照魚tʃiu^{33} ji$^{21-35}$：就是索罟，一種捕魚操作方式。

46 圍罟wei^{21} ku^{55}：漁民選定合適的位置，便將甲板上的魚網放進海裡，而漁艇一邊放下魚網一邊慢慢駛著，待魚網放畢後便定下來。這時候，魚網便呈一個大圓形浮在海面，網內的魚兒不斷跳著，漁民便馬上到甲板上，每邊站著數人，一起將魚網以人力慢慢收起。這就是圍罟。

47 索罟拖ʃɔk^3 ku^{55} tʰɔ^{55}：拖網作業漁船，流行於上世紀六〇年代以前。

48 蝦九拖ha^{55} keu^{35} tʰɔ^{55}：拖網作業漁船，流行於上世紀六〇年代以前。

49 罟棚艇ku^{55} pʰaŋ^{21} tʰɛŋ^{13}：圍網作業漁船，流行於上世紀六〇年代以前。

50 罟仔艇ku^{55} tʃei^{35} tʰɛŋ^{13}：圍網作業漁船，流行於上世紀六〇年代以前。

51 網艇mɔŋ^{13} tʰɛŋ^{13}：刺網作業漁船，流行於上世紀六〇年代以前。

52 釣艇tiu^{33} tʰɛŋ^{13}：延繩作業漁船，流行於上世紀六〇年代以前。

53 雙拖ʃɵŋ^{55} tʰɔ^{55}：是一種捕撈方式，需要兩艘漁船共同操作拖曳一張裝有網袖的袋型網在海床上捕捉底棲魚類。大部分的雙拖漁船都在香港以西水域作業。

54 單拖tan^{55} tʰɔ^{55}：只需一艘漁船拖動漁網，是利用兩條繫於船尾的拖纜，拖動一張貼近海床的網，拖纜末端兩塊拖板（俗稱龜板）控制網口的張開度，所以船尾的拖板及拖架是單拖漁船的特徵。這種捕撈方式是可以捕捉較高價的魚類。

55 蝦拖ha^{55} tʰɔ^{55}：是單拖底層作業之一種，其特色是舷外兩旁的叉架，操作時將十三至十八個網從舷外兩旁的叉架垂下海中拖行。小型蝦拖多在香港附近及珠江口的淺水海域作業，較大的蝦拖則通常在海南省一帶作業。

56 鮮艇 $\int in^{55} t^h \epsilon \eta^{13}$：是漁船之一，但不捕魚，只是從事向漁民收購魚穫，一般是在海上進行，讓漁船不必回岸販賣魚穫，可以繼續其打魚工作。

（6）船隻、器具

這兒所收的是風帆操作年代的舊式用語。

1 頭倉 $t^h \mathrm{eu}^{21} t \int \mathrm{o} \eta^{55}$：大倉，位於風帆漁船船頭部分，是寢室。

2 大倉 $\mathrm{tai}^{22} t \int^h \mathrm{o} \eta^{55}$：即是頭倉。

3 二倉 $\mathrm{ji}^{22} t \int^h \mathrm{o} \eta^{55}$：也是寢室，接近船頭位置。

4 尾樓 $\mathrm{mei}^{13} \mathrm{leu}^{21-35}$：帆船的船尾地方。

5 更樓 $\mathrm{ka} \eta^{55} \mathrm{leu}^{21-35}$：帆船的船尾船舵的地方。

6 頭卜 $t^h \mathrm{eu}^{21} \mathrm{pok}^5$：接近機船船頭的船倉。

7 二卜 $\mathrm{ji}^{22} \mathrm{pok}^5$：機船中間部分地方，用作寢室。

8 櫃面 $\mathrm{kei}^{22} \mathrm{min}^{13}$：指漁船的船倉。珠三角漁民都是把船倉為櫃。

9 水櫃 $\int \mathrm{ey}^{35} \mathrm{kei}^{22}$：儲水倉。

10 灶倉 $t \int \mathrm{ou}^{33} t \int^h \mathrm{o} \eta^{55}$：廚房。

11 櫃陣 $\mathrm{kei}^{22} t \int \mathrm{en}^{22}$：船的橫樑。

12 龍骨 $\mathrm{lo} \eta^{21} \mathrm{ket}^5$：漁船底部，中山神灣鎮定溪則稱底骨。

13 底骨 $\mathrm{tei}^{35} \mathrm{ket}^5$：即是龍骨。

（7）漁俗

漁家的風俗有其特點，與農村不同。這種獨立的風俗隨著工業代、現代化而急促消失，這裡所列的風俗，大部分是已經消失的。

1 起大名 $\mathrm{hei}^{35} \mathrm{tai}^{22} \mathrm{me} \eta^{35}$：成人禮前起字的遺風，結婚前夕，男家為新人改大名，部分珠三角地方稱改大字（$\mathrm{koi}^{35} \mathrm{tai}^{22} t \int \mathrm{i}^{22}$）。

2 接大字tʃit³ tai²² tʃi²²：就是起大名，是部分地方的叫法。

3 解纜利是kai³⁵ lan²² lɐi²² ʃi²²：漁民婚嫁與陸上人有點不同，就是用船迎娶新娘的。解纜利是即是陸上人迎娶新娘時的開門利是。船沒有門的，故以解纜代替開門。

4 鹹水歌han²¹ ʃøy³⁵ kɔ⁵⁵：是舡民的民歌，又稱白話魚歌、蜑（舡）歌。水上人不單在搖船、駁艇、織網、絞纜時唱，在洞房花燭、生離死別、親友相聚時也唱起鹹水歌。

5 花燭婆fa⁵⁵ tʃok⁵ pʰɔ²¹⁻³⁵：又稱點燭婆tin³⁵ tʃok⁵ pʰɔ²¹⁻³⁵。洞房前，要由花燭婆負責為一對新人點花燭，確保一對花燭，要同時燒完，這是象徵新人會同諧到老的意義。

6 歌堂棚kɔ⁵⁵ tʰɔŋ²¹ pʰaŋ²¹：部分水上人結婚時，會在陸上臨時搭建竹棚，這竹棚就是歌堂棚，會在這歌堂棚裡大宴親友吃喜酒。在過去，陸上人不容許水上人上岸，因此，搭建歌堂棚一般是在沒有太多陸上村民的地方方能進行。由於他們結婚時不停對唱鹹水歌，故此喜宴竹棚名曰歌堂棚。

7 歌堂躉kɔ⁵⁵ tʰɔŋ²¹ tɐn³⁵：漁民結婚設宴都不像街上人般在酒家舉行，而是在船上進行，有錢的漁民會上歌堂躉（香港）、廚艇（香港）或紫洞艇（廣州）吃喜酒。上紫洞艇的是廣州有錢的漁民，那兒方有紫洞艇，香港是沒有的。香港的歌堂躉都是由舊的拖船改建而成，座位只是長板凳。澳門稱作酒艇。這種喜艇稱作歌堂，與水上人結婚時不停對唱鹹水歌，故此喜艇名曰歌堂躉。

8 酒艇tʃɐu³⁵ tʰɛŋ¹³：澳門水上人稱喜艇為酒艇，即是香港的歌堂躉。

9 回腳步wui²¹ kɔk³ pou²²：漁民新娘子出嫁當晚離門共有兩次，第一次是在凌晨舉行，這次新郎不前來迎接的，祇是派大妗姐來。男家派迎親船來到，新娘便從陸上出門，但離門不遠，她便要再回腳到娘家（水棚或娘家艇）一次，但只是回娘家稍坐一坐，是為「回腳步」，珠海桂山島黃細妹（1933年，漁民）稱為「翻面」。

10 翻面 fan^{55} min^{22}：即是回腳步。

11 嘆 t^{h}an^{33}：出娘前便會進行嘆，嘆的時候是大家你唱一句，我唱一句的對答起來，一個晚上就這樣地過了。有些還要哭起上來，表示難捨棄父母、兄嫂及姐妹，這叫做哭嫁。所以對嘆又稱哭嫁歌。

12 哭嫁歌 hok^5 ka^{33} kɔ^{55}：就是嘆。

13 打叮叮 ta^{35} teŋ^{55} teŋ^{55}：過大禮時，漁民會大鑼大鼓奏演喜樂，台山上川島會進行「打叮叮」，香港大澳稱作「噹噹嘭」，一些地方稱作「打轟轟」。珠海桂山島黃細妹稱她們那邊沒有這種風俗。

14 打轟轟 ta^{35} kɐn^{55} kɐn^{55}：就是打叮叮。

15 噹噹嘭 tɔŋ^{55} tɔŋ^{55} p^{h}aŋ^{21}：就是打叮叮。

16 正餐 tʃeŋ^{33} tʃ^{h}an^{55}：漁民嫁娶時，總會大擺筵席，一般連吃數天，分為正餐和閒餐兩種，正餐一天，閒餐多為兩天或是三天。正餐是指結婚當天的喜酒。

17 閒餐 han^{21} tʃ^{h}an^{55}：結婚前一天和結婚後一天進行所吃的餐就是閒餐。在過去，一般水上人結婚時，親戚朋友會到來幫手做菜，準備結婚當天的酒席。他們在幫手第一天工作期間吃的便稱閒餐。結婚後，有許多菜餘下，也有許多地方要收拾和打理，幫手的親友在這天吃的也是稱作閒餐。

18 脫殼 tʃ^{h}it^3 hɔk^2：水上人希望孩子健康成長，一般會把孩兒契上一個神，如契觀音、契樹神、契佛祖等，到他們成親前必定要進行脫契儀式。脫契又叫脫殼，他們會請一些道士來為一對新人作福脫殼，在船頭燒金銀衣紙等。珠海桂山島稱脫契。

19 脫契 tʃ^{h}it^3 k^{h}ei^{33}：即是脫殼。

三　小結

珠三角水上族群對過去式的行業語開始出現消亡現象，與陸上住民的本地族群逐漸不再歧視水上族群有關。由於少了歧視，他們有機會上船或者上陸上的學校接受教育，新詞彙對他們來說就是時代潮流，新詞彙紛紛進入他們語言裡，這種出現，就是借詞的出現，以新的代替舊的。借詞是會對語言產生影響，這是普遍的現象，這是語言豐富發展的一個普遍使用的手段，但是如果本族語詞彙中本來就有，卻放著不用，卻還要去借用，用借詞來代替本族語詞，是語言功能衰退的一種表現。大量借詞進入本族語，一則是某程度上推進了舤語與本地話的相近度，二則會影響到本族語的語音、辭彙、語法系統，這是深層次的影響。[38]

第四節　婚嫁

珠江三角洲一帶漁家的婚嫁大同小異。

在過去，水上族群的婚姻大多數不是自由談戀愛，多數是父母之命，媒妁之言。在合婚期間，女方便托媒人把婚書拿到對方男家去，或是男家托媒人把婚書拿往女家去求婚。香港石排灣黎金喜表示在合婚的三天內，無論女子或男子家裡若是沒有打破碗碟之類的東西，便算成婚。東莞虎門高漢仔及珠海桂山黃細妹稱要觀察七天，這段日子稱為「歐角」。

---

38 借鑒熊英：《土家語語言生態研究》（北京市：中央文獻出版社，2008年），頁202-203。

　借鑒戴慶廈主編：《中國瀕危語言個案研究》（北京市：民族出版社，2004年），頁12。

　　過大禮的禮物都是在結婚前一天送到女家。禮物有現金、豬肉、雞、鴨、禮餅、酒、衣服等，一般是以雙數作計算，珠海灣仔鎮吳觀帶則稱他們那裡還要送大舅鵝和大舅紅。大舅鵝一定要一雌一雄，而大舅紅則是指結婚時的衣服，但不是紅色，而是黑色的。吳觀帶稱現在的禮品已改為送禮金及禮券。過大禮時，此時要大鑼大鼓奏演喜樂，台山上川島會進行「打叮叮」，[39]大澳漁會副會長張志榮先生稱大澳漁民在過大禮時會進行打「噹噹嘭」，一些地方稱作「打轟轟」。[40]回禮時，女家僅將男家所送來的禮物各回部分，但現金一般則是不會回禮的。

　　水上人結婚前夕是會理髮的，男方要在好命婆陪同下理髮。女家方面，結婚前夕必須由好命婆進行「開面」。在珠江三角洲一帶「開面」又叫「打面」、「彈面」和「彈面毛」，這是當時最流行的美容。

　　漁家為求出生的孩兒健康成長，事事順利，都會把孩兒契上一個神，如契觀音、契樹神、契佛祖等，到他們長大要成親前，必定要進行脫契儀式。脫契又叫脫殼，他們會請一些道士來為一對新人作福脫殼，在船頭燒金銀衣紙等。脫殼是在結婚前一天進行，儀式過後兩位新人不可穿舊衣，一定要穿新衣裳。這個晚上，男家還會為新人改大名，部分珠三角地方稱改大字。

　　漁家女子在出嫁前一、兩晚要進行嘆的儀式，這時母親、大嫂和姐妹等，會在晚上和新娘子對嘆。中山南朗鎮涌口門漁村吳桂友稱嘆的內容多以教導新娘子為婦之道，新娘子以嘆歌形式來答謝父母多年養育之恩，如送嫁歌：

---

39 珠海灣仔鎮吳觀帶先生表示。
40 廣東省民族研究所編：《廣東疍民社會調查》，頁48。

第一送姐別爹娘，爹娘養女有廿年長。
好多心血都唔在講，叫姐今後永不忘。

第二送姐別雙親，父母恩情海樣深。
父母恩情姐記緊，由細養大妳成人。

第三送姐別嫂又離哥，廿年同食又離疏。
叫姐心裏莫難過，做人亞嫂會擔當。

第四送姐別親朋，親朋大細送姐行。
叫姐今後多學習，建設扶助好家庭。[41]

　　嘆的時候，大家你唱一句，我唱一句的對答起來，一個晚上就這樣地過了。有些還要哭起上來，表示難捨棄父母、兄嫂及姐妹，這叫做哭嫁。所以對嘆又稱哭嫁歌。

　　迎娶方面，過去水上人大多數的婚禮都是於凌晨三時至五時的吉時舉行，這樣是為了避免遇上喪事、黑狗等不吉祥之事或物。新郎迎親時為了要成雙成對，便會用兩艘迎親船（禮艇）來迎接新娘，又或者用一艘迎親船去，回程時依然都是這艘迎親船，只不過是人數方面就是單數人去，雙數人返，求取成雙成對之意。

　　送嫁妝時是結婚當天才進行，而且還有一個木籠作為盛載的嫁妝。東莞虎門電視台前副台長郭帶娣（水上人）稱，要是巧遇另一艘送嫁船時，新娘子就要爬上大木籠上，要和另一艘船上的新娘子比一比高低，為男家爭一些面子。新娘子出門前必定要向娘家的住家艇添香、拜神、燒元寶金銀衣紙。

---

41 歌詞內容是中山市吳桂友提供。

　　漁家新娘子出嫁當晚離門共有兩次，當中便涉及回腳步。一次是在凌晨舉行，這次新郎不前來迎接的，祇是派大妗姐來，除了接新娘過門，也會將新娘的嫁妝一併接過去。郭帶娣台長又表示男家派迎親船來到，新娘便從陸上出門，但離門不遠，她便要再回腳到娘家（水棚或娘家艇），是為「回腳步」，珠海桂山島黃細妹稱別地叫的「回腳步」，該島則稱為「翻面」。回了腳步不久，新娘子要離開娘家（這就是第二次離門），這次離家，再不能回頭看娘家一眼，新娘子繼續向前走，走到別的埠頭，視為行大運。行了大運，女方在雙方約定的埠頭等待，這時男方的迎親船已到來，雙方便先行對唱鹹水歌，嫁妝也一一搬上男家船上，每一件搬上船，女家的人則即興唱該物鹹水歌。歌後新娘便會由媒人安排落船到男家。這不是正式的迎娶過門，而是把新娘接過來守夜。

　　跨過男家船前的火盆，新娘子便進入男家家船，便要在男家上香拜神，跟著跟長輩叩跪奉茶，然後新郎便會掀起新娘子的紅頭巾，還要用扇子輕敲她的頭三下。珠海灣仔鎮吳觀帶稱一些極貧困的水上人，連扇子也買不起，便用約一隻手掌長的柴枝代替摺扇。敲新娘子的頭三下，目的是要讓新娘子日後「聽教聽話」、三從四德，做一個賢淑的妻子。完了儀式，在天亮之前便把新娘送回女家。然後在當天早上吉時，男方才正式去迎娶新娘入門。夜嫁是水上族群的一個特色，保留古代的遺風。

　　他們嫁娶時，總會大擺筵席，一般連吃數天，分為正餐和閒餐兩種，正餐一天，閒餐多為兩天或是三天。正餐是指結婚當天的喜酒，閒餐是結婚前一天和結婚後一天進行。在過去，一般水上人結婚時，親戚朋友會到來幫手做菜，準備結婚當天的酒席。他們在幫手第一天工作期間吃的便稱閒餐。結婚後，有許多菜餘下，也有許多地方要收拾和打理，幫手的親友在這天吃餘下的菜，這天的餐稱作閒餐。

漁民結婚設宴都不像街上人般在酒家舉行，而是在船上進行，有錢的漁民會上歌堂躉（香港）、廚艇（香港）或紫洞艇（廣州），有些地方則稱作喜艇，大家是在艇上吃喜酒。上紫洞艇的是廣州有錢的漁民，廣州方有紫洞艇（內河艇，是撐的艇，不能撐到香港來），香港是沒有的。香港的歌堂躉都是由舊的拖船改建而成，座位只是長板凳。在珠江三角洲一帶和清遠市一帶的鄉落間河面，漁船較為少，所以會幾艘小船停泊在一起來擺喜宴，他們會在陸上煮食物，帶回船上享用。稍有些錢的，會在陸上臨時搭建歌堂棚（即竹棚），在歌堂棚裡大宴親友。[42]

洞房前，要由花燭婆負責為一對新人點花燭，確保一對花燭，要同時燒完，這是象徵新人會白頭到老的意義。花燭婆即是點燭婆，一般由好命婆兼任，這是香港的情況。東莞虎門新灣漁港漁民高漢仔表示他們那裡的花燭婆是由大嫂擔任的。

三朝回門方面，水上族群的習慣與陸上人都是一致的。[43]

---

42 清遠市的舡族族群民俗和方言調查，是於2002年12月進行，也是筆者安排和帶領學生前往。

43 此節除了筆者的調查外，也參考了以下報告和書籍：
　李兆鈞：《香港白話蜑民民俗的承傳》，頁17-20。
　徐贊源、胡國年：〈澳門漁民婚嫁禮俗〉，頁283-290。
　廣東省民族研究所編：《廣東蜑民社會調查》，頁46-51、頁160-164。

第六章
語言和民俗承傳的瀕危現象

第一節　仰慕先進陸上文化

　　香港是一個多語言的大都會，本地話（廣州話）與英語具有強勢
和優勢的地位。由於是多語的都會，處於弱勢的族群，總會在心理上
覺得自己的族群文化落後，產生強烈自卑的心，因此有強烈意識去學
習先進的本地話和本地文化，放棄本族群的語言和文化，甚至把這種
觀念反映到家裡，一樣要求家人摒棄自己族群的語言和文化，從而讓
自己固有文化、語言陷於消亡。仡佬族是少數族群，他們這族群也有
珠三角舡族族群的現象出現。[1]

　　歷史上，珠三角的水上族群與陸上人早就有了密切的接觸，在漫
長歲月接觸過程中，逐漸形成崇尚陸上的先進文化。這些先進的文
化，與舡族族群傳統文化相比，自然發達得多，便促成他們要跟著先
進文化學習，這是極其自然的事。不過，這樣子卻對舡族族群語言
（方言）和傳統文化的生存，帶來極大的影響，而這種影響正隨著舡
族族群地區現代化步伐的加快，其影響便日漸明顯。

　　以香港仔石排灣為例，五〇年代政府發展黃竹坑工業區和1964年
石排灣填海、填涌發展工業和興建屋邨有關。填海後，吸引了不少廠
家來此發展，除了為舡民提供不少就業機會，也吸引大量外區的陸上
人前來工作。

1　周國炎：《仡佬族母語生態研究》（北京市：民族出版社，2004年），頁15。

工業發展了，工業廢水排進河涌，流到香港仔工業中學對出的涌尾，廢水再流入石排灣漁港，污染了水質，魚量便減少，漁民是最大的受害者。1973年，鴨脷洲油庫發生漏油事件，約有三千噸石油流入附近海域，使該處海水受到污染，石排灣的漁業因這次意外而蒙受影響。[2]結果迫使他們要到此漁港以外較遠的漁場進行捕撈，部分沒有這種能力和設備的漁民，便上岸打工。

1966年香港政府開始興建華富村，目的有二，主要安置區外的陸上人進來居住，也順便安置水上居民轉遷到陸上居住。結果，進一步讓水上人放棄打魚，導致石排灣漁民人數出現再下降。

七○到八○年代，石排灣頻頻發生火災。經過了多場大火後，很多住家艇戶先後獲得安置到公屋去。由於住家艇的數目漸漸減少，水上居住的艇戶及漁民再一次大幅下降。漁民年青的一代，適應了陸上的居住，很多再也不願意投入漁業工作，導致漁工短缺，石排灣的漁業進一步步入衰退。

隨著陸上人口增加，政府開始計畫在鴨脷洲興建屋邨，除了讓區外人進入居住，也進一步讓水上人遷到鴨脷洲去。

在1979年以前，雖然有公路到達石排灣，但車道繞著山道走，出入很不方便。有了車道，雖然也會影響石排灣的水上人的方言和文化，但不及香港仔隧道的影響。香港仔隧道分別於1982年及1983年啟用，石排灣與市區縮短了路程，交通極為方便，結果是讓石排灣水上族群出現大變化，衝擊他們對漁業發展的興趣，加上他們大部分上了岸，當然也沒有興趣要子弟繼承漁業和漁文化的承傳。

香港仔隧道的開通，大量外人的遷入，漁家不單生活、思想受到改變，石排灣舺族族群語言（方言）和傳統文化無疑是受到很大的衝

2 天天日報編：《香港年報》（香港：天天日報公司，1973年），頁44。

擊。過去，人們吃過晚飯便圍坐漁艇，以其母語談說往事，而現在卻是住在岸上，人們是圍坐在電視機旁，觀看用標準的廣州話播送的新聞節目、文娛節目。

在珠三角，舸族族群在過去住艇的時候，長輩是最有發言權，到了今天，有發言權的卻是那些頻繁進出市區工廠、商店打工的年青人，他們見過世面，家庭裡的發言權的人物便改變了。不單如此，過去的男女青年，在打魚或勞動之餘，常常以鹹水歌傳情，長輩們也經常向年輕人傳授流傳下來的鹹水漁歌或嘆歌。現在，年輕人在岸上打工，已沒有閒暇去學習這些傳統的東西。他們在節日或空閒時雖然也唱歌，但再也不是唱著濃厚漁文化氣息的鹹水歌、高堂歌、姑妹、白口蓮、大繒歌、姑妹歌、擔傘調等漁歌，卻是唱著他們仰慕的陸上人所唱流行的歌曲，年青人認為這方是先進的生活，這方是流行的享受，這方是文化。至於命名，雖然，現在漁家族群以五行命名的傳統還有保留，但只是停留於中年以上的漁家，年輕一輩改名跟陸上已一致。因為如此改名，會暴露出他們是舸族族群的身分，會受到歧視，因而學習陸上人的命名方法。此外，自漁家上岸工作後，教育提升後，懂得如何讓自己的小孩不會受歧視，改名時，已把這些特色命名改去，把族群邊界模糊化。現在，舸族族群的中年以下的子女，已不能從其名字知道其族群身分。五行命名的消亡，他們不覺得是可惜的，並認為跟陸上人一致的命名是先進的命名文化，這是他們所仰慕的。

由於上了岸，結婚時便不必搭建歌堂，也不在婚禮上對唱鹹水歌，也沒有了回步腳，也沒有出嫁前的對嘆、送娘歌和哭嫁歌，一切漁文化的舊東西全部丟棄了，目的是為了跟著他們自幼便仰慕的先進文化學習，甚至刻意摒除舸族族群文化，一心一意投入優秀文化裡去。另一方面，孩子們在學校是學習了本地話，生活交流也是用上本

地話，生活的繁忙，學習的壓力，他們也認為沒有必要承傳這一種不實用的語言了。

隨著珠三角的極速發展，面對洶湧而來的現代都市主流文化，舡族族群實在已作出了選擇，就是放棄其自身族群語言（方言）和漁文化，目的是要丟棄象徵落後的漁文化和舡民的烙印的身分。

不單如此，他們仰慕陸上人有族譜、宗祠的文化，於是部分上了岸的水上人便仿陸上人的族譜，為家人作了一個族譜，甚至在陸上建立宗祠，廣州黃埔區這方面最為明顯。香港塔門方譚生、黎連壽也曾拿出他們的家譜給筆者拍攝。很多地方的水上人也有這種心結，他們認為如此方是走向先進，摒除落後。如粵北樂昌駱家村漁家也是有駱氏族譜。[3] 至於中山市橫欄四沙貼邊七隊的梁桂勝，是沙舡人（即是農舡），關於先輩從何遷來竟有數說，一說從東莞遷來，一說從順德陳村弼滘遷來，一說從南海石灣遷來，一說是從番禺海傍遷來，有祠堂，從始遷祖到他是二十九傳人，一時稱從始遷祖到他不知道是多少傳，這是水上人遷上岸後仿效陸上人做祠堂和族譜出現普遍混亂現象，其族譜反映是從不同的梁氏族譜抄來的。

他們因仰慕而作出如此的行徑，可以完全理解，並不是對與錯。

第二節　語言觀念淡薄

目前舡民族群的地區，很少人主張應該把舡族族群語言（方言）世代傳下去。珠三角的水上族群，對母語持著淡薄的態度，他們認為舡語出不了漁村，只能在家裡使用；有的認為土音太重，讓人家作笑話。

3　廣東省民族研究所編：《廣東疍民社會調查》，頁124-125。

歷史上，水上族群自北宋開始，長期遭到陸上人欺壓、歧視、偏見，[4]其族群語言（方言）當然也受到歧視，因此他們也覺得其族群語言（方言）會讓自己低於陸上人，不單自己不說，最後，他們就連家人也不許說。語言歧視結果，不單是外部帶來壓力，最後也把這壓力帶進家裡去，帶到族群去，變成了從外部發展到了內部。這種現象，不單是疍族如此，仡佬族也出現這種現象。[5]這是一個可悲的現象，教人唏噓不已！

此外，還有現實的原因。以香港仔石排灣為例，由於香港政府發展工業，在石排灣填港、填涌，讓水上人上屋邨居住，讓他們留在當地工廠工作，加上外來陸上人大量遷入屋邨居住或打工，導致區外人遷入數目比水上人還要多數十倍以上。結果，在工作環境，在社交場合，全是陸上的標準廣州話。在工廠打工的水上族群，為了趕上時髦，也改說了本地話。最後，族群長輩也在日久接觸下，也不加排斥後輩學習本地話和本地文化，不單如此，甚至認為其族群語言（方言）和漁文化（如唱鹹水歌、四行或五行的命名）也沒有值得依戀之處。

導致疍民認為母語不值保留，不值得依戀和淡薄對待，也與他們覺得族群語言（方言）太容易讓外人誤解其意有關。珠三角的疍語，洗腳（$\int ei^{35}\ kœk^3$），以疍語來說，變成了洗角（$\int ei^{35}\ kɔk^3$）；開窗（$hɔi^{55}\ t\int^hœŋ^{55}$），疍語說成開倉（$hɔi^{55}\ t\int^hɔŋ^{55}$）；上場（$\int œŋ^{35}\ t\int^hœŋ^{21}$），疍語說成爽床（$\int ɔŋ^{35}\ t\int^hɔŋ^{21}$），這成了為陸上人的笑柄。至於香港新界沙頭角、吉澳、塔門，這三地的疍語有其特點，跟珠三角疍語有點區別，如月光好大個（$jyt^2\ kwɔŋ^{55}\ hou^{35}\ tai^{22}\ kɔ^{33}$），三地的

4　自北宋年間已開始歧視和偏見。見第二章第一節註8。

5　周國炎：《仡佬族母語生態研究》（北京市：民族出版社，2004年），頁182。

舡語會說成浴缸好大個（jok² kɔŋ⁵⁵ hou³⁵ tai²² kɔ³³），如此怎不受陸上人取笑，連沙頭角水上人合作人陳志明說起月光也不禁笑起來。珠三角裡，也是一個多語族群聚居地方，在這一種多語環境中，語言間在讀音上偶合是很正常的，問題是，在不平等的族群壓迫和語言歧視現象下，強勢語言的廣州話便將弱勢語言的舡語排擠，也是弱勢語言的使用者情不自禁放棄母語的使用。水上族群和本地族群人口作比較，本地族群人口眾多，是強勢文化，絕對影響了弱勢文化群體中對母語的取捨態度。弱勢文化群體的人基於從眾心理下往往會放棄本族群的母語，轉而使用人口較多的族群的語言，這現象跟仡佬族頗相同。[6]從眾心理，也是語言觀念淡薄的原因。

　　語言觀念淡薄也屬於族群心理和語言態度問題。這兩方面是舡族這弱勢語言（方言）走向衰落原因。因為舡族族群的人希望通過說本地人的廣府話讓自己的身分不會暴露，這種心理問題也會影響語言態度選擇至關重要。在順德陳村調查時，漁村裡聚了許多人，但總是互相推卻，不願配合發音。那次調查，是得到陳村鎮政府的協助，也得到漁村村書記協助，一同陪同，但鎮政府的科長、村書記也無法調動到老漁民協助調查。隔了一個小時，有些老人想出來協助工作，覺得我從遠處而來，也來了一個多小時，這樣子推人，覺得不大好，他要配合時，他家裡站在一旁看熱鬧的年青人卻跑出來反對，說這是見不得人的語言（方言），是會羞人的。這裡說明了一事，這是族群心理，也是語言態度，這兩者已足夠讓舡語邁向衰落和消亡。最後有一個老人黃滿深來協助，其音基本是廣州話，只有極少數的字保留著蜑語的特點，這裡便反映出這條漁村的人已很早作出了語言取態，就是認為族群語言（方言）是不好的，是羞人的語言（方言），因而便放

6　周國炎：《仡佬族母語生態研究》，頁183-185。

棄，並學習廣州話，不是學習當地陳村話。[7]這不單是某家裡的問題，而是整條漁村問題。筆者在該次調查前十年，已先後兩次帶約10多個學生來陳村這條漁村進行調查，調查過許多人，看過學生們的歸納，這些合作人的音系跟廣府話一致，只有幾個字說成舡語，與筆者的調查是不謀而合。

　　語言觀念淡薄的另一面，就是語言開放。從歷史文獻得知，（嶺南）舡族族群自北宋已受到歧視，視作蠻人。由於舡族族群千年來受盡歧視，便決定了他們必然具有一種開放的語言觀念，就是要自我放棄族群邊界，盡量樂意說成所處當地的方言。所以筆者在珠三角調查時，發現沒有一個方言點的舡語是相同的。如在佛山的，當地舡族族群的語言（方言）便有南海、順德的特點；肇慶的水上族群的語言（方言）便有肇慶特點（「五」讀作hoŋ[13]）；中山市的舡族族群語言（方言）就有當地特點。由於中山水上人主要自佛山順德一帶遷來，其特點是順德音。廣州黃埔區的水上族群語言（方言）便有黃埔方言特點（有iŋ ik和eŋ ek兩種韻尾，這是黃埔韻尾特點之一），這就是開放的結果。到了現在，開放語言，不再是與某地方音特點相似了，而是說成老廣州的廣府話。筆者曾在香港石排灣、深圳南澳、順德陳村、廣州九沙問到一些中青年人，說到開放語言觀念會影響舡族族群語言（方言）的瀕危事實，大多數說很理解，但不會不高興，還樂於如此。何以這樣子，大家心裡已意會。如此淡薄的語言態度，必然加快珠三角舡族族群的消亡速度。

7　陳村話跟廣州話有較大區別。參看甘于恩、吳芳:〈廣東順德（陳村）話調查記略〉，頁39-47。

第三節　舡語的活力

　　珠三角水上族群的語言（方言）活力值很低，涉及到方方面面。黃行《中國少數民族語言活力研究》把語言活力分成行政、立法、司法、教育、出版、媒體、文藝、宗教、經濟、信息來探討，[8]從香港角度看，珠三角的舡語參與活力是零的。在這裡，就以教育、經濟、文藝族群語言媒體活力三個方面來談談。

　　教育活力方面。香港開埠初期，沒有統一語言教育政策，本地人便以粵語來教學，客家人用客家話來教學，潮汕、福建便以閩語進行教學。早期舡族族群是受到嚴重歧視，舡族族群子弟少有上學機會，這個族群當然沒有自己的學校和教學語言。那個時候，香港是以英文為合法語言，教學語言也是如此。1969年到1970年，一批專上學生發起了推動中文成為官方語言的運動，該運動迅即受到廣泛支持。當時港督馬上委任中文問題研究委員會主席馮秉芬先生就使用中文成為香港的官方語言提供建議。委員會最後公布了四分報告書，涵蓋了一系列涉及立法局會議乃至教育制度的主題。委員會的建議，部分得到接納。於1974年1月11日，憲報公布了《1974年法定語文條例草案》，1974年2月14日，該草案被制定成為《1974年法定語文條例》[9]條例規定，中英文都是香港的法定語文，供政府或任何公職人員與公眾人士之間在公事上往來之用，[10]這個中文就是指粵語，因此，從這時開

8　黃行：《中國少數民族語言活力研究》（北京市：民族出版社，1996年），頁10-12。

9　1974年第10號條例，現載於《香港法例活頁版》第五章內。參看嚴元浩（香港前律政署法律草擬專員、律師）：〈在華人社會的雙語立法：香港的經驗〉（論文稿）（在華人社會的雙語立法：香港的經驗研討會）（1996年2月7日至10日於澳門舉行）頁2。

10　同上第3條第（1）款。參看嚴元浩：〈在華人社會的雙語立法：香港的經驗〉（論文稿）。

始，粵語便成確立為正式教學語言。上文提及用潮汕話、客家話教學便要取消，一律改成粵語教學。眾所周知，學校的教學語言是一種極其有效地推廣或者排斥某一語言、方言的利器。[11]不用說，本地話（粵語）便成了最具有活力的語言，不是疍語可比，也不是客家話、閩語可比，結果疍族族群只能認同了本地族群文化，進一步轉用本地話，這是促使疍族族群母語瀕危的直接原因，也是香港操閩語者和客家話的危機，同樣是其族群母語瀕危的原因。

在香港，疍族族群的本地話的習得途徑，一種方式是他們經常通過與本地人接觸過程中自然地習得本地話，主要通過日常生活買賣活動而習得；另一種方式就是通過學校教育習得回來。因此，疍族族群很早就完全接受了本地族群的粵文化，粵文化滲透疍族族群的方方面面，包括了風俗、言語等方面。另一方面，香港疍族族群的語言（方言）除了是完全沒有教育參與力，所以陷入瀕危語言。珠三角則以普通話教學，疍語根本也沒有教育參與活力。至於參與教材方面，更不要說了。

經濟活力方面。口頭方面，在珠三角，舉凡企業所做的口頭報告、政府和企業之間經濟活動的口頭交往；書面方面，舉凡企業所做的書面廣告、企業內外的信函或通告等，一切都是以普通話和以普通話作書面語的，不是廣州話，更不是疍語。[12]在香港，口語方面可以是英語，也可以是廣州話，但沒有疍語的參與。因此，疍語在珠三角的參與活力也是零的。

文藝、族群語言（方言）媒體活力方面。以廣東中山市為例，各鎮政府會主辦鹹水歌比賽，甚至鹹水歌可以到央視廣播。雖然如此，

---

11 張振江：〈試論早期香港華人族群語言的競爭與選擇〉，頁198-200。
12 參看黃行：《中國少數民族語言活力研究》，頁156-157。

在鹹水歌在中山市也不是主流，只是保育項目而已。香港，連唱鹹水歌比賽的機會也沒有，何況跑到電台、電視台去唱。至於曲藝，廣東粵劇成分裡有鹹水歌，但歌唱時，不是用舡語來唱，只是採其曲調而已。簡單而言，香港的戲劇、電影、電視劇、廣播劇，舡語完全沒有發展空間，比中山市情況更不如。香港的流行歌曲方面，是以本地話來唱的，當年瘋魔香港的電視劇歌曲，也是以本地話來唱。就是這樣子，香港的舡語焉能不陷入瀕危語言。香港如此，也不見得中山以外地方的舡語文藝參與的活力是一種強勢，那只是當地政府的保育活動而已。因此，舡語的媒體活力完全是零的。在珠三角，舉凡電台、電視台，普遍使用的語言是普通話，廣州話次之，沒有照顧到水上族群；香港則是英語和廣州話，也是沒有照顧到水上族群。

第四節　人口因素造成的從眾心理

　　族群語言活力理論格外重視族群和族群語言的人口因素。這個理論發現，某些人口因素，尤其是人口總數和人口分布兩個因素，常常顯著地影響某一族群的族群活力及其族群語言的活力。因此，族群語言活力理論認為，在人口總量和分布上佔有優勢的族群，就有較高的分值；反之，則有較低的分值。其實這也正是社會語言學的觀點。[13]

　　香港是一個多語族群聚居地方，舡族族群是香港少數人口的族群，是弱勢文化群體，是會影響弱勢文化群體對母語的取捨態度。香港本地族群是比鶴佬、客家、舡族族群都有活力的，是一個有語言活力的族群，是強勢族群，因此本地族群的本地話與其他族群語言競爭

13 張振江：〈試論早期香港華人族群語言的競爭與選擇〉，《中山大學學報》（社會科學版）（廣州市：中山大學編輯部，2008年）第二期，頁198。

中脫穎而出，獲得勝利，成為香港華人社會的共同語，成為香港社會的主體語言。另一方面，香港於1974年，粵語成為官方語言之一，這無疑提高了本地族群的分值評定。[14]

在香港，本地族群是香港粵文化的主體，這是毋庸置疑的，因此學習並掌握本地話是水上族群順利步入現代化的必要條件。在香港，本地人口佔大多數，因此，本地話處於強勢地位，舡語處於弱勢地位。自石排灣於五〇年代開始建成黃竹坑工業區，舡族族群在接受本地話的同時，並覺得使用其族群母語對自己及族群的發展有很大的侷限性，這種語言觀的改變加速了舡語交際功能的變化，這變化就是其族群接受了語言的轉移。

語言轉移過程是少數人的語言向多數人的語言轉變，是人口因素所起的作用之一。因此，單單是人口總量一個因素，就可以決定某種語言是得以維持、轉移還是死亡。香港舡族族群人口不多，弱勢文化群體的人基於從眾心理下，往往會放棄本族群的母語，轉而使用人口較多的本地族群的語言，珠三角的水上人亦然。[15]

在珠三角，水上族群人口稀少、分散居住在不同漁村和河涌，形成不同大大小小的不同方言島，[16]這種居住環境助長了一部分人的從眾心理，他們率先放棄本族群語言和傳統文化，進而用自己的行動去影響自己的家庭成員和其他親友。結果，從眾心理成了舡語消亡的主要原因。舡族族群放棄舡語而以強勢語言的本地話取代其方言，這是語言競爭的結果。從另一角度看，這是族群的進步。

---

14 筆者不認同張振江：〈試論早期香港華人族群語言的競爭與選擇〉，頁200-203所言香港開埠時粵語是學校唯一教學語言，因為粵語在當時不是官方語言之一。

15 借鑒張振江：〈試論早期香港華人族群語言的競爭與選擇〉，頁198-200。

16 見第一章第三節珠三角漁村的地理分佈。

　　雖然說從眾心理影響舡語的消亡，事實也跟威望語言干擾[17]有關，因為從眾，就是依從著威望語言，在香港，威望語言正是本地人的方言，即是本地話。

　　從語言接觸來看，在影響舡族族群的周邊語言中，本地話影響力最大，這實實在在是威望語言的干擾。由於舡族族群處於本地族群粵文化重重包圍之中，因此，本地話在地緣上佔了很大優勢。上文已歸納出舡語是粵海片粵語，本地話也是粵海片，舡語與本地人同屬於同一語系內的語言，具有發生學上的親屬關係，在聲、韻、調等方面與本地話極為接近，因此，舡族族群學習本地話較之客家話、閩語容易得多。因此，作為強勢語言的本地話，在語音、辭彙、語法等方面對舡語的影響是主要的，這決定了舡語不利發展。[18]

　　長期以來，本地話在其優勢經濟的支持下，不斷地向舡族族群中心區傳播，改變了舡語在舡族族群的主導地位。

　　珠三角的漁村全是方言島的分布，人口不及本地人之大量，在長時期的接觸下，周圍的本地話對舡語使用不斷發生影響，本地話在這些地區的語言活力不斷上升趨勢，本地話已經侵入到舡族族群內部，本地話憑藉其強大的交際功能和大量人口，獲得了舡族族群越來越高的使用頻率，勢必造成舡族族群使用功能衰退，走向瀕危。

---

17 威望語言就是具有聲望的語言。參看：祝畹瑾：《社會語言學概論》（長沙市：湖南教育出版社，1992年8月第一版），頁194-195。
　　Hudson R.A.(1980) *Sociolinguistics*. Cambridge: Camgridge University Press. p.32.
　　Trudgill P.(1983)(Revised edition) *Sociolinguistics: An Introduction to Language and Society*. Middlesex, England: Penguin Books. p.19-20.
18 參考鄧佑玲：《民族文化傳承的危機與挑戰土家語瀕危現象研究》，頁247。

第五節　傳媒干擾

在香港，電子傳媒都是本地話製作，而珠三角是本地話和普通話同時進行，結果讓電子傳媒取代了舡族族群的傳統消遣娛樂方式。在過去，如黃昏時，長輩們講述其族群的歷史和文化故事，唱唱鹹水歌，這些簡樸娛樂，自上岸居住和和進入工廠工作，這些樸實的餘閒活動已成為過時的娛樂形式。

舡族族群自上岸後，除了生產、學習、工作之外，大多數時間人們都用於看電視、電影、唱卡拉 OK 等娛樂方式上了。舡族族群的青年人追求本地話流行文化的行為，認同粵文化的流行文化的辭彙時，實際上是他們已不自覺放棄本族群的語言文化。本地話借助廣播、電視、電影、音樂等現代傳播媒體，以流行文化形式對舡族族群年輕人的語言觀念中建立起了穩定的強勢的地位。結果在傳媒的干擾下，舡語便趨向瀕危了。

在香港和珠三角，一般是以本地話為媒介語的現代化傳媒，比如電視、電影、VCD 的傳播，內地還有以普通話製作，這樣子便改變了舡族族群的傳統的生活方式，加速了族群語言轉用的速度。所以我們不能忽視本地話所代表的粵文化的影響而引起舡族族群語言轉用中所起到的作用。總之，這樣長時間、大面積接受本地話、粵文化的教育和影響，成為舡語使用功能逐漸衰退的歷史因素。

第六節　環境的改變

以香港石排灣為例，漁民的行業語出現了問題，跟1947年香港石排灣的漁船由風帆進入機動有密切關係，因生產方式改變了，新技術

出現了，教授他們機動操作的海事處老師們正是陸上的本地人，他們以本地話跟他們交流，以科技術語跟他們交流，這個交流，這個接觸，最初漁民還會新舊詞彙兼備，最後徹底只用上借詞，放棄本族群的行業語，以科學說法代替舊的落後的表達，如過去他們過去稱「東、南、西、北」，分別是說「上、開、落、埋」，現在這種說法基本以東、南、西、北」取代，這是語言接觸後的改變，也是心理上的因素而出現的改變。「上、開、落、埋」方向的表達方法，現在只留在部分老人的深層記憶裡，有些更是遺忘了。方向詞以外的其他的行業語也是這樣子進入消亡。

另一方面，這種新的詞語的表達形式，對香港的舡族族群來說，這是反映他們已能跟著時代的拍子大步邁進，也是代表著時代潮流的說法，有激勵著舡族族群積極上進。新的語言辭彙，新的表達形式，讓他們覺得充實和豐富，讓他們覺得是自我進步的標誌，這種社會言語便成了一種導向力量，結果是由此而出現擴展、延伸、滲透，乃至影響本族群其他部分的行業語。[19]最後，舊式的行業語便　死亡。

再以石排灣為例，行業語的消失，與五〇年代發展黃竹坑工業區和1964年石排灣填海、填涌也有關係。填出來的土地拿來發展工業，除了外區人進入這裡的工廠工作，也是為了安置一些失去漁艇的水上人工作。他們到了工廠，大環境變了，沒有海洋，沒有了海排，沒有了魚，沒有海洋的風浪，只對著機器，不用觀察天文，一切漁文化的行業語一句半句也用不上，他們在工廠裡也聽不到昔日的行業語，所有跟捕魚有關的詞很快幾乎都忘記了，水上族群的詞彙就這樣子變得越貧乏。很快，這些行業語便消失了。另一方面，外區進來的工人是本地族群的人，人數比水上族群要多，水上族群的水上人便改說本地話。

---

19 參考賈晞儒：《賈晞儒民族語言文化研究文集》（北京市：民族出版社，2008年），頁56。

　　語言面臨的危險並不在於語言本身，也是一種文化的消失，兩者是互動著的。確實如此，今天珠三角的疍族族群正正就是已遺忘如何唱鹹水歌，只有中山市部分城鎮保留較好，但中山市年青人已出現不知道何謂鹹水歌，他們只唱流行歌了。不單是鹹水歌，甚至連水上族群的命名特點，凌晨進行婚禮、夜嫁的特色，回腳步的風俗，哭娘歌和迎親時、婚宴上鹹水歌對唱，甚至疍族族群語言（方言）也一一出現瀕危，甚至部分地方這些行業用語正式消亡了。如香港石排灣的疍語，只停留在部分中年人裡。現在，疍族族群語言（方言）在珠三角的漁村中，兒童已完全不使用。要知道的，兒童是代表著未來，從他們掌握語言情況，包括對語言態度，最能說明下一代的語言使用將是一個甚麼情景。[20]

　　語言與文化是緊密相連的，語言死亡表面是語言問題，實在並不是如此的，後果是文化的消亡。水上族群的疍語的退化和瀕危，承傳出現了問題，會導致它所承載的文化失傳，所以方言與文化的消失，不是單向的，是雙向的，是互為因果。

　　珠三角水上族群的方言為何出現瀕危？除了跟他們上了岸，轉了其他行業，不再接觸打魚，大環境變了，其行業語便因此而消失，不單是行業語消失，不單是詞彙消失，連整個疍語音系也開始出現系統上的變化、弱化。再者，疍語是粵海片，韻母系統跟廣州話系統很接近，改變疍語是容易的，所以珠三角的疍語消亡已出現在老年人身上，他們已經不會說了。廣州市荔灣區漁民新村的疍民，十年前集體遷到陽光花園，筆者於2002年曾經追訪到廣州白雲區陽光花園（政府把數棟樓宇作為漁民村）裡去找他們，筆者跟六、七個七十歲以上的老人採訪，他們說的全是地道廣州話了。聽他們說，他們這樣子說話

20 參考戴慶廈：〈瀕危語言的語言活力——仙仁土家語個案研究之二〉，《藏緬語族語言研究 4》（北京市：中央民族大學出版社，2006年），頁309。

已很久了。至於30多年前還是郊區的天河、黃埔，能說疍語，只限於老年人，中年已很少說了。這兩個區能說疍語的中年人，他們的方言也已滲入了不少廣州話韻母系統的特點，與老一輩的比較，已出現了很大差距。至於不再捕魚的，轉到老廣州市區工作，大部分已講標準廣州話。年青人、兒童更不用說，甚至出現只跟您說普通話。

大環境的改變，水上族群不單是行業詞彙的消失，其他問題也一一冒出來，出現了負面的影響。

第七節　餘論

除了用瀕危理論探討珠三角語言和民俗承傳的瀕危現象，也想在這裡以其他角度來探討一下。

回憶的的語言。在珠三角疍語的調查裡，不少老年人和許多五十多歲的合作人，他們已經也以粵語為主要用語，其族群母語水平、能力隨著年齡的增長而減弱。在調查中，發現他們對部分語詞已經遺忘或是要經過回憶、相互啟發討論才記得起來。這類語言（方言）將很快完成其自然消亡過程。

香港石排灣的黎金喜（1925年），單聽聽他說話，確是講著疍語的。但在調查裡，他不時也說起廣府族群的本地話。在調查時，他不時回憶昔日的語言（方言）。因此，筆者偶爾問他一些其族群的昔日風俗，以此方法進行方言調查，以去除他一些調查心理障礙。[21]不過，筆者依然發現他有些常用詞是疍語和本地話兩邊遊走；沙頭角的陳志明（1956年）與馮志明（1963年），也是常常要慢慢回憶應該如

---

21 筆者調查香港新界大澳梁偉英、中山橫欄四沙貼邊沙田話的馮林潤，他們開始接受採訪時，總有點不自然和心理障礙。這樣子調查出來的結果，總會與其平日的表現有偏差。梁偉英和馮林潤正好在調值裡出現了偏差。

何說的;佛山禪城汾江鎮安吳澤恆(1932年),在調查時,他是經常回憶去想該詞昔日是如何講的;中山南朗橫門吳桂友(1968年),雖然是滿口舡語,其實在調查時,他還是對許多調查字詞的音已遺忘;佛山三水河口譚榮遠(1953年)、梁永昌(1947年)對不少調查字詞進行回憶;香港筲箕灣的鄭興(1932年)也這樣子的人,在調查時,筆者的學生羅佩珊要不斷跟他啟發討論才記得起來。這部分語言可以稱為記憶中的語言,是因為在日常生活裡已經很少使用,這是放棄太久之故,隨著年歲的增長,語言的運用能力也下降。此外,也跟他們已經以本地話為主要用語,母語水平、能力隨著年齡的增長而減弱。這樣子的舡語,是不能激發、保護舡語活力,是屬於很快完成自然消亡過程。族群的符號標誌就是語言(方言),舡族族群疏離了其族群語言(方言),就是疏離了族群的邊界,也意味著這族群將會消亡,即是會融化到別的族群裡。

族群通婚方面。自從上世紀五六〇年代起,香港本地人對於與舡族族群跨族群男女約會和通婚起了明顯態度的變化,就是普遍都能接納舡族人,是對舡族族群少了歧視和偏見,也可以說廣府人要模糊自身的族群邊界,減卻族群間的緊張關係和仇視,縮短族群分層距離,對舡族族群關係相對較為融洽和和諧,因而接納了族群通婚。舡族族群娶了本地人作媳婦,這些媳婦是操正宗廣府話,其出生的孩子,他們習得的第一語言均為正宗的廣府話。這些小孩,已不知曉舡語。筆者有不少舡族族群的學生,已聽不懂舡語了,或者知曉的程度很低。至於本地人娶舡族族群女子作媳婦,也只能在家裡說本地話而不能說舡語。因此,李錦芳說族際通婚是弱勢語言(方言)的殺手。[22]

族群分層方面。隨著世代更替,在普遍的歧視和偏見的年代裡,

---

22 李錦芳:《西南地區瀕危語言調查研究》,頁7。

疍族族群知道社會結構、文化因素、歷史因素、政策因素等存在著差異，加上陸上人是主流族群，主流族群對疍族族群沒有寬容度，以上種種因素引起不平等，不平等就形成了相同的社會裡出現不同流動機會。如疍族族群，明顯處於族群分層裡的底層，這個跟教育也有密切關係，因為不許上岸和受教育，[23]疍族不能接受教育，便失卻向上層流動機會。到了上世紀，疍族族群真正的能入學接受教育，但明顯還存在著教育成就水平，這個與職業地位有密切關係。事實上，社會上的精英分子依然是本地人為主，他們佔據一切工作的最高職位階層、受教育程度，還是家庭收入，城鄉分布，總體上本地人比疍族族群更具優勢地位，未能改善兩者間的結構性分層。結果，疍族族群依然在底層裡。疍族族群心裡直接覺得還存在著歧視和偏見，是本地人沒有給與機會，心裡存著自我認定的社會階級。因此，掩飾自身為疍民，不惜改變文化象徵的族群語言（方言）、鹹水歌、四行或五行命名、婚嫁特點。放棄族群文化，就是希望通過這方法提升族群分層向上流，掩飾身分成了唯一出路，希望不用把自己放在底層裡，同化入主流族群是他們的出路。疍族族群還會繼續掩飾疍民身分，不能一下子改變，跟千年來受盡歧視有關。

　　割捨母文化的向心力。珠三角水上人對其族群的傳統文化繼承與

---

23 趙爾巽（1844-1927）等撰，楊家駱主編：《清史稿》（臺北市：鼎文書局，1981年）卷一百二十〈食貨一‧戶口〉，志九十五，頁3491-3492：「此外改籍為良，亦有清善政。山西等省有樂戶，先世因明建文末不附燕兵，編為樂籍。 雍正元年，令各屬禁革，改業為良。並諭浙江之惰民，蘇州之丐戶，操業與樂籍無異，亦削除其籍。五年，以江南徽州有伴儅，寧國有世僕，本地呼為「細民」；甚有兩姓丁口村莊相等，而此姓為彼姓執役，有如奴隸，亦諭開除。七年，以廣東蜑戶以船捕魚，粵民不容登岸， 特諭禁止。准於近水村莊居住，與齊民一體編入保甲。乾隆三十六年，陝西學政劉嶟奏請山、陝樂戶、丐戶應定禁例。部議凡報官改業後，必及四世，本族親支皆清白自守，方准報 捐應試。廣東之蜑戶，浙江之九姓漁船，諸似此者，均照此辦理。」

延續方面，他們對這種母文化的根是沒有的，可以大膽的說，他們對母文化是採取割捨向心力，是沒有了族群情結。疍語就是其大的標誌，他們不去捍衛，讓其成為他們識別別的族群邊界，他們反而追求去除這種族群標誌的語言（方言），務求去除族群的邊界，讓族群融入廣府族群，讓疍語的標誌脫除。族群語言（方言）如此，何來會作出承傳四行或五行的命名、鹹水歌風俗的捍衛。鹹水歌明顯是他們族群的獨特母文化，但是，他們是不要的，甚至刻意遺忘。筆者在2012年左右帶學生前往吉澳調查，學生分成數組，筆者在不同組別裡走動。調查時，是在合作人的家裡進行。其中一個學生偶然問到前村長有關鹹水歌時，石村長臉色大變。鹹水歌就是他們的一大標誌，問到該問題時，他稱這是色情的歌，跟著趕走筆者的學生。這是反映水上人不想有這種族群特點和承傳，因而作出刻意去除族群的文化邊界，這就是與其傳統文化曾受到歧視的反映結果。

　　割捨族群婚嫁文化。珠三角區域文化區，廣府文化是佔了主導地位，廣府人是強勢族群，而疍族族群是弱勢族群，其文化是屬於亞文化，在長期的共居中，在經濟、文化生活方面的往來和交流，疍族族群是處於弱勢族群地位，因此，在婚嫁的時候，疍族族群逐漸採借廣府文化的特質。中山方面，這方面則比香港要好很多。香港方面，因兩族族群通婚，傾向完全採借廣府族群的婚嫁特質，因其族是弱勢族群，失去話語權。另一方面，他們也不想讓人家知道他們是什麼族群，所以可以完全棄守他們的婚嫁文化。再者，族群已上岸，沒有漁船，也不能再進行漁家的婚嫁文化特質。因此，晚間迎新娘、回腳步，迎娶時的鹹水歌對唱，宴會時歌棚對唱是不能再發生。這點也與生活條件已失卻有關。

　　最後要說的，疍族族群是生活在優勢的異文化的汪洋大海之中的

人群，他們是無法維持他們的族群邊界，[24]便把本地人的文化（廣府
文化）移植到自身的族群裡去，不再堅持自身族群的文化持續、承
傳，漠視自身文化的變遷。那麼，其族群文化最終邁向瀕危，最後更
邁向消亡。

引用書目

一　古籍、史料

何　超　《晉書音義》　擒藻堂四庫全書薈要　乾隆四十五年　1780年

李調元輯　《粵風》　北京市　中華書局　1985年

周去非著　屠友祥校注　《嶺外代答》　上海市　上海遠東出版社
　　　　1996年

許慎著　徐鉉等奉敕校定　《說文解字》　北京市　中華書局據平津
　　　　館叢書本影印　1985年

陳師道、朱彧撰　李偉國校點　《後山談叢萍洲可談》　上海市　上
　　　　海古籍出版社　1989年

鈕樹玉　《說文新附考》　北京市　中華書局　1985年

趙爾巽等撰　楊家駱主編　《清史稿》　臺北市　鼎文書局　1981年

二　專書

曲彥斌　《中國民俗語言學》　上海市　上海文藝出版社　1996年

吳競龍　《水上情歌——中山鹹水歌》　廣州市　廣東圖書出版社
　　　　2008年

李史翼、陳湜　《香港：東方的馬爾太》　上海市　華通書局　1930年

李如龍　《地名與語言學》　福州市　福建省地圖出版社　1983年

李錦芳　《西南地區瀕危語言調查研究》　北京市　中央民族大學出
　　　　版社　2006年

周國炎　《仡佬族母語生態研究》　北京市　民族出版社　2004年

林有能、吳志良、胡波主編　《疍民文化研究——疍民文化學術研討
　　　　會論文集》　香港　香港出版社　2012年

科大衛、陸鴻基、吳倫霓霞合編　《香港碑銘彙編》　香港博物館編
　　　　製‧香港市政局出版　1986年

英華書院編　《遐邇貫珍》　香港　英華書院　1855年5月

香港漁民互助社編　《香港漁民互助社五十周年會慶特刊》　香港
　　　　香港漁民互助社　1997年

徐俊鳴　《珠江三角洲》　廣州市　廣東人民出版社　1973年

高岱、馮仲平　《從砵甸乍到彭定康——歷屆港督傳略》　香港　新
　　　　天出版社　1994年

張壽祺　《蛋家人》　香港　中華書局　1991年

張雙慶、莊初升　《香港新界方言》　香港　商務印書館　2003年

深圳農業科學研究中心農牧漁業部深圳辦事組編　《香港漁農處和香
　　　　港漁農業》　深圳農業科學研究中心農牧漁業部深圳辦事組
　　　　1987年

陳序經　《疍民的研究》　上海市　商務印書館　1946年

陳卓瑩　《粵曲寫唱研究》　廣州市　花城出版社　2007年

陳福保等著　《珠江水系漁具漁法》　北京市　科學出版社　1994年

陸永軍　《珠江三角洲網河低水位變化》　北京市　中國水利出版社
　　　　2008年

游運明、吉澳村公所值理會、旅歐吉澳同鄉會編　《大鵬明珠吉澳
　　　　滄海遺珠三百年》　香港　吉澳村公所值理會、旅歐吉澳同
　　　　鄉會　2001年

覃鳳余、林亦　《壯語地名的語言與文化》　南寧市　廣西人民出版
　　　　社　2007年

馮林潤　《沙田民俗》　廣州市　廣東旅遊出版社　2008年

黃　行　《中國少數民族語言活力研究》　北京市　民族出版社
　　　　1996年

黃新美　《珠江口水上居民（疍家）的研究》　廣州市　中山大學出
　　　　版社　1990年

楊吝、張旭豐、張鵬等著　《南海區海洋小型漁具漁法》　廣州市
　　　　廣東科技出版社　2007年

詹伯慧、張日昇主編　《珠江三角洲方言字音對照》　廣州市　廣東
　　　　人民出版社　1987年

詹伯慧、張日昇主編　《珠江三角洲方言綜述》　廣州市　廣東人民
　　　　出版社　1990年

賈晞儒　《賈晞儒民族語言文化研究文集》　北京市　民族出版社
　　　　2008年

廖迪生、張兆和、黃永豪、蕭麗娟編　《大埔傳統與文物》　香港
　　　　大埔區議會　2008年

漁農自然護理署　《漁農自然護理署年報》　香港　漁農自然護理署
　　　　2014年

熊　英　《土家語語言生態研究》　北京市　中央文獻出版社　2008年

劉宗迪　《姓氏名號面面觀》　濟南市　齊魯書社　2000年

廣東省民族研究所編　《廣東蜑民社會調查》　廣州市　中山大學出
　　　　版社　2001年

潘桂成　《香港地理圖集》　香港　地人社　1969年

蔡榮芳　《香港人之香港史》　香港　Oxford University Press (China)
　　　　Ltd., 2001年

鄧佑玲　《民族文化傳承的危機與挑戰　土家語瀕危現象研究》　北
　　　　京市　民族出版社　2006年

戴慶廈主編　《中國瀕危語言個案研究》　北京市　民族出版社
　　2004年

鍾功甫、李次民　《珠江三角洲》　北京市　商務印書館　1960年

羅香林　〈蜑民源流考〉　《百越源流考與文化》　臺北市　國立編
　　譯館中華叢書編審委員會印　1978年2月增補再版

羅香林　《中國民族史》　臺北市　中華文化出版事業社　1966年第
　　六版

譚志滿　〈土家族和土家語概述〉　《文化變遷與語言傳承：土家族
　　的語言人類學研究》　北京市　中國社會科學出版社　2010年

饒玖才　《香港地名探索》　香港　天地圖書公司　1998年

三　地方誌

《廣東省中山市地名誌》編纂委員會編　《廣東省中山市地名誌》
　　廣州市　廣東科技出版社　1989年

《廣東省珠海市地名誌》總纂委員會編　《廣東省珠海市地名誌》
　　廣州市　廣東科技出版社　1989年

中山市坦洲鎮地方誌編纂委員會編　《中山市坦洲鎮誌》　廣州市
　　廣東人民出版社　2014年12月

范成大撰　胡起望、覃光廣校注　《桂海虞衡志輯佚校注》　成都市
　　四川民族出版社　1986年

珠江三角洲農業志編寫組　《珠江三角洲農業志：堤圍和圍墾發展
　　史》（初稿）　佛山地區革命委員會《珠江三角洲農業志》
　　編寫組　1976年

珠海市地方誌編纂委員會編　《珠海市志》　珠海　珠海出版社
　　2001年

梁炳華　《南區風物志》　香港　南區區議會出版　1996年

舒懋官修、王崇熙等纂　《新安縣誌》　臺北市　成文出版社公司
　　　　1974年

福建省地名委員會辦公室、福建省地名學研究會編　《福建省海域地
　　　　名誌》　廣州市　廣東省地圖出版社　1991年

廣西壯族自治區地名委員會辦公室編　《廣西海域地名誌》　南寧市
　　　　廣西民族出版社　1992年

廣東省地名委員會辦公室編纂　《廣東省海域地名誌》　廣州市　廣
　　　　東地圖出版社　1989年

盧國秋、藍青主編　《惠陽縣誌》　廣州市　廣東人民出版社　2003年

遼寧省地名委員會　《遼寧省海域地名錄》（內部資料）　瀋陽市
　　　　欠出版社　1987年

四　期刊

甘于恩、吳芳　〈廣東順德（陳村）話調查紀略〉　《粵語研究》
　　　　澳門　粵語研究　2007年　第二期

甘于恩　〈三水西南方言音系概述〉　《第二屆國際粵方言研討會論
　　　　文集》　廣州　暨南大學出版社　1990年

石　林　〈侗語地名的得名、結構和漢譯〉　《貴州民族研究》　貴
　　　　陽市　貴州民族研究編輯部　1966年　第二期

伍銳麟　〈沙南蛋民調查報告〉　《嶺南學報》　廣州市　嶺南大學
　　　　1934年　第三卷第一期

何格恩　〈唐代的蜑蠻〉　《嶺南學報》　廣州市　嶺南大學　1936
　　　　年8月　第五卷第二期

何格恩　〈番禺縣第三區南蒲村調查報告〉　《蜑民調查報告》　香
　　　　港　東亞研究所廣東事務　1944年

何格恩　〈蜑族之研究〉　《東方文化》　香港　香港大學　1959-
　　　　1960年　第五卷第一及二期

吳永章　〈古代鄂川湘黔邊區蜑人與嶺南蜑人之比較研究〉　原載
　　　　《廣西民族研究》　南寧市　廣西人民出版社　1987年　第
　　　　二期

李　輝　〈百越遺傳結構的一元二分跡象〉　《2002年紹興越文化國
　　　　際學術研討會論文集》　杭州市　浙江古籍出版社　2006年

張元生　〈壯族人民的文化遺產──方塊壯字〉　中國民族古文字研
　　　　究會編《中國民族古文字研究》　北京：中國社會科學出版
　　　　社　1980年

張振江　〈試論早期香港華人族群語言的競爭與選擇〉　《中山大學
　　　　學報》　社會科學版　廣州市　中山大學編輯部　2008年
　　　　第二期

莊初昇　〈嶺南地區水上居民（疍家）的方言〉　《文化遺產》　廣
　　　　州市　中山大學出版社　2009年　第三期

陳永豐　〈香港大澳水上方言語音說略〉　《南方語言學》　廣州市
　　　　暨南大學出版社　2012年5月　第四輯

彭小川　〈廣東南海（沙頭）方言音系〉　《方言》　北京市　商務
　　　　印書館　1990年2月　第一期

馮國強　〈韶關市及曲江縣虱婆聲的來源與贛語的關係〉　《新亞論
　　　　叢》　臺北市　天工書局　2001年　第三期

馮國強　〈香港石排灣疍民來源及其方言特點〉　《粵語研究》　澳
　　　　門　澳門粵方言學會　2012年　第十一期

馮國強　《廣州黃埔大沙鎮九沙村疍語音系特點》　《南方語言學》
　　　　廣州市　暨南大學出版社　2012年　第四輯

詹堅固　〈試說疍名變遷與疍民族屬〉　《民族研究》　北京市　中
　　　　國社會科學院民族學與人類學研究所　2012年　第一期

劉南威　〈現行南海諸島地名中的漁民習用地名〉　《中國地名》
　　　　瀋陽市　中國地名編輯部　1996年　第四期

潘家懿、羅黎麗　〈海陸豐沿海的疍家人和疍家話〉　《韓山師範學
　　　　院學報》　潮州市　韓山師範學院學報編輯部　2013年　第
　　　　二期

蕭鳳霞、劉志偉　〈宗族、市場、盜寇與疍民──明以後珠江三角洲
　　　　的族群與社會〉　《中國社會經濟史研究》　廈門市　廈門
　　　　大學　2004年　第三期

羅香林　〈蛋家〉　《民俗》　蛋戶專號　民國18年　第76期

羅香林　〈唐代蜑族考上篇〉　《國立中山大學文史研究所月刊》
　　　　廣州市　國立中山大學文史學研究所、中山大學文史學研究
　　　　所月刊社　1934　第二卷第三四期合刊

戴慶廈　〈瀕危語言的語言活力──仙仁土家語個案研究之二〉
　　　　《藏緬語族語言研究 4》　北京市　中央民族大學出版社
　　　　2006年

五　畢業論文

丁新豹　《香港早期之華人社會 1841-1870》　香港　香港大學博士
　　　　論文　1988年

吳穎欣　《綜論大澳水上方言的地域性特徵》　香港　樹仁大學學位
　　　　論文　2007年

周佩敏　《大澳話語音調查及其與香港粵方言比較》　香港　樹仁大學學位論文　2003年

郭淑華　《澳門水上居民話調查報告》　廣州市　暨南大學碩士論文　2002年

萬小紅　《從香港漁民姓名的特色看漁民文化》　香港　香港理工大學中文及雙語學系碩士論文　1996年

蔡燕華　《中山粵方言的地理語言學研究》　廣州市　暨南大學碩士論文　2006年

駱嘉禧　《長洲蜑民粵方言的聲韻調探討》　香港　樹仁大學學位論文　2010年

羅佩珊　《香港筲箕灣與周邊水上話差異的比較研究》　香港　樹仁大學學位論文　2015年

六　報告

李兆鈞、徐川　《香港白話蜑民與香港歷史發展》　2003年　未刊報告

徐　川　《石排灣的漁業》　2001年　未刊報告

陳贊康、何錦培、陳曉彬　《香港四行人命名文化》　2002年　未刊報告

七　年報

天天日報編　《香港年報》　香港　天天日報公司　1973年

香港經濟年鑒社　《香港經濟年鑒 1963 第一篇香港經濟趨勢》　香港　香港經濟學報出版　1963年

八　會議論文

嚴元浩　〈在華人社會的雙語立法：香港的經驗〉（論文稿）　在華人
　　　社會的雙語立法：香港的經驗研討會　1996年2月7日至10日

九　帳簿

《漢會眾兄弟宣道行為：耶穌一千八百五十一年六月一號，咸豐元年
　　　五月初一》　香港　香港大學圖書館影印　2012年

十　外文書籍

Hiroaki Kani(1967). *A general survey of the boat people in Hong Kong,* Hong Kong: Southeast Asia Studies Section, New Asia Research Institute, Chinese University of Hong Kong.

Sergio Ticozzi (1997). *Historical documents of the Hong Kong Catholic Church,* Hong Kong:Hong Kong Catholic Diocesan Archives.

Trudgill (1983)(Revised edition) *Sociolinguistics: An Introduction to Language and Society.* Middlesex, England: Penguin Books.

十一　外文期刊

McCoy, J. (1965) *The Dialects of Hongkong Boat People: Kau Sai.* Journal of the Hong Kong Branch of the Royal Asiatic Society Vol. 5

K.L. Kiu (1984) *On Some phonetic charateristics of the Cantonese sub-dialect spoken by the boat people from Pu Tai island.*-Journal of the International Phonetic Association. Volume 14 / Issue 01.

十二 網際網路

《台灣漁業資源現況》

　　　　http://seafood.nmmba.gov.tw/ExtendStudy-2.aspx

香港文化博物館《漁家掠影》

　　　　http://www.heritagemuseum.gov.hk/downloads/teachingkits/tk_tunnel4.pdf

《香港魚網》　http://www.hk-fish.net/

香港島嶼　http://www.hk-place.com/view.php?id=138

香港地政總署測繪處

　　　　http://www.landsd.gov.hk/mapping/tc/publications/map.htm

後記

　　八〇年代初，筆者考入研究所後，便在香港調查了幾個漁村，當中包括發展不久的沙田，也跑到廣州老四區調查幾個漁村的方言，準備著手開始寫畢業論文。最後，因忙於工作離開了研究所。到了1986年再回到研究所，研究的方言點改成韶關。

　　到了2000年，筆者多次帶領學生在珠三角進行水上人民俗調查，方言是當中一項調查內容。那時候便想到不如也執筆完成當年未完成的工作。因為與學生走過珠三角深圳、東莞、廣州、中山、珠海、佛山、江門、清遠、肇慶、澳門等地，甚至上到粵北韶關，心裡便想從珠三角角度來寫，不想單寫香港和廣州。結果，再次著手調查，到了2015年，前後共調查66多個點。書裡放上的只是35個點，這個與現在的許多水上人口音已廣州化得很厲害有關，所以書裡有些市只放上一兩個點作代表點，就是這個原因之一。

　　我的調查，大部分是得到內地政府協助。筆者在八十年代是請求統戰部協助；回歸後，是請求港澳辦、港澳事務局等部門來協助，才能找到已上岸漁民的漁民村、漁民大廈或散居到別處獨處的水上人。現在還有不少地方還有漁村的，筆者也曾在佛山吉洲沙、肇慶江口、二塔、德慶河道上的小艇裡屈膝坐著來調查。在這裡想提幾個地區的部門，一個是佛山市港澳事務局，一個是是東莞市港澳事務局，一個是廣州市南沙區歸國華僑聯合會，這幾個部門給與筆者大力協助，給與筆者安排適合的合作人，給筆者留下深刻印象。內地政府多年來給

我大力幫助，在此致以崇高敬意，不一一細說了。

有時候，單位部門協助不了，筆者便找香港和內地漁會協助，調查也能很順利完成。以內地語來說，這是直接對口。

香港方面，要感謝香港仔香港漁民互助社梁偉英主席、黃火金主任、黎金喜監事。梁主席是我常打擾的人，問風俗外，也調查方言。金喜叔犧牲了許多時間給我機會進行仔細方言調查，前前後後來過多次錄音，要說句多謝。黃主任也曾安排一些會友一起讓我調查漁家行業用語和生活用語。2002年，筆者要到深圳南漁村進行調查，漁會為我開介紹信，讓我得到南漁村漁會協助，我的調查得便得到順利進行。筆者在此感謝漁會給我大力支持，衷心感謝！

在這裡要道謝廣東省市港澳流漁協會副會長彭華根先生，他於2004年開信給我前往陽江進行一個多星期的當地漁民方言調查，那次調查剛遇上開漁節，先後調查了（陽西）沙扒、（陽東）東平大澳、（海陵島）閘波等三大漁港。那次調查，雖然不算深入，卻是非常順利，讓我對那邊的舡語有初步了解。

跟著想說的人是吳桂友。2002年，筆者帶學生到中山涌口門調查。布置好工作，學生便前往各自位置。不久，吳桂友下班，見到休息室裡有學生，便問來幹甚麼，當知道是來調查水上人的鹹水歌和方言，便說懂得唱鹹水歌，還即場作歌，讓學生們馬上得到一個好的調查對象。因此，我與吳先生認識了。第二年便統率了30多人前來，學生裡除了我的學生外，還有廣州市黃埔區八十六中學生，也有廣州航海高等專科學校大專學生一起前去學習調查。我直接與他聯繫，他幫學生找來數十個漁民讓學生學習調查。那次以後，每當我上中山調查，便會找他。他一定先行幫我找各地水上人讓我調查他們的方言。這一分深情，溢於言表。

在這裡還要感謝珠海市桂山港澳流動漁民工作辦事處梁超雄主任

和黃婉衡（梁太）。2012年暑假前，筆者聯繫不上當地漁民，便試試找珠海漁會的人，最後珠海市擔桿港澳流動漁協會吳宇忠主任表示我可以直接前去伶仃島調查，他來接待和安排，真教人萬分高興，雀躍不已！下船，上了小島，便想起文天祥，馬上先看看伶仃洋是那個模樣。瞧夠了，時間也不早，到了吳主任約定吃午飯時間，趕到酒樓，坐下，梁主任伉儷坐在我旁邊，他們自我介紹後便問我前來幹甚麼，我說來調查水上話。他們覺得很有意思，在我調查伶仃水上話時，他們便開始與桂山島聯繫，找合作人協助我調查。在桂山島留了數天，得到梁主任接待。想不到，回到市區，梁太開車協助我在市區找分散了的漁民讓我順利調查。那次調查是一次大豐收的田野調查。第二年，我再前來，除了在珠海進行覆查，也到唐家灣走走，想在那裡也進行調查，可惜找不上住上三代的漁民，便簡單的問了漁家的行業用語和生活用語。翌日，梁主任還開車送我前往中山市定溪鎮調查舡語。他們為我這本書的完成給了大力支持，衷心感謝！在此也祝他們的寶貝考上香港科技大學。

在這裡，也要感謝吳宇忠主任，讓我在珠海調查踏出第一步，也是關鍵的一步。在此，祝他的女兒考上香港的大學。

香港沙頭角陳志明是協助筆者申請沙頭角禁區紙的人，他也是沙頭角水上話的合作人之一。此外，他還先後安排筆者到吉澳、深圳鯊魚涌調查，也協助筆者找惠州白話漁村。吉澳的調查很順利。深圳方面，陳志明嘗試安排筆者到他的家鄉深圳鯊魚涌走一走，到了那裡方發現那刻已沒有漁民。惠州方面，他拜托了前香港新界漁民聯誼會副理事長梁容廣協助筆者在其家鄉惠州找白話水上人，結果也是與惠州市官員一樣找不到白話漁村，他們已盡力了。不單如此，舉凡有惠州漁船泊在沙頭角，陳志明也會為我跟他們打探惠州白話漁村，雖然找不到，他確實已作出熱誠的幫助我。筆者向陳志明兄、梁容廣先生作

深切道謝！

　　在這要感謝廣州暨南大學博導甘于恩教授撥冗寫序，這次是第二次給我寫序，在此再次深表謝意。

　　最後，此書如有甚麼錯誤和缺點，敬請海內外學者不吝指正，是所至盼！

馮國強

2015年10月12日

於香港樹仁大學

附錄

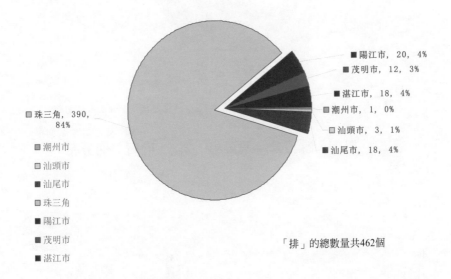

■ 陽江市，20，4%

■ 茂明市，12，3%

■ 湛江市，18，4%

□ 潮州市，1，0%

□ 汕頭市，3，1%

■ 汕尾市，18，4%

□ 珠三角，390，84%

■ 潮州市

□ 汕頭市

■ 汕尾市

□ 珠三角

■ 陽江市

■ 茂明市

■ 湛江市

「排」的總數量共462個

數據來源：主要來自《廣東省海城地名誌》；香港的數據是筆者個人補充的。

圖一　廣東沿海「排」（礁石）的分布

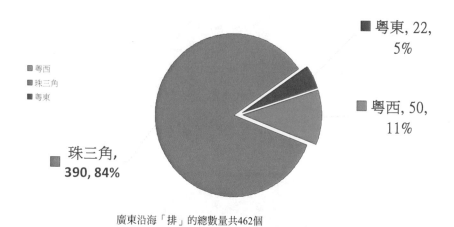

廣東沿海「排」的總數量共462個

數據來源：主要來自《廣東省海城地名誌》；香港的數據是筆者個人補充的。

圖二　粵西、珠三角、粵東中「排」（礁石）的分布

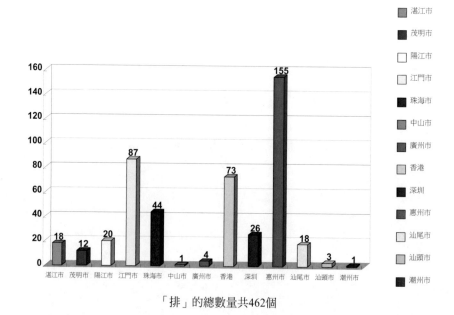

「排」的總數量共462個

圖三　廣東沿海城市「排」（礁石）的分布

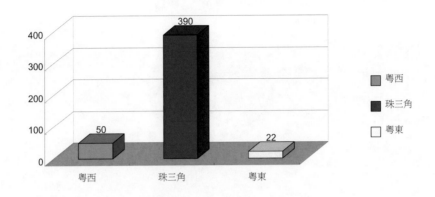

「排」的總數量共462個

圖四　粵西、珠三角、粵東「排」（礁石）的分布

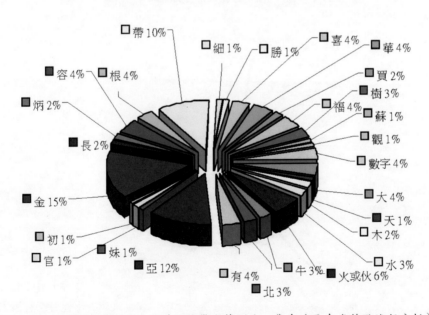

統計人數：381人（已將學名等刪除，集中漁民命名特點進行分析）

人名來源：《香港漁互助社五十周年會慶特刊》

圖五　香港漁民人名取名傾向

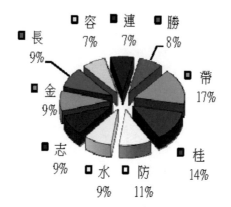

統計人數：66人

資料來源：南漁村全村人數

陳贊康等《香港四行人命名文化》，頁26

圖六　深圳南澳鎮南漁村漁民取名傾向

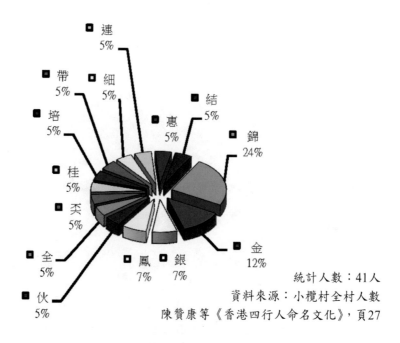

統計人數：41人

資料來源：小欖村全村人數

陳贊康等《香港四行人命名文化》，頁27

圖七　中山南朗鎮小欖村村民取名傾向

語言文字叢書 1000007

珠三角水上族群的語言承傳和文化變遷

作　　者　馮國強
責任編輯　吳家嘉
特約校稿　林秋芬

發 行 人　林慶彰
總 經 理　梁錦興
總 編 輯　張晏瑞
編 輯 所　萬卷樓圖書股份有限公司
　　　　　臺北市羅斯福路二段 41 號 6 樓之 3
　　　　　電話 (02)23216565
　　　　　傳真 (02)23218698

發　　行　萬卷樓圖書股份有限公司
　　　　　臺北市羅斯福路二段 41 號 6 樓之 3
　　　　　電話 (02)23216565
　　　　　傳真 (02)23218698
　　　　　電郵 SERVICE@WANJUAN.COM.TW
香港經銷　香港聯合書刊物流有限公司
　　　　　電話 (852)21502100
　　　　　傳真 (852)23560735

ISBN 978-957-739-982-3
2015 年 12 月初版

定價：新臺幣 500 元

如何購買本書：
1. 劃撥購書，請透過以下郵政劃撥帳號：
　　帳號：15624015
　　戶名：萬卷樓圖書股份有限公司
2. 轉帳購書，請透過以下帳戶
　　合作金庫銀行 古亭分行
　　戶名：萬卷樓圖書股份有限公司
　　帳號：0877717092596
3. 網路購書，請透過萬卷樓網站
　　網址 WWW.WANJUAN.COM.TW

大量購書，請直接聯繫我們，將有專人為您
服務。客服：(02)23216565 分機 610

如有缺頁、破損或裝訂錯誤，請寄回更換
版權所有・翻印必究
Copyright©2015 by WanJuanLou Books CO., Ltd.
All Rights Reserved　　　　　**Printed in Taiwan**

國家圖書館出版品預行編目資料

珠三角水上族群的語言承傳和文化變遷 / 馮
國強著.
　-- 初版.-- 臺北市：萬卷樓, 2015.12
　　面；　公分. -- (語言文字叢書)
ISBN 978-957-739-982-3(平裝)
1.粵語　2.方言學　3.語言社會學

802.5233　　　　　　　　　　104027778